任性出

站在走廊也要聽的爆滿國文課

說故事頓悟國學裡的人生智慧，
你情不自禁擁有的文學素養。

北京大學中文系教授
張一南——著

目次

推薦序　文學經典，是我們的療癒系知己／宋怡慧　005
前　言　只說故事的國文課，學生站在走廊也要聽完　009

第一部
所有的人際關係，都可用愛情比擬
1　一個淑女選擇君子的故事——《詩經．關雎》　018
2　求之而不得的缺憾美——《詩經．蒹葭》　027
3　愛情終將成為追憶——〈錦瑟〉　031
4　凡人的愛情，比不上牛郎織女——〈鵲橋仙〉　035
5　愛情就是生命本身——〈摸魚兒．雁丘詞〉　039
6　情詩，寫的不只是有情——〈蝶戀花．辛苦最憐天上月〉　046

第二部
盡孝或盡忠，一直是個大問題
1　孝，就是讓自己好好活著——《論語》論孝　054
2　屈原愛國，是內建的自然反應——〈離騷〉論愛國　077

第三部

情商的最高境界，聽出話中有話

1 道歉四步驟，一個都不能少——《紅樓夢》 104
2 說出人們內心深處最柔軟的地方——〈陳情表〉 124
3 與人交往，最重要的是識趣——〈與山巨源絕交書〉 140
4 世界本來就是不公平的——〈詠史〉 166
5 貴族子弟的行事教材——《世說新語》 171

第四部

文藝青年寫作指南

1 明明心裡委屈，但不能明說——王粲〈登樓賦〉 192
2 再有才華，也寫不盡世間所有離別——江淹〈別賦〉 201
3 只是思念你，怎麼突然就老了——〈行行重行行〉 219
4 辭藻很華麗，情感卻壓抑——曹植詩 228

目次

5 明明很會考試，卻故意寫零分——陶淵明詩 240
6 隱居，是對世界的抗議——謝靈運詩 256

第五部 看見別人沒發現的問題，這就是見識

1 真愛，可以無中生有——《牡丹亭》談心學 266
2 九流十家，是壓力下的人格分裂——〈諸子略序〉談各家思想 283
3 愚公移山、夸父追日……這些故事跟你以為的不一樣——《列子》談寓言 304

後記 在你心中，埋下一顆文學的種子 319

推薦序

文學經典，是我們的療癒系知己

作家、丹鳳高中圖書館主任／宋怡慧

如果，身為老師的我們，認為古人智慧必然對學生的未來有所助益，該如何和他們聊經典箇中的奧義？又該如何設計一堂好課，讓學生能輕鬆的和古人當好朋友？本書作者張一南教授，面對學生關於愛情、親情、人生、學業、夢想的大哉問，重新定位二十一世紀語文教師的角色，讓經典活起來。

作者擅長為經典作品加點前情提要，以學生能體驗的真實情境為古人註解。因為這些教學路引，讓有著閃耀光芒的知識，無須透過記憶或背誦，就能深入核心，讓學生對一堂課有感動、有收穫，進而把知識變成未來可用的素養。

翻讀《站在走廊也要聽的爆滿國文課》的篇章，憶起過去，自己也很常在下課的長廊，與蹙眉、藏著點點心事的年輕學子邂逅，停下腳步、與他們倚著廊間欄楯閒談。

關於生活的質疑、人生的探問，相信誰都沒有標準答案。身為語文老師，**把經典內容或古人**

經驗統整、概念化，我們就可以有 N 種方式，自在面對人生。如果，古人穿越時空而來，會如何在學生的 Instagram 動態下留言？他們面對如潮水的傷心與哀愁，又是如何自處？比方說，王維喪妻後終生不娶，而莊子在妻喪後鼓盆而歌。愛與不愛，執著與放手，乘著古人經典的羽翼，我們可以翱翔思辨蒼穹，找到一抹屬於自己愛的色彩。

一位國文老師，該如何用學生喜歡或能接受的方式教導學生？《站在走廊也要聽的爆滿國文課》做出最好的演繹，作者張一南彷彿古人與學生之間的「通靈少女」，運用現代新潮語言與議題思辨的高妙手法，引薦亙古經典，讓古代「潮人」們優雅走進課室，他們的智慧如燦光，引領學生在智慧的大道上前進，同時也讓學生重拾閱讀經典的能力。

作者走進青年朋友的語文世界，為他們設計一個無違和感的對話場景，讓學生輕鬆與古人促膝長談、契闊談讌。聊李密如何發好人卡拒絕皇帝；談《詩經》教我們：**喜歡就去追，再遲，你就與真愛擦身而過囉！**思考孔子怎麼那麼有哏，告訴學生：**夜遊可以，但絕對不要飆車，愛惜自己就是真正的孝順。**賈寶玉原來不只是純愛高手，還是個道歉達人，他讓你學會如何說話，才能說到對方的心坎，讓對方被拒絕，還幫你按讚、貼愛心。身為富二代的謝靈運，還是可以過得很文青，置身田園山水的美境，成為自然系作家。

原本被放在神龕上，感覺老派的作品與作家們，經過作者重新設計與編排，會讓你驀然發現：**經典與古人，其實離我們的生活很近。他是你掉眼淚時，會輕拍你的肩，說聲「Don't cry, my friend」的療癒系知己。**

在本書作者循循引導下，你會發現，原來愛情、友情、人際、夢想……從古至今，是每個人的共通話題。閱讀這本書，就像與智者走在知識的廊道愉悅暢談，你能感受到《指月錄》提及：「見山是山，見山不是山，見山還是山」學習三部曲的精義。

邀請想和古人當好朋友的讀者，跟著作者一起，讓經典走進彼此的世界，窺見新課綱素養時代「語文課」的新風貌。

前言
只說故事的國文課，學生站在走廊也要聽完

記得從中國社會科學院（按：中國在哲學、社會科學領域研究的國家級學術機構與綜合研究中心，簡稱「社科院」）調到北京大學的那一年，我只帶著一張商調函，連工作證也沒有。看著我從大一一路成長的教務老師「閔大爺」，遞給我一本《大學國文》課本，說：「你去上課吧。這本書肯定是講不完，你就自己挑著講。」

就這樣，我開始在北大講課了，這是我一生最嚮往的工作。

我媽說：「我怎麼覺得你跟魏敏芝似的？」我說：「還不如魏敏芝呢，魏敏芝還有個村支書（按：「村黨支部書記」的簡稱，負責一個村的事務）幫她介紹，我們系書記都不搭理我，教室都是我自己找。」（按：此段對話為一九九九年張藝謀執導電影《一個都不能少》劇情，主角魏敏芝被派到中國河北偏遠學校當代課老師）我媽感嘆：「你們北大不只是對學生實施天才教育，對老師也是天才教育啊。」

我沒受過師範教育，只不過爸爸媽媽是老師，又從小喜歡講故事給朋友聽。後來讀博士時，我因為想當老師而有意訓練自己，在社團裡辦過好多講座，所以在博士生裡算是會講課的。

但我畢業後進入社科院，沒有課講，「宅」了五年，等到回北大，發現自己都快不會說話了。

當時我很怕在課堂上丟臉，怕助教學弟覺得回來的已經不是那個會講課的學姐，更怕對不起選課的學弟學妹們。於是，在北大工作的事還沒確定前，社科院也沒什麼事做，我決定先寫逐字稿。最初一版講稿的寫作，陪伴了我那一段寂寥又有些惶恐的日子。

私心編排，是想把感動傳遞下去

翻開由我的老師和學長編訂的教材，我猜測著他們選入每一篇的目的。這些篇目有的我喜歡，有的我不喜歡。反正一定講不完，那我就只挑我喜歡的講。我挑的篇目都是在我成長過程中留下過深刻印象的，所以我想我的學生也應該要知道這些。那些我當年讀起來就頭痛的篇章，就偷偷捨棄了，算是藏拙。又因為我的本行是中古文學（按：指魏晉南北朝及隋唐時期），所以我選的篇章難免會偏重這個時代，而選入的其他時代作品，則都是讓我有過特殊感觸的。

我在編排講課大綱的過程中發現，隨手選入的這些篇章，漸漸有了它們自己的靈魂。它們逐漸彙聚成幾個主題，關於愛情、親情、人情、事理、文辭。我想，它們在暗示我：何必按課本順序講呢？

回想學生時期，我的老師們很少按課本講課，因為課本是學生可以自己讀的。而我又是一個不太聽話的學生，在老師給出主題之後，總愛加上自己的想法。所以我決定把課本拋到一邊，按我的主題講。我決定用自己的視角詮釋這些經典文本，並且另外加入一些曾感動過我的作品。

還沒開始上課的日子裡，我整天掛在微博（按：社群媒體網站）。我在網路上觀察人們想什麼，什麼話大家愛聽，什麼話又是不能說的。看到網友說了什麼話，我總是會想：這些問題，教古代文學的老師應該跟學生說清楚；這種閱讀能力，老師應該特別注意，教導學生如何閱讀。想完以後總是失落：我什麼時候才能上課呢？後來，我終於開始講課了，我滿腦子想的，都是哪些東西是我最迫切希望傳達給學生的？就這樣，我在講義裡塞進了滿滿的私心。

我有什麼能教給學生的呢？其實，我沒有特別高的學問，也沒有特殊的教學技巧。我唯一的長處，就是在北大聽過不少課。在北大的學弟學妹面前，我自認就是一個「小老師」，在老師沒時間講課的時候，把我從老師那裡聽來的東西傳達給他們。老師曾說過讓我感動的話，我一定要再告訴他們；我們那時候有趣的規矩，也一定要告訴他們。

後來我想，這大概就是傳統。所謂傳統，就是學長姐想要告訴大一新生的那些事。校園有校園的傳統，文明有文明的傳統。之所以想要讓那些事傳下去，是因為那些事曾經陪伴過我們，成為生命中最美好的體驗，讓我們決定要讓後面的人也必須體驗。**不是所有發生過的事情都有資格成為傳統，只有那些讓每一代人，都決定要告訴下一代人的事情才是。**

而我在這裡，無非是做一張濾紙。傳統從我的生命中流過，就像幾千年來曾經從無數讀書人的生命中流過那樣。我想要讓那些我曾經感受過的美好，繼續流傳下去，因此我選擇把這些告訴比我更年輕的學生；而那些曾經令我不快的，我想把它們擋在我這裡，至少現在不急著告訴學生。我的講述，其實就是我這一代的選擇。只有完成這一次的選擇，才算是完成這一次的傳承。

感謝北大的同學，給了我比胡適更高的禮遇，沒有把初登講臺的我轟下來。**我的課程意外受到歡迎，竟然成了不太容易選到的課，在學期初不太忙的時候，教室居然還能坐滿，甚至需要站在走廊聽課**。這實在是對我最大的讚賞。

「教學相長」是真的。在這樣的鼓勵下，我不斷調整自己的講稿。念起來不順嘴的，改掉；沒有引起迴響的哏，刪掉；過於賣弄流行、遠離傳統精神的，刪掉；過於個人的經驗，可能會冒犯到某些同學的表達，刪掉。每一次講課，都是一次重新打磨講稿的過程。

閱讀經典，成為更美好的人

我不知道在課堂中，有多少同學聽懂了，但我倒是經常講著講著，自己突然明白了。我會在講臺上突然發現：這件事的邏輯原來是這樣的；原來這個故事的前情，就是那個故事，**中國歷史原來是連續劇**；這個現象和那個現象，原來是同一回事。那些幾乎是隨機選擇的篇章，漸漸成了一個有機的整體。

講著講著我發現，原來我講的夫婦、父子，就是經部，培養君子的情感模式；我講的情商，就是史部，教君子做事；我講的文藝，就是集部，教君子如何寫文章；我講的識見，就是子部，是教君子思考的。原來我講的這些，還是翻不出古人所說「四部」的手掌心。或許，古人的四部分類法，也是從這樣的講述中自然生長出來的。

我發現，我講的所有文章，都指向了一個共同的方向——君子，或者說士人。我所喜歡的這一切，原來都是士人生活的某一部分、某一個方面。我讀過並記得的這些書，我想要教給學生的這些書，原來無非是教我們怎樣做一個士人，或者說，**怎樣成為一個更美好的人類**。

我想，這樣我也算是盡到一個通識課教師的職責了。我所傳達的，與其說是知識，不如說是觀念。我希望，憑藉我傳遞給學生的觀念，他們可以在一個比較美好的世界裡，生活得更好。在我心目中，有一個非常清晰的受眾群體，我只能傳遞對他們來說有用的，而勢必會犧牲掉全面和嚴謹。我的觀念，顯然不可能符合各種環境、每一個人的需求。我知道我能影響的範圍很小，我只能努力的多講一次課，希望能多幫助幾個人。

後來，我又接受新的工作，到中國科學院大學教書，接著也在網路上講課。我的講稿不斷充實、修改，與最初的幾篇課文漸行漸遠，而我心目中的課程體系則越來越完整、越來越穩定。

在我的講授中，最受學生歡迎的是故事。被訓練寫詩、寫論文的我，曾經是多麼鄙視故事這種形式。但是，課堂教學的經驗告訴我，只有故事能吸引學生的注意，迅速調動課堂情緒；也只有這些故事，在課程結束後仍能讓學生記住，從而留給他們反思的時間。我想要講的道理，他們也許並沒有瞬間聽懂，但是這些有趣的故事，會讓他們一直記著、在心裡種下一顆種子，直到未來某天，他們再次想起這個故事，明白我真正想說的話。這顆種子還自帶營養物質，故事會攜帶很多的文化資訊，它把那些枯燥的理論和法則，變成了一個鮮活的文化場景。

在課程的考核中，我也越來越強調「印象」。我不想讓我的學生去記憶或背誦知識，我只是希望他們能形成一個對傳統文化的印象。根據這個印象，他們可以編寫自己的故事。所有學到的知識，也應該變成這些故事裡準確的細節，以及對細節的準確解讀。在這樣的故事裡，他們會實現自己的成長。

講課時盡量講故事，測驗則考印象，這是我這幾年得到的教學經驗。

這大概就是所謂「活的傳統」。由活著的老師決定哪些話還要繼續說，然後讓活著的學生帶著這些印象成長，傳統因這些人的存在而存在。沒有板著面孔的引經據典，沒有皺著眉頭的虛張聲勢，這些年輕人們，一舉一動都能融入傳統的精神。如果能做到這樣，傳統才算是活過來。

幾年下來，我對這套課程越來越熟悉，但也失去了最初的新鮮感。隨著時間的推移，一些曾經風行的網路話題，竟然也開始過時了。年輕人的想法，比起幾年前，也產生了變化。也許在不久的將來，我就會告別這一套課程，去新的領域探險。但另一方面，我仍然希望這一套課程能讓更多的人知道，能幫助到更多的人。

所以**我決定出版這套講稿，獻給更多沒能聽到我講課的同道中人**。這是一個紀念，也是一次告別。我將人生中一段快樂的時光，封存在這本書裡。

也許在多年以後，我還會翻開這本書，然後發現：「啊，我那個時候就這麼想過」，或是：「那時候我竟有過這麼荒謬的看法」。或者，追憶、回味當時初登講臺的艱辛和榮耀。如果能這樣，也就足夠了。

第一部

所有的人際關係，都可用愛情比擬

夫婦，其實就是愛情。

傳統的儒家教育培養君子，也就是培養貴族。培養貴族，最主要的是培養貴族的感情。所以儒家的教育，從詩教開始，因為詩最直接表現人的感情。詩教又從愛情教育開始，因為愛情，是人所有情感關係裡最美好，也最直接、好懂。因此，儒家的教育從愛情詩開始，從〈關雎〉開始。

愛情是人最容易感知的感情。我認為**世界上所有人際關係，都可以用愛情關係去比擬**。所以，當你學會處理愛情之後，就可以舉一反三，去處理各種各樣的人際關係。如果你連你的愛人都愛不好，你要怎麼去愛你的事業，要怎麼去愛天下的人呢？

那為什麼這裡不談「愛情」，而是「夫婦」呢？因為夫婦是愛情的加強版。愛情，雖然不一定最後都要成為婚姻，但是**兩人相愛的初衷，一定都與結為夫婦有關**。正如人們常掛在嘴邊的：「一切不以結婚為目的的戀愛，都是耍流氓」。

這個意思並不是說，最後沒有結婚的愛情都不是好愛情。人一輩子不是非結婚不可，好的愛情也不一定要以結婚為結局。而是說，兩個人相愛，最初是想要跟對方在一起。想要在一起，才叫愛情。如果你一看這個人，就想躲遠遠的，不想跟他在一起，那就不是愛情。你愛一個人、想跟他在一起，這是最自然的感情，這不叫功利。所謂功利是指，你不是因為愛而想在一起，而是本來不愛，為了想找個人在一起，就去假裝愛他。為了結婚而假裝愛是可恥的，為了愛而想結婚則是高尚的。如果你從來沒有萌生想跟這個人在一起的想法，那就不要說愛。

你愛一個東西，肯定是想得到它，而不是想逃離它，這才能稱為愛。喜歡什麼就去追求，追求不到無所謂，但是你要追求。有人以為，擺出一副對什麼都無所謂的樣子，可以顯得高貴，但其實不然。喜歡就去追求，並不可恥。追求不到不可恥，如願以償也不可恥。

這裡的「夫婦」，指的是基於愛情的夫婦，也就是因為愛情而想要在一起，最後成了夫婦，而排除那種為了結婚而假裝愛的。夫婦，是愛情的一種形態，而且是非常重要的一種形態。大家不要以為婚姻跟愛情是對立的。只要你不是為了功利的目的而結婚，那麼婚姻就是愛情。喜歡的東西，本來就應該心安理得的拿在手裡。

在愛情裡，夫婦這種形態比較單純，排除許多可能存在的外界干擾，這是愛情的理想狀態。學理科的同學應該知道，所謂「理想狀態」，並不一定是最好的狀態，而是指最簡單的狀態，最好分析的狀態。我們講一個問題，要從理想狀態講起，先把複雜的次要因素排除掉。所以講到愛情，我們就先講愛情的理想狀態——夫婦。

儒家傳統的君子教育，就從夫婦開始講，夫婦是「人倫之始」。所謂「有夫婦然後有父子，有父子然後有君臣」。夫婦是排在父子前頭的，父子是排在君臣前頭的。所以我們按照儒家的傳統，從《詩經》的〈關雎〉講起。

1 一個淑女選擇君子的故事——《詩經．關雎》

關雎

《詩經．周南》

關關雎鳩，在河之洲。窈窕淑女，君子好逑。
參差荇菜，左右流之。窈窕淑女，寤寐求之。
求之不得，寤寐思服。悠哉悠哉，輾轉反側。
參差荇菜，左右采之。窈窕淑女，琴瑟友之。
參差荇菜，左右芼之。窈窕淑女，鐘鼓樂之。

〈關雎〉是講夫婦的，講理想狀態的愛情，告訴你愛情的基本形態。

開頭兩句，「關關雎鳩，在河之洲」，這是起興。用小島上相對鳴叫的一對雎鳩，起興夫婦之愛。睢鳩就是魚鷹，又名鶚，是一種水鳥，也是一種猛禽。

為什麼用睢鳩來起興呢？因為古人認為睢鳩「摯而有別」。所謂「摯」，指的是睢鳩一夫一妻制。而什麼叫「別」？據說睢鳩到了發情期，雌雄個體的表現不一樣：雄性會使勁的飛、使勁的叫，拚命向雌性展示自己的力量；而雌性就不同，雌性一旦見到牠滿意的雄性，就靜靜跟在後面。這就是睢鳩的「別」。

其實，不光是睢鳩，好多鳥都是摯而有別。許多鳥類都是一夫一妻制，或者至少在交配季節是如此；而且，雄性的羽毛特別漂亮，雌性的則樸素，比方說鴛鴦就是這樣。這就叫「摯而有別」，是古人理想中君子的愛情。

這個「摯」聽起來好理解，但為什麼要「別」呢？在此我解釋一下古人的想法。

不是君子求淑女，而是淑女挑君子

自然界的繁殖過程中，雄性和雌性採取的策略不同。雌性的生殖機會有限，理論上說，雌性的生殖機會都差不多，不會太多，也不會太少。有句話這麼說：「有剩男無剩女」，「剩女」是相對的，「剩男」是絕對的。**雌性為生殖付出的代價比較大，所以雌性採取的策略就是，要盡可能選擇最好的雄性，這樣牠繁殖一次才能撈回本。**既然繁殖的機會有限，而且繁殖一次還那麼費力，為什麼不挑個好的呢？

而雄性的生殖機會，理論上是無限的。雄性繁殖一次的成本，也小得可以忽略不計。所以**雄性採取的策略是盡可能多繁殖，並不挑剔雌性對象**。但是，雄性的制約在於，並沒有無限多的雌性讓你繁殖，雌性不僅不是無限多，甚至還比雄性略少一點。所以雄性就得讓自己足夠優秀，才能讓更多的雌性喜歡——至少，能讓一個雌性喜歡。事實上，這個目標是很奢侈的，**很多雄性都是註定孤獨一生**。一個雄性一生能得到一個雌性的愛，已經是極大的成功了。

所以繁殖這件事，雖然看起來是由雄性主導，但其實真正動力是雌性的偏好。只有獲得雌性喜歡的雄性，才可以獲得繼續進化的權利。生物學領域中，針對不同物種的研究，發現雄性進化優先於雌性的現象，背後的動力，就是雌性對雄性的選擇。在這個動力下，才產生性別差異，也就是古人所說睢鳩的「別」。雄鳥為什麼要長那麼好看的羽毛？無非是為了博雌鳥的歡心，這是雄鳥生命中的首要任務。

網路上曾有人討論，智人（按：距今二十五萬至四十萬年前演化出來，發展為現今的人類）是怎麼戰勝尼安德塔人（按：生存於舊石器時代的史前人類）的。據說考古結果發現，智人的顏值比尼安德塔人高。而且女性的差異不明顯，是男性智人顏值比男性尼安德塔人高。也就是說，我們的祖先是靠美貌戰勝了尼安德塔人。以前我們都說適者生存，後來又說「幸者生存」，現在看來得提「美者生存」，而且靠的是美少年，不是美少女。而且，誰是美少年這個問題，由誰說了算？由雌性說了算。所以說，在真實的自然界，並不是像《甄嬛傳》，一大堆女性爭奇鬥豔，等雄性來挑選；也不是女孩子必須打扮成什麼樣，才能嫁得出去。真正的自然之道，是由雌性來選擇雄性，這才是殘酷的真相。

〈關雎〉講的，其實也是一個淑女選擇君子的故事。所謂男女有別，也就是在自然狀態下，兩性的地位不同。這個不同不是雄性比雌性有優勢，而是雄性要在生存競爭中，盡量表現得比別的雄性優秀，才能被雌性挑選。所以，為什麼雄鳥的羽毛比雌鳥漂亮？因為雄鳥需要接受雌鳥的挑選，而雌鳥不需要接受雄鳥的挑選。

接著，就引出主角了：「窈窕淑女，君子好逑。」所謂「窈窕」，就是幽深。所謂「窈窕淑女」，就是「深藏不露的好女孩」。好女孩為什麼要深藏不露？因為她還沒有拿定主意。雌性天生有選擇雄性的特權，何況她還是「摯而有別」，一旦選定就要從一而終，所以當然得好好選。我們不要以為「從一而終」的時代，男性有多得意。要從一而終，女性選擇的成本更高，她就更得好好的選，若女性都是「窈窕淑女」，男性不被看上的機率就更大了。儒家認為，這種深藏不露的女性是最好的，是貴族、君子的好配偶。這裡需要特別注意，「逑」是名詞，是配偶的意思，而不是動詞。「好」是形容詞，讀三聲，不能讀四聲。這句的意思是：「深藏不露的好女孩啊，是君子的好配偶」。

儒家認為，這種深藏不露、擇偶標準很高、只嫁給君子的女孩，是理想的好對象。「窈窕」是深藏不露的意思，不是指長得好看，更不是說身材好。你想，孔子能一開始上課，就跟你說女孩身材好嗎？此外，儒家欣賞的女性，是一輩子只對一個男人好，而不是對所有的男人都好。對所有男人都好的女人，肯定不受儒家欣賞。

大家不要一說男尊女卑，就想像女性對任何男性都低聲下氣，這是不可能的。西周是典型的男尊女卑社會，但那時候女貴族可能對一個男奴隸低聲下氣嗎？所以，只要性別不平等，就必須有比性別更大的不平等。按照《詩經》的理想，女貴族只對自己的丈夫恭敬，也就是對那個最優秀、她最滿意的男性恭敬；對於不如她丈夫的廣大男性，她是不會恭敬的。**男尊女卑的背後，就是要男性負起更大的責任來，讓自己更優秀；而不夠優秀的男性，處境則是相當不利。**

可能有人會問：憑什麼是君子追淑女，不是淑女追君子呢？我曾經改編過一個網路流傳的故事：一對男女情侶出去，買了一個餅，女生吃了七分之三，男生吃了剩下的七分之四，男生比女生多付了四．五元，問這個餅多少錢？清華商科男說四．五元，清華工科男說三十一．五元；北大理科男覺得這種小把戲無聊，要搞一個常規演算法才有意思；而北大的文科男說：「男生為什麼要多付四．五元？」會說「男生為什麼要多付四．五元」的人，就是不理解「別」。

愛到不求回報，就不會失望

有人會再問，反過來為什麼就不行呢？女生願意請男生吃餅不行嗎？這就要看誰說了。女生說：「你長得好看，我也有錢。你上次請我，這次換我請你。」就沒問題。要是男生說：「憑什麼妳是女的，我就該請妳？」那就註定孤獨一生。

好比說，如果男生對女生說：「妳對我一心一意，那我也應該對妳一心一意。」沒有問題，這個叫「摯」；但如果女生說：「我對你一心一意，你就得對我一心一意。」這樣就不行。貴族不應該這麼說話，因為這麼說不美好。你可以要求自己，對方能做到的我也要做到；但是你不能要求別人，不能指望你能做到的，別人就能做到。如果你指望你能做到的，別人也要能做到，那麼你會對這個世界失望。

你的付出不可能每次都得到同等的回報，這是這個世界不美好的地方。但是，有一個補償的辦法：你可以愛一個人，愛到不期望他給你同等的回報，這樣你就不會失望了，這又是這個世界美好的地方。當你真的愛上一個人，你不僅不會期望他跟你一樣，而且害怕他跟你一樣。你會害怕他像你愛他一樣愛你，怕他會愛得辛苦，雖然與此同時你並不覺得愛得辛苦。所以，你就得找一個理由，不讓他像你愛他一樣愛你。那麼最順手的理由就是，你是男的、我是女的，或者妳是女的、我是男的。其實這根本不是真正的理由，真正的理由只有一個，就是「我愛你」。

說「男人就該怎樣怎樣」，這句話是可以說的，但是只能男的說，不能女的說；說「女人就該怎樣怎樣」也可以，但是只能女的說，不能男的說。差別可以有，也可以建構。但建構的前提是，你只能要求自己，不能要求別人，只能把責任往自己身上攬，不能把責任往別人身上推。比如說，一個男人乾坐著不煮飯，卻說「做飯就是女人的事」，那就必須批判他。但是，如果一個女人不讓老公做飯，說「做飯是女人的事」，那你就不能批判她。反過來也是一樣道理。

也就是說，貴族夫婦的正確相處之道應該是：因為妳是女的，所以我請妳；因為你是男的，所以我讓你。其實並不是因為妳是女的、我是男的，而是因為你是我的愛人。你是我的愛人，我就只管去愛，並不指望我對你做的一切，你都能同等回報。所謂「別」，就是不指望對方跟自己一樣。因為愛，講究的是心甘情願，不是買賣公平。講究公平的愛太累了。只要求自己，完全不期待對方有回報，回報是情分，不回報也無所謂，這麼愛，才有樂趣。

古人說「夫婦」、「男女有別」，是因為當時的古人不知道同性戀，並不是因為古人反對同性戀。**同性戀也可以做到「摯而有別」，因為「別」的重點不是性別，而是不要求愛人和自己一樣。**同性戀一樣可以擁有「摯而有別」的高貴愛情。

怎麼得到好女孩的愛？

回到〈關雎〉這首詩。現在有一個深藏不露的好女孩，是貴族君子的好配偶。你作為一個貴族、一個君子，還是應該得到一次來自這種好女孩的愛。你應該以得過愛為榮，不能以沒有人愛為榮。這是孔子給年輕貴族的第一個教育。

那麼，你該怎麼做才能得到女孩的愛呢？你得去追求她。你不能只是坐在家裡，等田螺姑娘下凡（按：《搜神後記》記載的故事，主角謝端得到一個螺，不忍心吃掉，便養在家裡，結果從螺裡冒出一名美麗女子，為他煮飯、打掃家裡，但因身分暴露而被迫回到天界。在中國各地，都有類似的傳說故事）。怎麼追呢？鏡頭一轉，來到採摘荇菜這件事上。

為什麼要提到荇菜？因為採摘荇菜，是那個「淑女」的工作。她採摘荇菜，是祭祀用的。那麼，採摘荇菜跟愛情有什麼關係？我們可以這樣解讀：因為她在採摘荇菜的時候，是要選擇的。選擇也是雌性的本能。原始社會中，男人負責狩獵，看見獵物就得趕緊去打，不能選擇；而女人負責採集，採集得精挑細選，有毒的不要，不好吃的也不要。這個在工作上的選擇，正好可以跟女性在愛情中的選擇類比。年輕人看見這位淑女採荇菜，就產生聯想了：看她這般精挑細選的功力，我們也跟這荇菜一樣，等著她的挑選呢。

所以，接下來就寫「參差荇菜，左右流之」，長長短短的荇菜，在她的身邊舞動，等待著她的挑選。就像各式各樣的年輕人，圍繞在她的周圍，表現自己、等待她的挑選一樣。「窈窕淑女，寤寐求之」，意思是：深藏不露的那個女孩啊，我做夢都想追求她。喜歡的東西就去追求，這種執著的精神，也是一種貴族精神。這是孔子給年輕貴族的又一個教育。

追求不可能馬上就成功，總有挫折，所以「求之不得，寤寐思服」。追求不到怎麼辦呢？還是做夢都想著她，甚至為她睡不著覺，「悠哉悠哉，輾轉反側」。君子喜歡一個東西，就是要這麼執著。這是寫女孩沒看上你，或者她還沒開始選的情況。

下面一節，又進了一步。「參差荇菜，左右采之」，這位淑女開始動手採荇菜了！年輕人也得抓緊機會表現。要怎麼表現？搶親？到她宿舍樓下站崗？這些都不是君子所為。「窈窕淑女，琴瑟友之」，君子得彈琴彈瑟，去和她交朋友。作為一個君子，你得提高自己的修養，讓自己變成那根長的荇菜，好女孩才有可能看上你。雄的水鳥為什麼都長得那麼漂亮？牠們是為了迎合雌鳥的口味，才一代一代進化成這樣的。水鳥都知道這個，你一個萬物之靈的人類，一個人類的菁英君子，怎麼能連水鳥都不如呢？

第四節，就是把第三節換個韻再唱一遍。「參差荇菜，左右芼之」，「芼」也是「采」。「窈窕淑女，鐘鼓樂之」，君子得用鐘鼓這樣的雅樂去取悅好女孩，這裡的要求又更進一步。你想要女孩高興、想要她喜歡你，彈吉他還不夠，你得請她聽交響樂。作為一個君子，你得加強自己的修養，就像雎鳩長出漂亮的羽毛一樣，才能讓好女孩喜歡。這就是這首詩的深意。

2 求之而不得的缺憾美——《詩經・蒹葭》

蒹葭
《詩經・秦風》

蒹葭蒼蒼，白露為霜。所謂伊人，在水一方。
溯洄從之，道阻且長。溯游從之，宛在水中央。
蒹葭萋萋，白露未晞。所謂伊人，在水之湄。
溯洄從之，道阻且躋。溯游從之，宛在水中坻。
蒹葭采采，白露未已。所謂伊人，在水之涘。
溯洄從之，道阻且右。溯游從之，宛在水中沚。

〈蒹葭〉出自《詩經・秦風》。秦國自古以來民風比較剽悍，《詩經》的《秦風》裡沒有那麼多浪漫的信天遊（按：中國西北地區流傳的一種民歌形式，其歌詞多描寫男女情愛），基本上只有戰爭詩和政治詩。〈蒹葭〉是《秦風》裡的唯一一首愛情詩，寫的還是一片水鄉風光。〈蒹葭〉出現在《秦風》，我總覺得突兀，像是一個唱《楚辭》的楚國女孩嫁到秦國去。

這首詩是典型的「一唱三嘆」。同樣的意思，換韻腳唱三遍，是《詩經》的特點，所以這裡我只講第一節。

觸碰不到愛人：缺憾的美

「蒹葭蒼蒼，白露為霜」，這個畫面、這個音節，非常經典。「所謂伊人，在水一方」，節奏出現轉折，「伊人」出現了。在一片蒼茫的背景下，一個小小的身影出現在水邊，點綴在畫面的一個角落，而這裡馬上成了焦點。

「溯洄從之，道阻且長」，我的船本來已經順流而下了，驀然回首，發現我的心上人「在水一方」，出現在我的上游。我趕緊調轉船頭，去追隨她。逆水行舟可不容易，而且路這麼長，我一個不注意，怎麼就漂得離她那麼遠呢？「溯游從之，宛在水中央」，我繼續逆流而上，卻怎麼也接近不了她。她究竟在河的什麼位置呢？怎麼好像在水的中央呢？

不論怎麼做，好像都接近不了愛人，這種愛情心理是很真實的。不過，我還是覺得這首詩挺詭異。這個女孩到底站在什麼地方，怎麼接近不了呢？有考據家畫了一張圖，說女孩站的位置，大概相當於未名湖（按：北京大學校園內最大的人工湖）的湖心島；但我覺得這個說法不可靠，就算是湖心島，也是可以接近的。我理解，這個「伊人」可能是一個幻影，她並沒有在這裡，甚至可能已經死了。是詩人太想念她，產生幻覺，才會看見她就站在河邊，但是駕著船過去，又追不上她。如果非要說這個女孩是鬼或是神，那麼這首詩應該跟原始巫術有一定關係。

人的潛意識裡，水象徵陰陽的分界，所以作夢夢見已逝親人時，經常會出現水的意象。已逝之人從水裡冒出來，其實就是從你的潛意識裡冒出來。因此，很多跟生死有關的神話和宗教故事中，都會出現水面的意象。〈蒹葭〉也可能是這種情況，類似一首宗教歌曲，或一首記夢的詩。

這首詩的美，是一種恍惚、朦朧，帶一點悲劇色彩的美；是一種執著追尋之後，仍然求之不得的缺憾美；是〈關雎〉裡「求之不得，寤寐思服」一句的敷演（按：指就一定的材料或事實作為依據，再加以發揮的文學創造）。愛情追求圓滿，但並不需要圓滿，求之不得，往往是審美的開始。圓滿不在了，但我們的互相欣賞還在，我們對愛情的執著還在，這就是缺憾的審美性。

〈蒹葭〉出自《詩經》，但是這種唯美的描寫、對愛情的執著，尤其是這種靈異的人設，讓我覺得它帶有《楚辭》的風格。這種缺憾中的執著，對缺憾的審美，也是君子的自我修養。

《詩經》就是貴族的教科書

在此，我簡單介紹《詩經》的正確打開方式（按：網路用語，指某事應該要這樣進行才合乎道理）。所謂「詩」，就是歌詞，《詩經》就是一部古代的歌詞集。這本歌詞集是孔子刪定，用來教育貴族子弟，裡面的歌詞都是比較正統的，大家可以把它想像成一九九〇年代出版的《中外名曲三百首》（按：一九九六年山西教育出版社出版，匯集適合年輕人的各國歌曲共三百首，其中包含創作歌曲、民歌、歷史歌曲等）。

《詩經》分為「風」、「雅」、「頌」三個部分。「風」就是所謂的民歌，但跟真正民間演唱的歌曲，還是有差距的。「風」大概就相當於春晚（按：指中國央視在農曆除夕晚間播出的綜藝晚會）的「民族歌曲大聯唱」，跟我們平時唱的流行歌曲完全不同。「雅」則是一些抒發高級知識分子感情的藝術歌曲，而「頌」是禮儀用樂。

「雅」詩又分為兩種，比較接近「風」詩的叫「小雅」，相當於文化部春晚（按：由中國文化部舉辦，以展現音樂、舞蹈及戲曲的藝術水平為取向，自二〇一四年春節起已停辦）上的愛情歌曲；比較接近「頌」詩的叫「大雅」，相當於文化部春晚上的愛國歌曲。所以，你如果想找《詩經》裡的愛情詩，要往「風」或「小雅」找。

「風」按地區劃分，共有十五國風，其中「周南」、「召南」兩部分，是周公和召公領地裡的民族歌曲，寫的都是已婚婦女圓滿的愛情。「周南」寫的主要是有優勢的貴族女性，〈關雎〉就是「周南」的第一篇；「召南」則主要寫男尊女卑。剩下的各國民族歌曲，寫的就不一定是已婚婦女，而是寫了很多不圓滿的愛情。

3 愛情終將成為追憶——〈錦瑟〉

錦瑟
唐．李商隱

錦瑟無端五十弦，一弦一柱思華年。
莊生曉夢迷蝴蝶，望帝春心託杜鵑。
滄海月明珠有淚，藍田日暖玉生煙。
此情可待成追憶，只是當時已惘然。

李商隱的〈錦瑟〉是唐代愛情詩的代表。這首詩，有人說是詠物詩，有人說是為悼念亡妻，也有人說就是他對平生愛情的追憶。總之，「追憶」這個詞，是詩裡就有的，而「追憶」也是晚唐詩的主旋律。至於愛情，我覺得一切唯美的感情都可以視為愛情。所以我們不妨認為**〈錦瑟〉**

的主題，就是對愛情的追憶。

「錦瑟無端五十弦」，錦瑟你為什麼要有五十根弦呢？「一弦一柱思華年」，每一根弦，都讓我想起一段曾經的美好時光。「華年」是美好的，讓人忍不住想要回憶，所以不論看見什麼，哪怕只是錦瑟的弦，也會觸發回憶；然而，華年又是不堪回首的，每一段回憶都註定要以傷感結尾，所以說「無端」。首聯入題，**愛情就是這樣，讓人忍不住要回憶，又不忍回憶。**

中間兩聯需要對仗的部分，一般都是七言律詩的華彩樂章。這四句在寫什麼？李商隱的思緒是很飄忽的，不熟悉他的人很難掌握，所以關於這四句的內容，一直有爭議。李商隱的句子那麼漂亮，但就是不知道他在寫什麼。不過也沒有關係，只要靜靜欣賞它的美就好了。就好像你在大街上見到一個漂亮女生，可以多看兩眼，但沒必要知道她的故事。所以，一般人讀李商隱詩的時候，追問「他在寫什麼」的動機也不強。

明知愛情終會消逝，但今天還是要愛

蘇東坡說是寫錦瑟的聲音，分別是適、怨、清、和四種聲調，可供大家參考。而我的看法如下：首先，字面上，這四句分別寫的是春、夏、秋、冬四個季節的景物。其次，春、夏、秋、冬背後有其哲學隱喻。佛教認為，**任何事物的發展都有生、住、異、滅四個階段，就是發生、發展、異化和滅亡**。那麼毫無疑問，**一場愛情也有這四個階段**。生、住、異、滅正好可以分別對應春、夏、秋、冬。

李商隱有一組詩叫〈燕臺四首〉，是四首歌行，也是分別寫春、夏、秋、冬。那四首詩的主題很飄忽，可以看作是在分別寫愛情的生、住、異、滅。李商隱有沒有引入生、住、異、滅的觀念，我們不得而知，但是那四首正好對應四個階段，而生、住、異、滅是事物發展的一般規律。所以〈錦瑟〉中間兩聯四句，也可以理解為分別用春、夏、秋、冬，來寫愛情的生、住、異、滅。

第一句，「莊生曉夢迷蝴蝶」，寫的是春天，是愛情的發生。春天夢多，容易在早晨賴床不起，花叢裡的蝴蝶也是春天的景物。這個典故是說，莊子夢見自己變成蝴蝶，醒來後不知道是自己醒來，還是蝴蝶變成了莊子。這是愛情剛剛發生的感覺，朦朦朧朧，不知道自己是愛著但假裝不愛，還是其實不愛但假裝愛著。但愛的感覺偏偏又那麼真實，就像夢中的感覺那麼真實。這是愛剛剛發生的感覺。

第二句，「望帝春心託杜鵑」，寫的是夏天，是愛情的發展。杜鵑是夏天的景物。傳說古蜀國的皇帝杜宇死後變成杜鵑，又傳說杜鵑拚盡生命鳴叫，嘴上的血滴下來，變成杜鵑花。因為杜鵑是在春末夏初、百花凋零的時候鳴叫，所以杜鵑有一種淒美的意味。杜鵑比蝴蝶又進了一步，因為蝴蝶是夢魂，杜鵑是死後的靈魂化成，不會再從夢中醒來。蝴蝶還會疑惑自己是不是莊周，但杜鵑已經忘記自己曾經是皇帝。李商隱用「望帝春心託杜鵑」形容愛情的膠著狀態，這份愛情已經很確定、不會改變，也就是「死了都要愛」。

第三句，「滄海月明珠有淚」，寫的是秋天，是愛情的變故。月亮當然是每個季節都有的，但是秋天的月亮最有特點，所以我們都是中秋節賞月。秋天的海上，一片寂靜蕭瑟，升起一輪明月，有美人魚在月下哭泣，淚水映著月光，好像是海裡的珍珠。這句好理解，愛情發生變故的那一天，是淒涼、讓人流淚的。

第四句，「藍田日暖玉生煙」，寫的是冬天，是愛情的結束。冬天是最容易讓人覺得「日暖」的季節，夏天的「日暖」，大概沒有人會覺得有美感。冬天暖暖的陽光下，藍田美玉升起一團若有似無的煙氣，看不真切。就好像愛情結束以後，你回憶起來也是若有似無，卻覺得那麼溫暖、美好；或是愛情結束後，還有一點殘留的情愫，藕斷絲連，也像美玉上的煙氣一樣。這裡寫的是愛情的餘響。愛情結束的時候，又回到了若有若無的狀態，又回到了「莊生曉夢迷蝴蝶」，這是愛情的迴圈，也是律詩節奏的迴圈。

描述生、住、異、滅四種狀態之後，尾聯表達詩人的感嘆。這種感情，哪裡需要等到成為追憶，才覺得惘然，當時就已經很惘然了。在愛情中，並不是所謂當局者迷，當時就知道這一切都將化為回憶，會成為未來的惘然。**明知道這一切會成為明天的惘然，但是我今天還是要愛，直到明天到來，這份愛真的成了惘然**。

李商隱寫愛情，下筆特別狠，把愛情的這種哀痛、執著，寫得很透澈。李商隱寫的都是聰明人的愛情。聰明人的愛情，其實更痛。

4
凡人的愛情，比不上牛郎織女——〈鵲橋仙〉

鵲橋仙
宋・秦觀
纖雲弄巧，飛星傳恨，銀漢迢迢暗度。金風玉露一相逢，便勝卻人間無數。
柔情似水，佳期如夢，忍顧鵲橋歸路。兩情若是久長時，又豈在朝朝暮暮。

秦觀的〈鵲橋仙〉是北宋愛情詩詞的代表。詞因為有長短句，所以更適合描述人內心細碎的情感。本色的詞，像是一個女人在跟你絮叨家常。小令因篇幅不長，不能鋪敘，灑狗血的事得留在長調（按：詞按字數分為小令、中調、長調三種，小令為五十八字以下，長調為九十字以上，中調則介於其間）。因此，小令的長處在於，用一、兩句話說中人們心裡最說不出的東西，讓人覺得你說得好有道理，而我竟無法反駁。秦觀這首〈鵲橋仙〉就是典型。

這首〈鵲橋仙〉，好在上闋和下闋的兩個結尾。

上闋的結尾，「金風玉露一相逢，便勝卻人間無數」。牛郎與織女一年只能見一面，所以人們總是很同情他們。但他們的愛情其實是金風玉露，是神仙的愛情。比起人間的柴米油鹽，到了歲數找個人湊合著結婚、一輩子吵吵鬧鬧的婚姻，神仙的一次相會，抵得過無數粗製濫造的凡人婚姻。所以，我們這些凡人，有什麼可同情神仙的呢？這是說牛郎、織女的相會，在品質上勝過凡人的愛情。

下闋的結尾是經常被引用的大名句：「兩情若是久長時，又豈在朝朝暮暮」。但是，這句到底在說什麼呢？

「兩情若是久長時，又豈在朝朝暮暮」其實一直被錯用

《山楂樹之戀》（按：華人作家艾米的長篇小說，張藝謀曾以此為藍本拍攝同名電影）裡，女主角靜秋的媽媽要男主角老三別再來騷擾她女兒，等一年以後靜秋的工作定下來再說，用的就是這句。意思是說，如果兩個人戀愛真的穩定，即使現在不能常常陪著對方也沒關係。一般人的理解都是如此，所以這句經常用來勸年輕人好好獻身事業，別急著結婚。

不過，這個說法並不是秦觀原創。在晚唐時，李商隱就寫過「爭將世上無期別，換得年年一度來」。怎麼才能把我們世上的離別，換成牛郎織女的每年能見一面呢？牛郎織女一年只能見一

面，但是他們不會死，可以千秋萬代活下去，能見成千上萬面；但是，我們凡人是會死的，死了就永遠也見不到了。因此，李商隱表達的，其實是羨慕牛郎與織女。我們知道，李商隱也是悼亡人，這句詩表達的可能是他妻子去世後的感慨。就好像說，你要是能不死多好，哪怕只是像牛郎與織女那樣，一年只見一面也好。

另外還有一個離秦觀更近的人，也有同樣的說法，就是蘇東坡。蘇東坡在一首寫牛郎織女的〈菩薩蠻〉裡寫過：「相逢雖草草，長共天難老。終不羨人間，人間日似年。」雖然牛郎、織女一年只能草草見一面，但他們是神仙，壽與天齊；他們才不羨慕人間，人間的分離，就算是一天能見一面，也是度日如年，跟牛郎、織女一年見一面有什麼區別呢？蘇東坡更加明確點出牛郎、織女是「長共天難老」，並且明確說他們是不羨慕人的。

把秦觀這句和李商隱、蘇東坡的說法放在一起，意思就很明確了。秦觀和李商隱、蘇東坡的說法一脈相承。所謂**「久長時」，不是兩個人忠貞不渝的問題，而是說牛郎和織女不會死，神仙的愛情是永恆的**，也就是蘇東坡所說「長共天難老」，李商隱所說「年年一度來」。因為神仙的愛情永恆，他們有無數時間，所以他們一年只見一天，就像我們凡人一天只見一小時一樣，是可以接受的。神仙永恆的生命中，他們可以有無數次會面，根本不在乎一朝一夕的分離。**可憐的是我們凡人，就算天天廝守在一起，見面的日子也是有限**。這也就是蘇東坡所謂的「終不羨人間」，李商隱所說想用人間的境遇去「換得」的永恆。所以，這個「兩情若是久長時」，讚美的不是忠貞的愛情，而是永恆的生命。

至於我們這些會死的凡人，有什麼立場去同情那些不會死的神仙呢？神仙見面的機會可比我們多太多了。所以，這句是說，神仙的愛情，在見面次數上也完勝凡人。

因此，秦觀這闋詞正確的打開方式應該是：神仙的愛情，即使是像牛郎與織女這種最不幸的，無論是在品質上還是在見面次數上，都碾壓我們凡人。當然，神仙是不存在的，所謂神仙的愛情、神仙眷侶，其實就是有必然性的愛情。兩個人都有高貴的靈魂，可以有靈魂層面的交流，不管是在哪一個平行宇宙遇到，都會理所當然的在一起，這就是有必然性的愛情。那種為了錢、因為年紀到了該生孩子，而隨便找個人在一起的，雖然也可能日久生情，但那不是有必然性的愛情。到了另一個平行世界，可能就不是這兩個人在一起，這就是凡人的愛情。

有必然性的愛情，從品質上說，是「金風玉露一相逢」，哪怕在一起一天，也比凡人過了一輩子要有意義；從數量說，就算你們沒有緣分，在另一個平行世界裡，總有像你們一樣的人會在一起，因為你們靈魂的契合是必然，是「長共天難老」的。所以秦觀的意思是，優質的愛情比假冒偽劣的日久生情強多了。因此，這闋詞告訴我們，應該追求優質的愛情，而不是年紀到了，為追上同輩進度而去相親。柴米油鹽終究抵不上金風玉露，這是士人應該有的愛情觀。

至於說既然忠貞就乾脆等待，這種說法實在令人難以理解，《山楂樹之戀》裡的老三最後也死了。地久天長靠的不是忠貞，也不是可以隨便推遲愛情的理由。天天膩在一起的情侶，總歸是比牛郎與織女好。所以，我的建議是，如果愛情來了，千萬不要因為要考試、找工作等這些無謂的理由，而冷落了它。

5 愛情就是生命本身——〈摸魚兒・雁丘詞〉

摸魚兒・雁丘詞

金・元好問

乙丑歲赴試并州，道逢捕雁者云：「今旦獲一雁，殺之矣。其脫網者悲鳴不能去，竟自投於地而死。」予因買得之，葬之汾水之上，壘石為識，號曰「雁丘」。同行者多為賦詩，予亦有《雁丘詞》。舊所作無宮商，今改定之。

問世間，情是何物，直教生死相許？
天南地北雙飛客，老翅幾回寒暑。
歡樂趣，離別苦，就中更有痴兒女。
君應有語：渺萬里層雲，千山暮雪，隻影向誰去！

> 橫汾路，寂寞當年簫鼓，荒煙依舊平楚。
> 招魂楚些何嗟及，山鬼暗啼風雨。
> 天也妒，未信與，鶯兒燕子俱黃土。
> 千秋萬古，為留待騷人，狂歌痛飲，來訪雁丘處。

從文學上講，金朝的詞可以算到南宋詞裡。鮮卑、女真等民族有一個特點，就是接受漢文化特別快。他們在中原建立王朝以後，很快就能學到漢文化的精髓，變得比漢人還漢人，因此，他們的文學也很快就融入漢文學史。像中唐的元稹、金朝的元好問，以及我們接下來馬上要講到的納蘭性德，都是如此。他們的作品都是同時代漢文學中的精品。

南宋詞的特點是長調，就是可以鋪敘、抒情，可以寫得狗血一點。〈摸魚兒〉就是一個聲調很美的長調詞牌。這闋詞是元好問十六歲時寫的，十六歲能寫得這麼熟練，確實很不容易，也可以想見這首詞充滿少年對愛情的極致追求。

首先，元好問先說明寫這闋詞的背景：有一隻大雁死了，牠的配偶不肯離去，在牠旁邊殉情而死。人們有所感觸，就把兩隻大雁埋在一起，稱為「雁丘」。元好問為這件事寫了詞。

雁跟雎鳩一樣，也是有文化意義的鳥。古人認為，雁是一夫一妻制，終身不變。所以雁象徵夫婦忠貞。周朝的貴族在下聘禮時，一定要送一對雁，以示一心一意。後來學貴族的人多，但大雁變少了，就改成送一對鵝，鵝就是馴化的大雁。據說現在有些地方還保有這個風俗。因此，這首〈雁丘詞〉也是歌頌愛情的忠貞。

現在的人不太能理解，大雁是一種忠貞的動物。如今的大雁變成一種集體主義（按：主張個人從屬於社會，個人應服從於集團、民族、階級和國家利益的思想理論）的符號，不再是忠貞的符號，這就是文化符號的流變。古人看見大雁就想起忠貞，就像我們今天看見大雁就想起集體主義一樣。要理解〈雁丘詞〉，就得理解古人的文化語境。

為什麼愛情，足以使人放棄生命

長調的開頭，要有振聾發聵的效果，要能把人從沉睡中叫醒，願意看下去。怎麼做到這一點呢？就是**開頭不要寫你想到的第一句話，而要寫你思考很久以後，最想說的一句話**。

聽到雁丘的故事，你可能有很多念頭，有很複雜的思考過程。在思考之後，有一句最讓你放不下的話，從你腦海中浮現出來：「問世間，情是何物，直教生死相許？」情到底是什麼東西？居然能讓人（甚至動物）放棄生命。對於生物而言，第一本能毫無疑問是保命，但是總有一些東西，能讓你願意放棄生命。其中最自然的，就是愛情。一開始，就把生死與愛情這麼激烈的矛盾挑出來，這也是雁丘的故事最能打動人心的地方。就連一隻大雁，都會在愛情結束的時候放棄生命。愛情到底是什麼，居然連生命都成為它的籌碼？

那麼，一對大雁的愛情會是如何？「天南地北雙飛客，老翅幾回寒暑。」這對雁一起飛過天南地北，飛過春夏秋冬，見識同樣的風景，也經歷同樣的艱難，牠們的生命體驗已經合在一起，不可分割了。牠們在這個飛行的過程中，「歡樂趣，離別苦，就中更有痴兒女」。回想在一起的時光中，大大小小的歡樂，卻得面對今日永別的痛苦，隨便拿出哪一件，都足夠讓歷盡滄桑的成年男女沉溺其中。

所謂「痴」，就是非理性。在一起時某次小小的快樂，從理性的角度看，算不了什麼大事；而生離死別的痛苦，當然是一件大事，但是從理性的角度看，總不至於比生命還大。但是，一起經歷了這些的人，是「痴」的，是非理性的，對他們來說「歡樂趣，離別苦」，就是生命中最真實的感受，不能用理性來衡量。如果你還沒有愛情的體驗，可以參考打遊戲的體驗，打遊戲獲得的快樂，和打不成遊戲的痛苦，不是用理性可以衡量的，這就叫「就中更有痴兒女」。這其實已經隱隱回答，愛情為什麼可以教人「生死相許」，因為**愛情並不是從理性上衡量，附屬於生命的東西，它就是生命的全部感受，就是生命本身**。

所以這時，詞人拋出了上闋的結句：「君應有語：渺萬里層雲，千山暮雪，隻影向誰去！」那隻殉情的大雁，應該會這樣想：伴侶死了，後半生的漫長旅程，後半生的寒來暑往，我孤零零的，要再往哪裡飛呢？

以後，我再經過我們一起去過的地方，看我們一起看過的風景，但是身邊已經沒有你，這樣的餘生，還有什麼意思呢？所謂「跟你才有未來，跟別人都叫餘生」。**當你覺得餘生的價值，還抵不過回憶帶來的痛苦時，殉情就會成為一個選擇**。

真正殉情的人，其實並不覺得這件事有多麼偉大。他就是出於一個很現實的考慮：沒有伴侶的世界，已經變得沒有意思了；跟他最有默契的一個玩伴，不玩這個遊戲，那他也不想玩了，只是這麼簡單的邏輯。一個高貴的靈魂能找到一個伴侶確實不容易，當伴侶離去時，他對孤獨的恐懼，有時候會更甚於對死亡的恐懼。這個世界上，有比生命更美好的東西，有比死亡更可怕的東西。這就是孟子所說的「所欲有大於生者」、「所惡有大於死者」。在**我們生命的經驗裡，最容易接觸到的、比生命更美好的東西，就是愛情；而讓人不能忍受、比死亡還可怕的東西，並不是道德的譴責，而是孤獨**。

我並不是鼓吹殉情。我個人認為，真正的殉情是一種高貴的行為，但是這種行為，有嚴苛的條件，就是你遇到愛情，又沒有遇到比愛情更偉大的東西。對於大多數普通的靈魂來說，可能一生都不會遇到真正的愛情。像明、清時期很多婦女殉情，但她們可能不理解為什麼要這麼做，她們之所以要殉情，是因為她們覺得殉情很高貴，所以她們也要模仿。像這種殉情，她們覺得自己是很偉大的，一旦覺得自己偉大，就不是真的殉情。而那些有偉大靈魂的人，在自己的愛人去世之前，又難免會遇到比愛情更偉大的東西，有更多的牽掛。在愛人離開後，這個人生遊戲他不得不接著玩下去，不能隨便刪帳號。所以，真正有機會殉情的人是很少的。

上闋是比較精彩的部分，值得反覆玩味。

下闋相對來說不那麼經典，但還算妥帖。一首長調想要句句經典是很累的，何況元好問當時還只是個十六歲的孩子。

高貴的靈魂才會被記得

下闋的開頭，叫做「換頭」，需要另起一意。元好問想到，大雁殉情這個地方，也是當年漢武帝唱〈秋風辭〉的地方：「橫汾路，寂寞當年簫鼓，荒煙依舊平楚。」漢武帝曾經在汾水上泛舟，寫了〈秋風辭〉，感嘆生命短暫。在「生命短暫」這個話題上，漢武帝和殉情的大雁有了對話空間：大雁不要餘下的生命，而漢武帝是怕死的。但是，怕死也得死。漢武帝雖然享盡帝王的榮華富貴，最後還是死了。他生前行樂的地方，留下一片荒涼。

荒涼到什麼程度呢？「招魂楚些何嗟及，山鬼暗啼風雨。」〈招魂〉是屈原悼念他的君主楚懷王的作品。但不是每一個君主死後，都像楚懷王這麼幸運，自古以來死去的帝王太多了，一個個都這麼招魂，招不過來。漢武帝死後就沒人寫〈招魂〉悼念他，儘管生前享盡榮華，身後還是一樣的寂寞。只有在他剛死的時候，有個山鬼記著他，知道他不會再來了，在風雨中暗暗哭泣，這也是用了《楚辭》裡的典故（按：指《楚辭》中的〈山鬼〉）。

現在的人經過時，只記得憑弔雁丘，沒人再記得漢武帝。漢武帝生前那麼顯赫，現在卻沒有人關心他；而大雁只是一隻卑微的鳥，卻有人來憑弔。這就形成鮮明的對比。為什麼呢？因為大雁觸動了人心中最柔軟的地方，但是漢武帝沒有給人這樣的感動。殉情的大雁不要餘生，現在卻被人們長久紀念著；漢武帝努力延長自己的生命，卻終究被人忘記了。這就說明，**生命的長度和功名利祿都不重要，能讓人記住的只有生命的美麗和高貴**。就像黃耀明在歌裡唱的：「蝴蝶總比沙丘永久」（按：出自黃耀明作曲及演唱、周耀輝作詞的粵語歌曲〈愛彌留〉）。

所以，詞人說，像大雁這樣美麗而高貴的動物「天也妒」，不僅比帝王好，就連老天也會嫉妒牠。「未信與，鶯兒燕子俱黃土」，我不相信這麼高貴的生命，會像普通的鶯鶯燕燕一樣，變成一抔無情的黃土。鶯兒燕子，在我們的文化裡象徵輕浮、不忠貞的愛情。同樣是死，高貴生命和普通生命是不一樣的，高貴的生命並不會真的無聲無息離開。「千秋萬古，為留待騷人，狂歌痛飲，來訪雁丘處」，未來千秋萬代，有敏感內心的詩人們，都會來這裡憑弔高貴的大雁。

6
情詩，寫的不只是有情——〈蝶戀花・辛苦最憐天上月〉

蝶戀花・辛苦最憐天上月

清・納蘭性德

辛苦最憐天上月，一昔如環，昔昔都成玦。若似月輪終皎潔，不辭冰雪為卿熱。

無那塵緣容易絕，燕子依然，軟踏簾鉤說。唱罷秋墳愁未歇，春叢認取雙棲蝶。

納蘭性德是一位清初的滿洲貴族詞人。「納蘭」，後來一般寫成「那拉」，就是慈禧太后的姓「那拉」。慈禧太后是葉赫這個地方的那拉氏，所以叫「葉赫那拉」，就像漢人說「常山趙子龍」一樣，「常山」是他的郡望，「趙」才是他的姓。納蘭性德是納蘭明珠（按：清康熙時期重臣）的兒子，年輕時就擔任很高的職位，但是死得很早。他的生平這裡就不再贅述。

詞的地位在清朝急速上升。從那時候起，就有好多人詩寫得很普通，但詞寫得很有意思，納蘭性德便是其中之一。納蘭性德擅長小令，短短幾句就能寫到你心坎裡。這是文體的特點和時代的特點，跟民族沒什麼關係，跟戀愛經歷也沒什麼關係。納蘭性德的感情經歷沒什麼特殊的，他詞寫得好就只是因為寫得好。

你離開以後，只剩下思念的痛苦

〈蝶戀花〉這個詞牌，聲調特別淒美，適合表達比較強烈的感情，年輕人的愛情往往比較適合用〈蝶戀花〉來寫。納蘭的這首〈蝶戀花〉是一首悼亡詞，悼念他去世的妻子。

「辛苦最憐天上月，一昔如環，昔昔都成玦。」天上的月亮挺悲劇的，一個月只有一個晚上最圓，其他每個晚上都缺。這就讓詞人聯想起自己和妻子，美好的日子總是短暫，剩下的日子都只有思念的痛苦。

但是，月亮缺了，過一個月，總還有圓的那一天；妻子去世了，卻再也沒有復生的時候。所以，詞人就想：「若似月輪終皎潔」，你要是能像這月亮一樣，能有回來的那一天，我什麼代價都肯出啊！我「不辭冰雪為卿熱」。這裡有個典故，說荀彧（按：曹操的首席謀臣）的兒子荀粲，字奉倩，特別愛他的妻子。他妻子生病發燒，他就自己脫光衣服，站在冬天的院子裡，把身子凍涼，回來抱著妻子，幫她降溫。後來他妻子病癒，他自己卻凍死了。納蘭性德說，要是能讓你活過來，我也願意像荀奉倩這麼做。這句話感情很強烈。雖然詩人說話大多只是說說，但也讓人感動。〈蝶戀花〉就得這麼寫。

我覺得這裡還有一個通感的想像，就是月光給人的感覺是冷的，因而讓他聯想到荀奉倩。「無那塵緣容易絕」，但是，畢竟妻子是怎麼都不能復活。「燕子依然，軟踏簾鉤說」，只有燕子依然踏著軟軟的簾鉤，在那裡呢喃細語，好像你還在世時的光景。「唱罷秋墳愁未歇」，這是化用李賀的詩句「秋墳鬼唱鮑家詩」。「鮑家詩」指的是鮑照的〈代蒿裡行〉，也就是輓歌。在秋墳唱歌的應該是鬼，是死去的妻子。妻子在墳裡，應該也在思念著我吧，她為自己唱完了輓歌，卻不能宣洩盡陰陽永隔的憂愁。這個想像有點奇特，說妻子在想念自己，其實還是自己在思念妻子。最後一句「春叢認取雙棲蝶」，你對我的思念，和我對你的思念，但願能化為一雙蝴蝶，在花叢中起舞。

對死去愛人的思念都是差不多的，所以這首詞讓我覺得感動的地方，不是他悼念死去的愛人，而是他表達情緒的能力。可以說，這首詞沒有一句廢話，每一句都精彩。**寫好一首情詩，只有感情是遠遠不夠的，還需要文化的修養。**

第二部

盡孝或盡忠，一直是個大問題

上一章講如何愛你的愛人，這一章講如何愛你的父母。

你和你的愛人在一起以後，有很大的可能性，會一起孕育孩子。於是就產生下一個問題：你怎麼愛你的孩子？這是關於「慈」的問題。另外，你們可能不只有一個孩子，那麼還會產生孩子之間怎麼相處的問題，那就是關於「悌」的問題。

接著，你的孩子會上學，像對待兄弟一樣對待同學，就有一個關於「友」的問題。其實，你和你的愛人相愛，也是一個「友」的問題，是更深入一點的「友」，所以沒必要非得分清楚友情和愛情，從友情到愛情是一個漸變、連續的過程。關於「友」，我已經在上一章講過一部分，後面章節還會講到，這裡就先暫時不提。

你愛你的孩子，做到「慈」之後，就會有你的孩子如何愛你的問題，也就是「孝」。

慈和孝為什麼不能歸為「友」呢？其實也是可以的，父子之愛本質上也是一種朋友之愛。所以明朝有人主張，一切父子、君臣、夫婦、兄弟之間的愛，都歸為朋友之愛，所謂「五倫中去其四倫」，一切人際關係都可以歸為朋友關係。夫婦之間是朋友、父子之間是朋友、君臣之間也是朋友，而兄弟之間更是朋友了。夫婦之間的朋友關係，我們現在貫徹得比古人好，情侶之間都互相稱作男朋友、女朋友，但是父子之間沒有父朋友、子朋友。為什麼呢？主要還是因為，父子跟朋友有那麼一點不同。

怎麼不同呢？首先，父子關係是血緣決定的。你一生下來就已經決定那個人是你的父親，不論喜歡與否，他都是你父親。你看你另一半不順眼，可以離婚，再找個順眼的結婚；但是你不能大街上看誰當你爸爸好，你就上去叫爸爸。所以，**夫婦和別的朋友關係都是「自由戀愛」，只有父子是「包辦婚姻」**。

當然，你在大街上看誰像你爸爸，你就上去叫爸爸行不行呢？也行。我們人類為了彌補父子「包辦婚姻」這個缺陷，其實也創造出很多制度，可以讓不是父子的人，自由選擇結為父子。比如，你可以認乾爹——我們知道，呂布認了好多乾爹，號稱「三姓家奴」；安祿山也有很多的乾兒子。或者你看誰順眼，可以當他兒媳婦、當他女婿——所謂「重新投胎」。有的人跟公公婆婆、岳父岳母，比跟自己親生父母關係還好，這是一種很可貴的緣分。再比方說，你可以拜師，師生關係其實是一種模擬的父子關係——當然，這位老師得是你的授業恩師，重新塑造你整個靈魂，只教過你一節課的老師不算。

但就算是這樣，你家裡還是有一對父母，你沒辦法和他們絕交，這就是父子關係跟其他人際關係不同的地方。

父子關係還有一個特殊的地方，可以說很煩人，也可以說是最感人的一點。按理說，正常的朋友關係是建立在平等的基礎上的。也就是說，你們兩個人都是神志清醒、靈魂成熟，且靈魂強大程度也相近，兩人之間可以交流，才可能成為朋友。如果你思想特別深刻，但他什麼都不懂，就只知道吃，那你跟他交朋友，算是你欺負他。

但是，**父子之間經常是不對等的**。比方說，你出生後的前三年，你的父母餵你喝奶、幫你換尿布，沒辦法好好睡一整晚，但不公平的是，你對這三年一點記憶都沒有。這個不公平有還回來的一天，那就是當你父母去世後，你想起他們時，不管你怎麼肝腸寸斷，他們一點感覺也沒有。所以**古代說守孝要三年，就是還你出生後前三年一點感覺也沒有的債**。

現代醫學發達，很多老人不是在完全清醒的狀態下離世。在父母失去意識的這段時間，你免不了投入更多的精力照顧他們，但他們一點都不知道，這也是還那三年的債。

圍繞著這兩個三年，對於情感豐富的高智商人類來說，還有一個類似的不公平階段。從你三歲到十八歲這段時間，你雖然記得你父母對你的好，但是你的身體還沒有完全成熟，你對地球人的社會規則和生存技能還不夠熟悉，你父母是強大的成年人，免不了要照顧你。如果你是比較聰明的孩子，他們照顧你所花的精力，還比別人的父母照顧他們的孩子更多。這時候，成年人的父母，靈魂比你強大，但是還要跟你相處，容忍你的不懂事。

你成年以後到你父母老去之前，這段短暫的時間，你們的靈魂平等，你們是朋友。接著，從你的父母衰老開始，直到他們完全失去意識，這段時間裡，你的父母是老年人，而你是強大的成年人。這時候，他們對地球人的規則已經不再熟悉，你的靈魂比他們強大，換你要照顧他們、容忍他們的不懂事，這就把你三歲到成年的債還回來了。如果他的靈魂一直很強大，你小時候受過來自他的教益又比較多，那你的債可能直到他去世都還不完，你還需要在他去世後繼續懷念他，繼續做他覺得對的事。

他強大你弱小時，他對你好，是「慈」；你強大他弱小的時候，你對他好，則是「孝」。一般說來，「慈」比較容易，「孝」比較困難。所以儒家要求，父慈才能子孝。如果父母連慈都做不到，那也就沒法要求子女孝了。

儒家的思想，向來是對地位高的人要求更高，所謂「《春秋》責備賢者」。這個「責備」，不是批評的意思，是「求全責備」的「責備」，如果你是一個賢者、君子，儒家就要求你的道德要完美，這叫「責備」。如果你的地位低，就沒有這個要求。所以按照儒家的理想，**對「慈」的要求，必須比「孝」的要求高得多，對父母的要求，必須比對子女的要求高得多**。所以，《弟子規》就憑「弟子規」這三個字，已違背儒家思想，儒家沒有「弟子規」，只有「先生規」，從來都是要求老師怎麼做，弟子跟著能做多少做多少。

因此，按儒家的邏輯，應該先講「慈」，再講「孝」。但這裡暫時把「慈」略過去不講，直接講「孝」。其實「孝」不是單方面的要求，凡是「孝」的要求，都是以對「慈」的更高要求為前提。

1 孝，就是讓自己好好活著——《論語》論孝

《論語》其實就是孔子的微博。閱讀的人如果不知道這些微博的上文，容易產生誤解，而一條微博被轉發次數多，一定會引起誤解。所以，我想為各位解釋一下，本篇引用這幾條微博的上文各針對什麼問題，以及後來產生的影響。

《論語》裡的「孝」，可以劃分成幾個主題。首先，「孝」的第一個要求是什麼？孟子有一句名言：「不孝有三，無後為大」，但「後」是「大」，是最大的事，而不是第一件事。孝的第一個要求是「身體髮膚，受之父母，不敢毀傷，孝之始也」，這句話出自《孝經》。

孝，就是好好活著

《世說新語》裡有一個故事，一個叫范宣的人，他八歲時不小心弄傷手指，就哭了起來。別人問他，很痛吧？他說不是痛，是因為身體髮膚受之父母，不敢毀傷。後來，明朝的李贄，很直白的在這裡評點了一句——還是痛。確實，一個八歲的孩子，手受傷不先覺得痛，先想到這是不

孝，是不可能的。

但我覺得，因為疼痛而哭，和孝順並不矛盾。我們的身體是父母給的，父母既然生下我們，總是希望我們可以好好的活下去，這是生物的本能。父母都期望自己的子女身體健康。當然，有的父母除了期望子女身體健康之外，還有別的期望；有的父母對子女，除了身體健康之外沒有別的期望。但是，沒有只期望子女高成就，卻不期望子女身體健康的父母，除非這父母喪盡天良。

父母關心你的身體，總是比關心你的靈魂多，也比你關心自己的身體多，這是理所當然的事。你來到這個世界上，你的身體就好比是你的房子，你的靈魂住在這個房子裡，房東是你的父母。房東關心房子總是比房客多一點。所以好好愛護這個房子，就是房客對房東最大的尊重，接下來才能談別的。你割破了手，感覺到痛，也就意味著你父母送給你的禮物受到損傷，這本來就是同一件事。你知道疼痛並遠離傷害，是保護自己，同時也是盡了第一個孝道。所以說，**孝的開始，就是保護自己的身體不受傷害。割到手知道疼，就是孝之始**。

這裡說到的「身體髮膚」也包括頭髮。古人是留長頭髮的，他們不知道剪頭髮不疼，所以把頭髮也納入。但現代人都知道理髮不會痛，因此理髮不算是受到傷害，不是不孝。但是扯頭髮就不行了，扯頭髮是疼的，屬於不孝。

總之，**孝最基本的要求，就是保護父母賜予的生命**。很多時候，孝就是一種珍惜生命更冠冕堂皇的說法。《漢書》中，有一個叫王陽的人，到益州去做刺史。做益州刺史，那就得入蜀。所謂「蜀道難，難於上青天」，一不小心真有可能掉下山谷摔死。王陽走到一個叫九折阪的地方，這裡的地勢非常險峻，於是他說：「奉先人遺體，奈何數乘此險！」這裡的「先人」指的是父母，「遺體」不是屍體，是父母送給我的身體。這句話的意思是：我為什麼拿著父母給的身體，三番兩次走這麼險的路呢？命是爸媽給的，即使替皇上做事，也犯不著賠上性命。所以他就折返，跟皇上說他生病不上任了。後來，又有一個叫王尊的人，也做益州刺史，也過這個九折阪，一看，地勢確實險峻，問：「這是讓王陽決定折返的那個地方嗎？」手下人說是，王尊快馬加鞭，說：「走，王陽當他的孝子，我當我的忠臣。」意思是，我是幫皇上做事，摔死就摔死。

在這裡，王尊把「孝子」和「忠臣」對立了起來。王陽做了什麼讓他成為孝子？就是惜命。珍惜自己的生命，就是孝子。不要命就是忠臣，就不是孝子。君要臣死，你不是非死不可，而是有兩個選擇，不死就不是忠臣，死就不是孝子。忠和孝不是天生並存，而是天生矛盾。

所以，岳飛的母親想讓兒子盡忠，還得給他背書，說他盡忠不算不孝，在兒子背上刺了「精忠報國」四個字，這是真正的「背書」，意思是「母親我親自下手給你紋身，你就別怕疼了」，岳飛這才能上戰場打仗。國難當頭時，做母親的說這兒子她不要了；沒有國難時，就要自己選擇是不忠還是不孝。因此，古代的文人不想替君主賣命時，「我要盡孝」往往是一個很好的藉口。至於到底是珍惜自己的生命，還是珍惜父母給的生命，就不用分那麼清了。

因此，**古代中國提倡孝道，往往是提倡對個人生命的尊重**。你不能光為皇上想，也得為父母想，其實也就是為自己想。你可以說：你想通了，你父母有一大堆兒子，不那麼需要你，而皇上更需要你，這樣可以。但是你不能不為你父母想。

我認為，盡忠還是盡孝，是個人選擇。有的人就是想安安穩穩，保全自己，照顧父母子女，這沒有什麼好指責。如果一個社會的大多數人，連這樣一點個人利益都不能有，這個社會是可怕的。但是有些人，出於一些合理的原因，願意拿父母給自己的生命做籌碼，去博取一些更難得的東西，這也是值得敬佩。我不會硬說這樣也是孝，我只能說，孝並不是唯一值得追求的東西。

不過，有一種情況例外，就是你爹就是皇上，或者至少是貴族，所謂世受國恩，這時候盡忠和盡孝才是一致的。後面章節會提到的屈原，就屬於這種情況。所以，古代都是派貴族打仗，只有貴族，盡忠和盡孝才不矛盾。

孟武伯問孝。子曰：「父母唯其疾之憂。」（選自〈為政篇〉）

因此，二十四孝故事的割股療親，並不符合孝的原則，因為他不愛惜自己的身體，讓自己受傷。我們的身體來自父母，沒有人會把自己身上的肉割下來煮湯，所以割股療親是大大的不孝。此外，我還聽說，有女孩子賣淫供自己弟弟上學，竟然有人說這是出於孝。如果真從傳統的孝道思想出發，沒有比拿著父母給的身體去賣淫更不孝的行為了。沒打算盡孝是一回事，但如果打算孝順父母的話，首先要愛惜自己，自己好好活著，然後才能談別的。

《論語》裡也提到這個「想要孝順父母，就得好好活著」的道理。孟武伯問什麼是孝，孔子說：「父母唯其疾之憂」，讓父母只擔心你生不生病，就是孝了。意思是別讓父母擔心你身體健康以外的事。孔子是一個見什麼人說什麼話的人，也就是所謂「因材施教」，而據說孟武伯是個愛玩命的人，因此孔子才對他說：你不作死，就是孝順了。父母是你身體的房東，你就是再怎麼努力不讓他擔心，他也會擔心你生病，這是沒有辦法的事；但你要是再登高爬梯，你身體受傷害的機率更大，父母就更擔心了，所以孔子說，不作死就是孝順。

孔子的理論基礎在於「身體髮膚，受之父母，不敢毀傷」，自己活好就是孝順。如果父母有事沒事擔心你的身體，你別嫌煩，那說明你活得很好，沒有別的事讓他們擔心，也說明你孝順。

孝就是讓自己好好活著。社會應該允許人好好的活，否則這個社會是很可怕的。如果一個社會，會因為任何被認為是「正義」的理由，就要求人毫無保留的奉獻自己，萬一這個社會出問題，可能就沒人去踩煞車了。

愛父母，有時可能需要反抗權威

> 葉公語孔子曰：「吾黨有直躬者，其父攘羊，而子證之。」孔子曰：「吾黨之直者異於是。父為子隱，子為父隱，直在其中矣。」
>
> （選自〈子路篇〉）

這話是什麼意思呢？《論語》中這麼說：葉公——就是「葉公好龍」裡所說的葉公（這裡的「葉」是羋姓〔按：春秋時期楚國的族姓〕，讀作「葉」，不用讀作「設」）——跟孔子說，他那裡有一個人特別耿直，因為爸爸偷了一隻羊，就去告發他爸。但孔子不同意他的話，認為這不叫耿直。

孔子說，我們不是這樣的。請注意孔子說話的藝術，他不說「這不叫耿直」，不說「你說得不對」，他說「我們不是這樣的」，這是君子說話的方式，因為誰也不可能掌握宇宙的真理，不能說我對你就是錯，你能掌握的只是你的視角，只能說你們那裡是那樣，但我們這裡不是。其實孔子的意思就是「你這話不對，不能這麼說」。孔子說：「吾黨之直異於是」，我們說的耿直不是這樣的，我們說「父為子隱，子為父隱，直在其中矣」，父親為兒子遮掩，兒子為父親遮掩，這也是耿直。

這話聽起來似乎不近情理，父親明明做錯事，你還要為他遮掩，這還能叫耿直？這不是不講理嗎？這句話一直受到批判。但是，我們要記得，《論語》是孔子的微博。在微博上，如果一個平時比較溫和的人，突然發表很極端的言論，我們應該想到，他說這話是有前因的，一定是針對什麼比較過分的事，所謂矯枉必須過正。

孔子這話的前因是什麼呢？今天我們不可能知道了，不過可以根據葉公的話推測。父親偷了一隻羊，當然是不對的，我們要嚴格的執行法律和道德的要求，當然可以去告發他。不過，一隻羊的價值並不大，偷羊當然不能說道德高尚，但也算不上什麼大罪，所以，不舉報也是可以的。

一件無可無不可的事，孔子卻在某個情境下，堅決的反對其中一方，就啟發我們思考：**如果這一方發展到極端，會發生什麼事。回到這個問題，如果我們在任何一件小事上，對自己最親的人都嚴格執行社會規定的正義，會發生什麼事？**

我們可以設想一個像英國作家喬治．歐威爾（George Orwell）筆下《一九八四》（*Nineteen Eighty-Four*）那樣的世界，有一套非常嚴格的道德標準，允許告發任何不符合這個標準的人。丈夫可以告發妻子，兒子可以告發父親。但這不是因為不愛自己的親人，而是因為自己的親人不符合社會的規定，那麼，他們會矛盾、痛苦。但是在那個世界，不允許私人情感。**一旦社會告訴你什麼是正義，你不能憑你的私人感情加以拒絕**。

他們這麼做的時候，認為自己很正直，因此痛苦是值得的。但是，這裡有一個隱性前提，就是社會規定的正義不會出錯。然而，一旦正義出了偏差，就很難說誰是正直的。如果一個人忍著痛苦，錯誤批判自己所愛的人，這個痛苦就不值得了。

人的理性有限。作為一個普通人、年輕人，當社會告訴你什麼是正義時，其實你經常沒有能力憑理智判斷。如果你能憑理智批判社會，當然是大智大勇，但大多數人做不到。大部分普通人要抗拒洗腦，其實要靠私人的感情。如果你的父親或親戚好友，被社會宣判為罪人，但是你記得他曾經對你很好，從你的感情出發，你會覺得這個人可能也沒那麼罪大惡極。這個時候，你不能去干擾正常的司法程序，但至少，你可以不親自下手。**所有人都想懲罰這個人，但你內心是愛他的，所以你還繼續愛他，這也是一種耿直**，耿直聽從你的內心。這就是孔子說的「父為子隱，子為父隱，直在其中矣」。在社會的大道理面前，為每個人的私人情感留一點空間，在關鍵時刻，說不定這就是一腳煞車。

「子為父隱」，我覺得最好的例子就是畫家林風眠。他到晚年的時候，反覆畫一個題材——劈山救母。他六歲時母親跟人私奔，後來被族人抓回來。族人按照宗族的家法，要燒死他母親，年幼的林風眠拿著菜刀衝過去，拚死捍衛母親，族人只好住手。後來，他母親還是受到處罰，被族人賣掉。沒能保護母親成為他一生的傷痛，到晚年還念念不忘。

當時，林風眠是一個成長在宗族裡的小孩，不可能有現代的女性意識；而對當時宗族裡的人來說，把私奔的女人燒死，就是他們的正義。不僅如此，對小孩而言，母親拋下他私奔，也是做錯事。但就算如此，他還是要捍衛他的母親，並不是因為看透社會規則的荒謬，而只能說是出於天性。小孩子的天性就是愛母親，不管別人怎麼說，他記得母親曾經溫柔對待他，所以認為母親沒有罪大惡極，而要被那樣處死。所以他要為他的母親說話。在不能指望理性的時候，人類心中最簡單的感情，就有了價值。所謂子為父隱，就是要尊重人類的這種感情，而不是讓人為權威文過飾非。父母是愛的對象，而不是權威的象徵。相反的，愛父母還經常需要反抗權威。

在古代，孝是唯一可以拿到檯面上來說的私情。你不能說愛你自己，因為有自私的嫌疑；你不能說愛你的愛人，因為有淫蕩的嫌疑。所以，當一個人想要用私情，與公權力抗衡時，只能抬出孝來。所以我們得理解，當古人在談論孝時，他到底在說什麼。現代社會允許我們說愛自己，也允許我們說愛自己的愛人，所以我們可以光明正大的用古人愛父母的方式，愛我們自己、愛我們的愛人，當然也同樣愛我們的父母。

孝，不包括奉養父母

子游問孝。子曰：「今之孝者，是謂能養。至於犬馬，皆能有養；不敬，何以別乎？」（選自〈為政篇〉）

自己好好活著以後，如果行有餘力，想要再孝順一點，還能做什麼？是不是奉養父母，給他們錢、讓他們吃好穿好呢？不是。孔子說，當爸媽的不能這麼俗。**《論語》裡講的孝，從來不包括奉養父母**。如前面所講，孔子的教育是君子的教育，針對的是貴族，貴族父母都有退休金，並不需要子女來養。孔子的貴族教育，從來都不談錢，因為貴族不缺錢。與此同時，貴族又是一種氣質，就算沒錢，也還是貴族，還是不缺錢。

所以，孔子說：「君子喻於義，小人喻於利」。君子只知道什麼該做，小人只知道什麼能得利。這句話對中國人產生的影響很深遠——我去校外講課，也不敢問對方給多少錢，因為怕當小人，只能看錢給得合不合適，不合適的下次就不去了。別人問起，我只能說「你開這種課是不義的」。同樣道理，**當父母的，更不能說「我養孩子，就是為了他將來要給我錢」**。

父母養子女是應該的，因為一個小孩在被生下來時，不可能有任何物質儲備。**人生就好比是打一場遊戲，父母決定把子女生下來，就相當於父母推薦子女來打這個遊戲。子女剛開始打遊戲時，什麼裝備都沒有，做父母的有責任罩著他**。但是父母老的時候，他們已經活了一輩子，作為君子，應該活好自己的人生，包括為自己養老做好準備，至於準備得如何，那是自己該負責。如果因為某種歷史原因，這個做父母的君子到老了沒有錢，但他的品德值得子女敬佩，子女又活得很好、有多餘的錢，那麼出於感激，給父母錢是應該的。但是作為父母，不能指望養孩子是為了賺錢。在孩子面前「喻於利」很尷尬，所以孔子並不贊成。

孔子說：「至於犬馬，皆能有養；不敬，何以別乎？」如果只是養活父母的話，養狗養馬，不也是養活嗎？如果光是養活，沒有尊敬，那養父母跟養狗養馬有什麼區別？現代人養狗，是把狗當寵物，主人對狗也有感情，也不能說只是養活牠；但當時養狗是讓牠看門，主人跟狗沒有感情。如果光是養活父母，沒有父慈子孝的感情，那還不如養狗。另外，那時候的養馬，相當於現代人養車，沒什麼感情。光養活父母，等於是養一輛車，每個月花錢養車，不能說是孝順車。所以，光養活不叫孝順。

為了避免淪為犬馬，我覺得養老還是依靠社會保險比較好。年輕時我們納稅，拿錢來養別人的孩子，所謂「幼吾幼以及人之幼」；老了以後，讓這些孩子納稅，拿錢來養我們，所謂「老吾老以及人之老」。給錢的人和拿錢的人不見面，避免尷尬，中間也不存在敬與不敬的問題。所以在現代社會裡，養兒防老和孝養老人應當是靠納稅來解決，不需要生育行為。就算有孩子，也不需要孩子來養父母，父母子女之間只剩下「敬」的問題，這也符合孔子的理想。

> 子夏問孝。子曰：「色難。有事弟子服其勞，有酒食先生饌，曾是以為孝乎？」
> （選自〈為政篇〉）

所謂**「孝敬」，「孝」和「敬」都不是單方面的**，是以「慈」為前提。**要讓子女「敬」父母，首先父母要先值得子女「敬」**。如果父母自己活得像馬像狗，子女就沒辦法敬他們，只能把他們當馬當狗養著，所謂「何以別乎」。人要是活得不比狗高貴，憑什麼子女要對他比對狗好呢？當然，如果父母是高貴的人，子女就必須懂得敬重他們，不能光想著啃他們的錢。

所以，**孝順父母的第二個要求，不是養他們，而是敬他們**。孔子有兩句話我特別喜歡：「有事弟子服其勞，有酒食先生饌」，有些人會解釋成：有工作就你們當學生的幹，有好吃的就給我當老師的吃。雖然我也不反對受到這種待遇，但這句話不能這樣解釋。首先，「弟子」的意思，是後生，也就是晚出生的人，包括弟弟和兒子；「先生」，是先出生的人，包括爸爸和哥哥。「弟子」包括學生但不限於學生，「先生」包括老師但不限於老師。最重要的是，這是半句話，不是一句話。完整的句子是：「有事弟子服其勞，有酒食先生饌，曾是以為孝乎？」」難道這就算是孝嗎？這是一個反問句，想表達「光養活不能算孝順」的意思。那要怎樣才算是孝順呢？孔子說：「色難。」**給好臉色，才是最難的。色難，也就是「敬」的意思。**

孝敬要合乎禮，不能超過

> 孟懿子問孝。子曰：「無違。」樊遲御，子告之曰：「孟孫問孝於我，我對曰『無違』。」樊遲曰：「何謂也？」子曰：「生，事之以禮；死，葬之以禮，祭之以禮。」（選自〈為政篇〉）
>
> 子曰：「事父母幾諫。見志不從，又敬不違，勞而不怨。」（選自〈里仁篇〉）

「敬」是不是無條件的敬呢？不是，「孝」是必須以「慈」為前提，父母可敬，才敬。所以孔子講究「禮」，所謂「生，事之以禮；死，葬之以禮，祭之以禮」。**孝敬父母，要在禮的框架內**。父母活著時，他們的要求，如果符合禮就盡量滿足，不符合禮就不做；父母不在以後，辦喪事，在禮的範圍內讓他們走得體面，但是超出禮的範圍就絕對不做，不鋪張浪費。儒家服務貴族，主張厚養厚葬，但孔子是天秤座，凡事都講求不超過，活著時養，去世後葬，都不能過分。

「葬之以禮，祭之以禮」，全社會有個統一的標準就行，死者躺在那裡，他也不能跟你說，多燒個紙人給他。而「事之以禮」，其實也包括父母的行為要符合禮。

關於怎麼「事之以禮」，孔子有很具體的解釋。他說，「事父母幾諫」，服侍父母，如果父母做得不對，就要拚命的勸諫，而不是一味姑息，這才是愛父母。但是，如果你怎麼勸他們都不聽呢？那你就「見志不從，又敬不違」，他們實在不聽你的，你就聽他們算了。他們畢竟是你的父母，你不能跟他們絕交。

況且，在家裡，也沒有什麼關係到天下興亡的大事。如果只是要不要把飲料瓶留下來當回收物賣，或是今天穿不穿外套這樣的事，你需要每件事都去吵嗎？真正關係到天下興亡的大事，也不是非得跟父母說明白不可，因為跟父母說明白也沒用，這必須說給大家聽才行。當然，介乎穿外套和天下興亡之間，還有無數的事，到底什麼算大事、什麼算小事，孔子沒有給出定義，這就留下無限闡釋的空間。

如果說，除了天下興亡以外，你什麼事都聽從父母，你的自我就會消融在父母的生命中，你會有窒息感。是自己窒息，還是多少讓父母不高興，這是你的選擇，孝不是唯一的正確路徑。如果你自己想清楚，你連穿外套這樣的小事，也不願意聽父母的，那也可以，不過你心裡得明白，這樣父母會傷心。不過，不穿外套也只是你個人的選擇而已，不必因為不穿，就把自己當勇士。

「又敬不違」之後，還有一條「勞而不怨」。順從父母，難免會很辛苦，比如說穿外套悶出一身汗，或者是明明很熱還穿外套，讓人看笑話，這時候你得「勞而不怨」。你不能抱怨，否則不是白順從嗎？**要是不能做到「勞而不怨」，還不如不順從**。

那麼你為什麼要順從父母呢？是不是因為父母有權威？不是，你是大丈夫，是「威武不能屈」的，順從父母不是因為他們會拿棍子打你，而是因為你愛他們，這麼做你會心安，不這麼做你心不安。**「心安」，就是「事之以禮」的界限**。

> 宰我問：「三年之喪，期已久矣。君子三年不為禮，禮必壞；三年不為樂，樂必崩。舊穀既沒，新穀既升，鑽燧改火，期可已矣。」子曰：「食夫稻，衣夫錦，於女安乎？」曰：「安。」「女安則為之！夫君子之居喪，食旨不甘，聞樂不樂，居處不安，故不為也。今女安，則為之！」宰我出。子曰：「予之不仁也！子生三年，然後免於父母之懷。夫三年之喪，天下之通喪也。予也有三年之愛於其父母乎？」
>
> （選自〈陽貨篇〉）

孔子有一個弟子宰我——就是白天睡覺被孔子罵「朽木不可雕也」的宰我，有一回他跟孔子說，三年的喪期太長，君子擔負著家國大業，守孝三年不就什麼事都耽誤了嗎？孔子問他：父親去世不到三年，你就吃好穿好，這樣你心安嗎？這裡孔子用了一個反問句。反問句是很有殺傷力的，反問句不是讓你回答，不是在跟你講理，是認為他說的都是理所當然，想讓你反思。正常人如果被問「你心安嗎」，即使還沒想明白是什麼道理，也會反思一下。

但宰我不是正常人，他很淡定的回答：「安。」既然心安那就沒有辦法了，所以孔子也無話可說，只好說，你心安你就去吃好穿好吧。孔子當著宰我的面，還是盡量克制情緒，但宰我一離開，孔子就發飆了。他講的道理我在前文中已經講過——父母照顧你的頭三年，你是不記得的，所以，當父母去世以後，你得守孝三年來回報。認可這個道理的人，才能執行這件事，你如果不認可，那就不用執行。既然宰我已經說了「安」，孔子也就不用跟他講這個道理。

接著，孔子又提出一個反問句：「宰我難道就沒有這頭三年嗎？」當然有。但是，如果不認可父母照顧自己三年，自己就得守孝三年，也就算了。當事人明明已經一點也不想念死者，天天悶得發慌，還硬逼人戴孝、不許娛樂，這也不符合孔子的意思。比如說，阮籍的母親死了，他還是照樣喝酒、吃肉，照樣彈琴，但是出殯時，他是真的傷心，大哭一聲、吐出血來，也是盡了悼念的心意。所謂盡孝，就是以子女心安為度。不只是盡孝，**儒家的一切禮法，本來都是以心安為度。禮法規定的都是上限，不是下限，下限是自己心安。**

舉例來說，守孝三年，其實就是規定的上限。父母去世後，孩子就算再傷心，也只被允許傷心三年，三年以後還是得好好去工作，因為父母給孩子洗尿布也才洗三年。如果一個月後孩子就不傷心，已經心安了，那就可以回復生活。這就是禮法是上限、心安是下限的道理。

當然，上限一旦被公布，最後就演變成大家都得執行上限，因為人存在比較心理。看你半年才心安，他就不好意思三個月就心安，怕人家說他心安得太快，無情無義。互相比較的結果，就是大家都守孝三年。孔子很了解人性，所以他什麼事都規定上限，要是孔子不規定守孝三年，最後很可能所有人都守孝一輩子。這種比較，跟自己心安沒有關係，其實已違背了禮的本意。

《禮記》對「見志不從，又敬不違」，有更具體的規定：「事親有隱而無犯」，侍奉父母，你可以欺騙他們，但不能冒犯他們。對父母說謊是可以的——對老人，該瞞的事就要瞞，不用什麼事都認真，因為家裡沒有什麼大事，沒有什麼非要怎麼做不可的事；父母年歲越來越大，能做的事越來越少，只要讓他們高興就好。

與此相對，「事君有犯而無隱」，侍奉君王，你可以冒犯他，但是不能欺騙他。上古時代還沒有後來的大一統概念，君王如果不好可以把他炒掉，所以不用管他高不高興；但是，不能欺騙他，因為會跟君王商量的事都是正經事，處理不好就是人命關天。所以「欺君之罪」是大罪，不是因為「君」是權威，而是「欺君」可能會耽誤大事。

而對老師，學生要「無犯無隱」，不能欺騙他，因為學生跟老師商量的事是大事，是要分出是非的，所謂「吾愛吾師，吾更愛真理」；但是，學生不能冒犯老師，因為老師塑造學生的靈魂，某種程度上比父母給人肉體的恩情還要重。《禮記》規定老師去世不用服喪，但要「心喪三年」，在心裡服喪三年。因為學生的生命不是老師給的，老師沒有照顧學生生命的前三年，學生在生物的層面上對老師沒有義務，但是學生的靈魂跟老師有傳承關係，所以學生的靈魂對老師負有義務。

當然，「無犯」和「無隱」是有矛盾的，很多時候你不可能同時做到「無犯」和「無隱」。我的理解是，對老師，有時要無犯，有時要無隱。涉及正事的時候，要「無隱」；在生活中把老師當父母侍奉的時候，就強調「無犯」。

對父母的「有隱無犯」，要做到什麼程度呢？傳說中的舜給我們樹立了一個好的榜樣。舜是中國五千年來鳳凰男（按：中國網路流行語，指稱出身農村或低收入家庭的男性，與都市成長的女性結婚。一般用在聲討夫妻雙方因價值觀有嚴重落差，而產生相處矛盾或婆媳問題時，男方的代稱詞）的傑出代表。「鳳凰男」現在被汙名化，但其實中華文明一直保持活力，就是靠不斷引入鳳凰男。關鍵在於鳳凰男要有正確的打開方式，而舜就是一個好的範本。

舜是一個農家子弟，父親不明智，繼母也完全不為他著想。但是，舜不知道怎麼基因突變特別好，成了聖人，是典型的鳳凰。對於一個鳳凰來說，怎麼孝順父母就成了一個值得思考的問題，因為他的父母可能不是特別可敬。對他來說，他的首要任務是好好活著，因為身體髮膚畢竟還是父母給的；其次就是盡量讓父母的實際利益不受損害，因為他的父母不夠明智，他就得替父母著想。談不上敬、順，只能「事之以禮」。

眾所周知，舜愛上堯的兩個女兒，堯也喜歡舜，準備傳天下給他，也把女兒嫁給他。但是，舜的父親反對。為什麼反對？沒有理由，僅僅是因為舜的父親不明智。愛上一個人，但是父母反對，這種情況很多年輕人都可能遇到，所以一定要好好學習舜的人生經驗。

舜是怎麼做的？他沒有哭著去求父母，不要拆散我們，因為他知道求也沒有用。他也沒有去跟女朋友說，我父母不同意我們在一起，所以我們分手吧，因為他心裡知道，他娶娥皇、女英符合道義。

為什麼符合道義？一方面，舜知道他跟娥皇、女英結婚，能過好自己的人生，這是孝；另外一方面，這門親事，所謂「合二姓之好」，對他的父母有益無害，也算是孝，只是自己父母看不清而已。所以舜最終就沒有告訴他的父母，而直接跟娥皇、女英結婚了，所謂「不告而娶」——瞞著父母，但是不跟父母起衝突，也就是「有隱而無犯」。

「不告而娶」本來是不符合禮法的，從程序來講屬於不孝。對舜的行為，孟子有個解釋，說「不孝有三，無後為大，告則不得娶也」。請注意這段話確切的意思是：因為「不孝有三，無後為大」，所以你如果有「無後」的危險，就可以「不告而娶」。但是，任何人在娶之前都不可能「有後」，因此，言下之意就是誰都可以不告而娶。

說得更明白，按照孟子的理論，人在結婚之前，當然要先請示自己父母。如果父母同意，那就聽父母的；如果父母不同意，就聽自己的，不需要告訴他們。

在孟子那個時代，婚姻和生育是分不開的。人一旦有了妻室，就無法自己決定有沒有後，那時候沒有頂客族（按：指雙薪但無子女的夫妻）的說法。因此，所謂的「有後」，跟有家室、娶妻是分不開的。按照自己的心意尋找一個伴侶，其實也是努力過好自己的生活。所以，孝的內容包括，找到一個自己喜歡的伴侶過下去，而非找到一個僅是父母喜歡的伴侶。如果父母沒有能力幫助你找到喜歡的伴侶，在結婚前不告訴他們也是一種孝順。

最高境界的孝，是在精神上繼承父母，並傳承下去

在古代，「有後」的概念不是製造一個碳基生物（按：以碳元素為有機物質基礎的生物，目前地球上所有已知生物皆屬之。在此指人類）這麼簡單。因為古代有過繼、大宗、小宗的概念。按照周禮，貴族的嫡長子是家族的繼承者，是「大宗」，別的兒子都是小宗。如果大宗生不出兒子，小宗有義務把兒子過繼給他；但如果小宗生不出兒子，大宗沒有義務管。在極端的情況下，小宗就算只有一個兒子，也得過繼給大宗，過繼完小宗就絕後了。所以，大宗只要娶了老婆，基本上是不會絕後；但小宗即使生了兒子，也不能保證不絕後。小宗尚且如此，庶人沒有爵位，若沒有足以讓人稱道的名聲的話，就更不用談「有後」的問題。在中國的傳統裡，如果一個人值得敬仰，即使他沒有自己的孩子，也會有人願意跟隨他、做他的後人；但若人自己沒有德行，即使生了孩子，孩子也可以不認他這個祖宗。所以，「有後」的關鍵，還是在於樹立讓人願意繼承的德行，而不只是生一個孩子。

孝的最高境界，就是《中庸》說的：「夫孝者，善繼人之志，善述人之事。」**在精神上繼承父母，並且把這種精神傳承下去**。

子曰：「父在，觀其志；父沒，觀其行；三年無改於父之道，可謂孝矣。」（選自〈學而篇〉）

「孝」的古字，是一個大人拿著樹枝，教小孩子。我們現在使用的「教」字，就是「孝」的後起字。小孩跟大人學，接受大人的教養，這就是孝。所謂「孝」，就是「肖」，像父母，就是孝。不像父母，就是「不肖」，也就是不孝。

所謂像父母，是不是不許比父母好呢？不是。因為父母只有在你不如他們的時候，才會說你不像他們；你比他們好，他們一定會說你像他們。比方說，周文王沒有做過天子，他的兒子周武王和周公建立周朝，在天下推行周文王的仁政，這就是大孝。不能說周文王是諸侯，但周武王做了天子，就是僭越。

就好比一個人的爸爸是北大畢業，他要是考不上北大，就是不像他爸爸，這方面就是不孝。但是他如果不僅考上了北大，而且讀了北大的博士，那就不是不孝，而是大大的孝，爸爸肯定會以他的孩子為驕傲，說孩子像他。如果一個人，他的爸爸沒有上過大學，他自己卻考上了北大，他的爸爸也同樣會以他為驕傲，說孩子像他，絕對不會說孩子不像他。也就是說，如果你做得不如你父母，那你就是「不肖」。**「不肖」既是不孝的意思，也是沒出息的意思。沒出息就是最大**

的不孝。有出息的孩子總是像父母的，沒出息就是不孝，這是中國人骨子裡的觀念。

所謂「善繼人之志」，就是繼承父母的志向，做得比他們好，不能比他們差。所謂「善述人之事」，就是父母做對的事，要繼續按他們的做法做；或是父母對你好的事，你要好好記得，並傳播出去。父母不可能是完美的，他們做得不對的事你不用繼承，但是只要他們做對一件事，你就要照著做，做得比他們好，這就是最大的孝。

每個人的父母都不一樣。有的人的父母成就大，孝的難度就大；有的人父母成就比較小，甚至一輩子可能沒有幾件事做對，孝的難度就小一點。在孔子的時代，貴族都是大人物，他們後代的孝，難度就很大，不肖的機率很高。貴族都有退休金，不用子女養活，有爵位也不愁沒後，所以他們對「孝」的最大需求，就是後代繼承他們的精神，表現得不比他們差。這個要求確實比給父母一口飯吃，或生個孫子高上許多。孔子講的孝，大多是指這種。而對於普通人的孩子來說，父母做對的事少，做錯的事多，沒有必要事事都按父母的路，該「不告而娶」的時候就得「不告而娶」。所謂「孝」，還是對貴族的要求。

關於這個問題，《論語》裡的說法是：「父在，觀其志；父沒，觀其行；三年無改於父之道，可謂孝矣」。這個「三年」，就是報答父母哺育之恩的三年喪期。我小時候讀到這句時，覺得時間這麼長，三年都按父親的老方法做事，那不是什麼都耽誤嗎？我們讀個國中或高中都是三年、大學四年、碩士兩三年，所以對十幾歲、二十多歲的人來說，三年長得像一生一世。工作以後，我覺得三年的時間一眨眼就過去了，隨便一個研究就是三年；一件事想做但沒做，放在抽屜裡三年，也是正常。現在我體會到，一件事放三年不改變真的不困難。父母做事的原則不是不能改，孔子知道世界不斷變化，但人要是能做到三年不改，就是很大的孝順，畢竟人多的是三年以上不改的錯誤。

孔子說這段話的時候，是基於當時還相對穩定的貴族社會，貴族兒子做的事情跟父親差不多。父親還在世時，往往不需要兒子出來做事，兒子還沒有「行」，即實際行動，就只能「觀其志」，看他的志向，是不是有志於繼承父親好的地方，改正父親不好的地方。父親不在之後，兒子才出來扛責任，我們才能「觀其行」，看他做得是比父親強，還是不如父親。不過，現代社會中，兒子有可能比父親更有出息，那就意味著兒子等不到「父沒」，就得更早出來做事。

「三年無改於父之道」的「道」，說的是應對世界的策略。比如，我們家想讓孩子上北大，他們家想讓孩子上清華；或者在我們家認真念書就不用洗碗，他們家小孩念書之前，要求先順手把碗洗好，這都屬於「父之道」，因為沒有絕對的對錯，有的只是做事的方法不同；但是念書這種問題，就不屬於「父之道」，因為這種事沒得商量，學生就要好好念書。如果你父母不讓你好好念書，那屬於他不義，這時你就不用孝。

所謂孝，就是你分數已經到了，但是要讀北大還是清華這樣的問題，你自己不是很確定，那不妨先聽你爸媽的。三年以後發現這間學校跟你的想像落差很大，再考別的也不遲，反正過了三年，你父母的想法也說不定會變。當然，如果你已經很確定你讀北大是對的，你爸要你報清華是錯的，那你就不用聽他的。如果你聽從他，三年以後你還覺得父母是對的，那就繼續做下去，並不以這三年為限；如果三年以後，你發現有問題，那就得趕緊改掉。

這其實也是父子之情，比同齡人之間的朋友之情更令人感動的地方。**在他離開後，你還有很長的路要走，你還要在你的餘生裡，在他不知道的情況下，不斷去感念他的好處，繼續做他做得對的事。這是孝的最高境界**。父子如果能做到這樣，算是可遇不可求。

在《論語》裡，孔子還說過很多次，父子相處的原理可以拓展到君臣相處，這裡我就不細講了。我理解孔子如此建構這個倫理體系，也是個沒有辦法的辦法。孝和忠經常是矛盾的，孝是出於對自己個體生命的愛惜，忠卻是公共領域的範疇。愛惜自己的生命是天性，忠於族群是人類文明異化出來的。

但問題在於，文明也是美好的，我們不能只要天性，不要文明，所以忠也是要的。那如何處理孝和忠的矛盾呢？這是一個大問題。

孔子的策略是，你用孝的心去忠，換言之，你愛你的君主，就像愛你的父母、愛你的伴侶一樣——讓文明也出於天然。你選擇一個你愛的君主，為他做事，是出於你自己的私人喜好。

這是很高的境界，就像很多小說裡愛寫的君臣際會，是一種理想的設定。既然是理想，在現實中，其實是很難遇到的。**孔子的理想，是把忠也變成一種孝、一種愛，而不是把孝變成忠**。早期的儒家，所謂的孔孟之道，其實更多是在衡量，如何在各種各樣的人際關係裡，安頓私人的情感與心性，而不是泯滅私情。

2 屈原愛國，是內建的自然反應——〈離騷〉論愛國

關於忠與孝結合的例子，我們可以看看屈原的〈離騷〉。

屈原是中國第一位真正的詩人。有人可能會說，怎麼會是第一位呢？在〈離騷〉之前，不是已經有《詩經》了嗎？但是，《詩經》體現的是群體詩學，就像流行歌曲，寫的是當代大眾共通的經驗，不是士人個人的經驗，所以《詩經》誕生的時代，其實還沒有真正意義上的詩人。完全寫個人經驗的詩人，屈原是第一位。

屈原是典型的貴族，他的生平大家都很熟悉。他是「楚之同姓」，楚國的王族，雖不能直接繼承王位，但是地位很高。他是楚國的王族裡最有知識，又是楚國的知識分子裡血統最高的。

有人說，屈原實際上是「楚之大巫」，楚國的大巫師。上古巫師所執行的，大多是現今知識分子的職能，楚之大巫就相當於楚國最大的知識分子，是絕對的菁英。所以，楚國的事，其實就是屈原自己的事，他為楚國全力以赴，不僅是忠的問題，也可以說是孝——在屈原的認知裡，楚國跟他自己的生命血脈相連。哪個時代的中國人最愛國？戰國時期最愛國。因為他們愛的是自己的小國，這個國是他們的同姓，就是他們的家。在這種情況下，人的愛國情懷才能完全被激發出

來。屈原就生活在這個最愛國的時代。士人之詩，也就誕生在這個最愛國的時代。

我們常把屈原當作愛國的典範，但其實，**愛國對屈原來說並不是一件多崇高的事，而是生命中的現實。屈原的愛國，是一種貴族性情**。他寫的詩，就帶著這種貴族性情。

〈離騷〉，有人喜歡，有人不喜歡

屈原的作品是中國詩的正式起源，而他的《楚辭》對寫詩的人來說，是絕對的經典，是詩學的原點，跟五經對儒生的意義是一樣的，所以也有人把〈離騷〉稱作「離騷經」——〈離騷〉的地位等同於經。

但不是每個人都喜歡〈離騷〉，因為屈原寫的是過於個人的經驗，並非人人都能體會他的心情。所以，也一直有人寫〈反離騷〉之類的東西，**甚至到了明、清時，還有「愛讀〈離騷〉便不祥」的說法，說一個人愛讀〈離騷〉，就預示人生不會幸福**。畢竟屈原的三觀（按：世界觀、人生觀、價值觀的合稱）離大多數人太遠了，用屈原的三觀過普通人的生活，可能會到處碰壁。

我在網路上看過一個自以為聰明的文章，說〈離騷〉千萬不能翻譯成白話，因為一開頭就寫道「我爸是李剛」（按：指二〇一〇年河北大學新校區發生的酒駕肇事逃逸案，肇事者被捕後因一句「我爸是李剛」而引起輿論。其父李剛為當地公安局副局長），接著又寫一個大男人拿各種花草打扮自己，太可怕了。其實，這不是文言和白話的差異，而是巫師思維和麻瓜思維的差異

（按：巫師、麻瓜為英國作家J．K．羅琳《哈利波特》小說中的人物設定，巫師為有魔法天賦的人，沒有的則稱麻瓜。此處作者以巫師比喻屈原這一類的貴族，麻瓜則是一般不懂政事的人）。

屈原為什麼一開頭就先說他祖宗是誰、他爸爸是誰呢？他爸爸可不是李剛，他爸爸比李剛厲害，他自己更比李剛兒子厲害多了。他不需要借他爸爸的勢力證明自己厲害，也不需要他爸爸給他安排工作。對他來說，血統並不意味額外的便利，而是額外的責任。他說自己是誰的兒子，意味他把保護楚國，當成自己生命歷程中必須完成的任務。這是優越感嗎？這當然也是優越感，但是跟「我爸是李剛」那種優越感不同。

對於這樣的三觀，你會認同嗎？你可能會覺得，屈原的思路很奇怪。比如他說拿花草打扮自己，這當然是象徵，是說修煉自己崇高的精神。但是，如果人們不能接受一個男人把自己打扮得很漂亮，他們真的能接受人修煉崇高的精神嗎？實際上讀《楚辭》就可以知道，屈原周圍的人也大多接受不了。但我倒覺得，一個男人把自己打扮得很漂亮，也挺好的。不過，一個人打扮得比別人漂亮，或者比別人加倍修煉自己的精神，不是周遭每個人都可以接受。所以喜不喜歡〈離騷〉，要看緣分。但我是喜歡〈離騷〉的。

在介紹〈離騷〉的章句之前，先來看〈離騷〉選段的結構。著名《楚辭》學家趙逵夫將〈離騷〉分為三部分來講，此選段是其第一部分，也是最經典的一部分。第二部分講遊仙，鋪敘比較誇張；而第一部分和第三部分，都是他私人的經驗，其中又以第一部分更經典。

小時候背〈離騷〉，往往覺得它的結構很亂。不只我們覺得亂，太史公（按：《史記》作者司馬遷）也覺得亂，說〈離騷〉「一篇之中三致志焉」，說白了就是同樣的話不斷重複。太史公說得很客氣，他說屈原感情強烈，其實是說明他也覺得〈離騷〉結構有點亂。但如果認真給〈離騷〉分段的話，你會發現它的結構並不亂，屈原寫作時是很有計畫的。段落分好以後，更能理解句子的意思，你就會發現，屈原沒有一再重複相同的話，那些看上去差不多的句子，其實表達不同的意思。

〈離騷〉一般是四句一小節，也有六句一小節。怎麼知道一小節是四句還是六句？要看它的押韻。不換韻就是一小節，換韻就是下一小節。隔句押韻，四句就是押兩次韻，六句就是押三次韻。〈離騷〉的小節大多數都是四句，感情特別強烈、需要多抒發一點時，就是六句。後來的歌行，基本上都繼承〈離騷〉這一體式。一個小節，是〈離騷〉的一個基本單位。

在小節的基礎上，〈離騷〉的第一部分基本上是三小節組成一小段，表達一個意思；也有些是兩小節篇幅，意思就完備。接著，兩小段組成一大段，表達一個完整的意思，圍繞相同問題，從兩個方面來敘述。比方說，前一小段講我為了這件事做了哪些努力，後一小段就講這件事最後結果。一陰一陽，陰陽對待。

如此一來，〈離騷〉第一部分，就可以分成六大段。第一大段，屈原講他的青少年時期；第二、三、四段講他壯年的努力，分成立德、立功、立言三個主題；第五段是抒情說理的；第六段則表達「我不想幹了」。列出大綱之後，我們可以發現，屈原的思路還是很清楚的。

接下來，我們就按照這個大綱，梳理〈離騷〉第一部分的文句。

人生勝利組屈原，想做大事

帝高陽之苗裔兮，朕皇考曰伯庸。攝提貞於孟陬兮，惟庚寅吾以降。皇覽揆余初度兮，肇錫余以嘉名。名余曰正則兮，字余曰靈均。紛吾既有此內美兮，又重之以修能。扈江蘺與辟芷兮，紉秋蘭以為佩。

第一小段，屈原講他的出身。「帝高陽之苗裔兮，朕皇考曰伯庸。」這是說，他血統高貴，與楚國血脈相連。**對屈原來說，高貴血統並不意味權力，而是責任**。為楚國做事，是他一生下來就擔負的使命，是他生命的一部分，他應該為此自豪過，但是不等於我們所說的「優越感」。他不僅血統高貴，出生的日子也很好——「攝提貞於孟陬兮，惟庚寅吾以降」，這個日子在楚國的巫術信仰裡，是特別好的。其實，他這裡所述也不全是迷信，說自己生日好，更是一種象徵的寫法。楚國不是只有他一個「高陽之苗裔」，在這麼多「高陽之苗裔」裡，他是特別優秀的一個，被寄予特別希望。這不只因為他出生日子好，還因為他從小表現出特別出眾的天賦。

「皇覽揆余初度兮，肇錫余以嘉名。」父親看我出生的日子這麼好，就鄭重的為我取了好名字。其實就是說，父親看我天賦這麼好，對我寄予很高的期望。寄予什麼樣的期望？「名余曰正則兮，字余曰靈均」——「正則」，就是守規則；「均」，就是做事公平；而「靈」，是巫術信仰下的美稱。大家期望他能主持公道、裁斷是非，也就是所謂「楚之大巫」，用現代的說法，就是「楚國的良心」。總之，希望他成為這一代人裡能承擔重責的人。

屈原不僅血統好、天賦好，還從小就愛學習。「紛吾既有此內美兮，又重之以修能。」我不僅一生下來就有「內美」，血統好、天賦好，而且外在的條件也好。這裡的「修能」，要讀作「修態」，指好的外在條件。外在條件相當於我們現今所說的「非智力因素」（按：除智力因素之外，情感、興趣、意志、性格等也會影響人的智力活動，這些稱作「非智力因素」），屈原說他的非智力因素也很好，很好學。

「扈江離與辟芷兮，紉秋蘭以為佩。」屈原寫他把花草都戴在身上，其實是一種象徵，寫他從小就愛學習，吸收各種各樣的知識。如此一來，他早在童年時代，就懂很多事。血統好，對楚國的事責無旁貸；天賦好，腦子聰明；愛學習，知道得多。因此，**屈原身上就集中許多優勢資源，成為能力很強大的人**。他活著，就可以調動這麼多資源為楚國做事；他要是死了或不能做事，這麼多優勢資源也就一下子沒了。屈原是個很值錢的人，所以我說他是真正的貴族。

汩余若將不及兮，恐年歲之不吾與。朝搴阰之木蘭兮，夕攬洲之宿莽。日月忽其不淹兮，春與秋其代序。惟草木之零落兮，恐美人之遲暮。不撫壯而棄穢兮，何不改乎此度？乘騏驥以馳騁兮，來吾道夫先路。

第二小段，還是寫屈原出來任官以前，但不講他的出身，不講他身上聚集的資源，而是講他自己的理想，也就是他的青年時代。在這裡屈原突然話鋒一轉，說自己擔心時間不夠用：「汩余若將不及兮，恐年歲之不吾與。」他剛說完自己好學，為什麼又突然說自己珍惜時間呢？其實他是覺得時間不夠用。為什麼他會覺得時間不夠用？因為他身上聚集的資源太多，等著他做的事情太多，即使他做事效率再高、再勤奮，也會覺得時間不夠用。

屈原「朝搴阰之木蘭兮，夕攬洲之宿莽」，早上也學、晚上也學，這就是「天賦比你高的人，比你還努力」。他上一段剛說了學習，這裡又說學習，並不是重複同樣的話；上一段強調他知道得多，這一段強調他夜以繼日的學，忙不過來，重點在「朝」和「夕」上。小時候愛學習是天性，現在日夜不間斷的學，是擔心時間不夠用。

「日月忽其不淹兮，春與秋其代序。」儘管我已如此珍惜時間，還是擋不住時間飛快流逝。「惟草木之零落兮，恐美人之遲暮。」看著草木零落，時序變化，我生怕美人會老去。再美的美人，老了也不好看，因此對美人來說，時間流逝是可怕的。這個「美人」是誰呢？傳統的說法認為，指的是屈原心愛的楚懷王。但我覺得，「美人」是他自己，其實更自然。因為，前文屈原一直寫自己擔心時間流逝，一旦時間流逝，他身上聚集這麼多資源就浪費掉了，就好比美人的美貌被浪費。美人比一般的女人怕老，因為老了以後，她就跟一般的女人一樣；貴族也比一般的人怕老，因為如果到老了還沒有做事，他就跟一般人一樣了，所以屈原把自己比作美人。包括他用戴花戴草比喻學習知識，可能也是把自己暗喻成一個美人，因為美人戴花跟士人讀書一樣，是一件錦上添花的事。美人常忙著買衣服、護膚，跟士人從早到晚忙著讀書，是同樣道理。

屈原寫美人戴花，可能也是直接承襲《楚辭》的傳統。因為在屈原以前，《楚辭》就是楚地民歌，是流行歌曲。流行歌曲會寫什麼？當然是寫美人，寫美人怎麼打扮自己。屈原可能是直接把這些意象借過來，用美人的姿色比喻自己的才能，用美人戴花比喻讀書。屈原說，他生怕自己還沒做事就老了，就像一個美人怕自己還沒嫁人就老去。

那麼，屈原想做什麼事？「不撫壯而棄穢兮，何不改乎此度？」我們為何不趁著年輕力壯，改革前人留下的弊政呢？這是屈原最終想做的事。**屈原把楚國的事當成自己的事，當時的楚國人也把希望寄託在屈原身上**。因此，**與其說屈原是指望楚懷王，不如說是自己想做事**。當時的君臣關係，跟後來大一統王朝的君臣關係，還是有點不一樣的，我們不能按後世的君臣關係，來想像屈原和楚懷王的關係。「乘騏驥以馳騁兮，來吾道夫先路。」希望楚懷王、楚國能騎上快馬馳騁，而我的責任是為你們做嚮導，這是「大巫」的理想。寫到這裡，就開啟下一段，表示「吾其仕矣」——我要出來做事了。

走正道不是因為有道德，而是因為有利

接著進入第二大段，屈原出來做事了。屈原說，我這一生，主要做了三件事。文章也分三大段來寫。古人講君子有「三不朽」：立德、立功、立言。題外話，古代女性要「三從四德」，其中「四德」是「德、容、言、功」，其實就是在君子的這三條之上，多加了一條「容」而已，所以古人對士族女性和男性的要求，基本上是一致的。

君子最高境界是「立德」，就是樹立好的德行，使自己成為貴族德行的典範；其次是「立功」，就是做實際的好事，讓人記住；再次是「立言」，著書立說，讓人記住你的話。屈原一生做的這三件大事，正好可以分成立德、立功和立言。

屈原做的第一件事是什麼？屈原是貴族，他做什麼都是一等一，當然先從最高境界的「立德」做起。「立德」也有很多種方式，屈原怎麼立德呢？因為他是大貴族，所以他選擇了最高級的方式——直接參與政事。其中，前一小段寫他參政的過程，後一小段寫他參政的結果。

> 昔三后之純粹兮，固眾芳之所在。雜申椒與菌桂兮，豈惟紉夫蕙茝？彼堯舜之耿介兮，既遵道而得路。何桀紂之猖披兮，夫惟捷徑以窘步。惟黨人之偷樂兮，路

> 幽昧以險隘。豈余身之憚殃兮，恐皇輿之敗績。忽奔走以先後兮，及前王之踵武。荃不察余之忠情兮，反信讒而齎怒。

首先看前一小段。屈原的政治理念是什麼？「昔三后之純粹兮，固眾芳之所在。」當初三皇是完美的政治，他們手下有各種人才。「雜申椒與菌桂兮，豈惟紉夫蕙茝」，花草象徵各種人才。「彼堯舜之耿介兮，既遵道而得路。」堯、舜這樣的聖君都很耿直，按著正道走。「何桀紂之猖披兮，夫惟捷徑以窘步。」桀、紂一類的昏君都那麼狂妄，走捷徑反而迷了路。

請注意屈原的思路：為什麼要走正道，不能抄近道？不是因為走正道很道德，走捷徑不道德，而是因為**走正道才能到達目的地，抄近路只會迷路、把自己困住**。這就說明屈原是一個政治家，他勸你走正道，不是出於道德角度，而是出於功利角度。

麻瓜們都以為，走捷徑肯定能在功利方面占便宜，走正道只是道德上的考慮，因此他們都不願意走正道。其實，走正道恰恰才是最有利的，不然怎麼能叫正道呢？不走捷徑是因為會吃虧。就像提高語文水準，正道就是多看書，可是大家都不願意，老以為既然是正道，肯定很費力，就想找一些捷徑；其實這些捷徑走下來，花費的精力比正常讀書要大，提高語文水準也不夠快。**屈原勸人走正道，不是因為它道德，而是因為它有利**。屈原希望楚國的政治能走正道。

但是，楚國當時是麻瓜占多數。「惟黨人之偷樂兮，路幽昧以險隘。」這些人不聽屈原的話，都去找捷徑，還自以為是，結果「捷徑而窘步」，楚國的路越走越窄。屈原就擔心了：「豈餘身之憚殃兮，恐皇輿之敗績。」我哪裡是擔心自己會倒楣，是擔心我們楚國會吃虧。我是從功利角度考量，但我顧慮的不是個人的功利，而是楚國的功利。這體現了屈原作為詩人的一面——他是有情懷的。他講情懷不是空話，因為他的生命和楚國綁在一起，楚國功利就是他的功利。要是沒有這個前提，他就沒辦法講這種情懷。

屈原作為一個聰明人，肯定會把功利考量得很清楚，但是身為一個貴族，他應該又忌諱別人說他功利，所以他在這裡特別說明。後面他還會說到這個問題。

後一小段寫他參政的結果。參政的結果眾所周知，他心愛的楚懷王跟他分手，不聽他的了。「忽奔走以先後兮，及前王之踵武。」我四處奔走，希望能繼承古代聖君的傳統。「荃不察余之忠情兮，反信讒而齌怒。」結果懷王不明白我的心意，反而聽信讒言而大怒。這邊是交代事實。

> 余固知謇謇之為患兮，忍而不能舍也。指九天以為正兮，夫惟靈修之故也。曰黃昏以為期兮，羌中道而改路。初既與余成言兮，後悔遁而有他。余既不難夫離別兮，傷靈修之數化。

下一小節，則說他的感想。「余固知謇謇之為患兮」，我本來就知道自己這麼嘮叨，早晚會被討厭。這是屈原作為政治家清醒的一面。屈原在他人生的悲劇裡，自始至終他都是清醒的，他知道這麼作死會導致什麼後果。明明知道，為什麼還要說？「忍而不能舍也」，我不忍心放棄。不忍心，不能放棄，這又是詩人情感、貴族氣質，再次體現屈原作為詩人的一面。理智告訴他，這麼做沒有好處，但是他的情感又讓他無法放棄。他的理智和感情都超過常人，這就是貴族。

「指九天以為正兮」，我指著九天發誓，「夫惟靈修之故也」，我這都是為了楚懷王啊。由此看出他對楚懷王的強烈感情。這種感情，不是對楚懷王個人，而是對楚國，楚懷王只是楚國的代表。**屈原愛的其實是楚國，而不是楚懷王**，當然在那個時代，他自己大概也分不清楚。

接下來一小節，屈原講他為政失敗後的心情，因為感情特別強烈，所以這一小節是六句。這裡他又用了流行歌曲的資源，借用男女愛情的意象。「曰黃昏以為期兮，羌中道而改路。」跟我約好黃昏時結婚，登記的半路上你卻改變主意了。古時候，婚禮都在黃昏舉行，結束後就送入洞房，「黃昏以為期」就是結婚的意思。「初既與余成言兮，後悔遁而有他。」本來都跟我說好了，後來又後悔。說好要結婚，新郎卻半路逃跑，你說生不生氣——屈原用這個比喻來形容楚懷王的出爾反爾，和他自己的心情，很生動。「余既不難夫離別兮，傷靈修之數化。」分手我不難過，既然你不聽我的，賠進去是你的國家，我個人有什麼損失？但是，你出爾反爾讓我受不了。說不難過，其實還是難過，這是詩人的傲嬌。我難不難過你不用管，但是要談道理，是你對不起我。這暗指自己為政以失敗告終，埋怨楚懷王原本已經承諾，後來卻不聽他的。

教育英才，反而被質疑

立德不成，那他就要立功。屈原怎麼立功？他要教育貴族子弟，因為教學生是最好的功業。教育的影響力大，他一個人可以影響一批人。像是佛地魔（按：《哈利波特》中的反派角色），他最大的理想是教書，不讓他教書他就造反，圖的就是這個影響力。

余既滋蘭之九畹兮，又樹蕙之百畝。畦留夷與揭車兮，雜杜衡與芳芷。冀枝葉之峻茂兮，願俟時乎吾將刈。雖萎絕其亦何傷兮，哀眾芳之蕪穢。

接下來這段，屈原寫他教書的過程。「余既滋蘭之九畹兮，又樹蕙之百畝。畦留夷與揭車兮，雜杜衡與芳芷。」這裡也是象徵的寫法，以種植各種各樣的香草，寫他教書。楚懷王不是不讓他選拔君子嗎？他就自己培養君子。

「冀枝葉之峻茂兮，願俟時乎吾將刈。」我好好的培養他們，等成熟了就收割他們——讓他們發揮作用。「雖萎絕其亦何傷兮，哀眾芳之蕪穢。」如果培養不出來有什麼關係？不過，看著滿園香草都長不好，還是讓人傷心。他沒寫教學生的結果，因為教育是所謂的「十年樹木，百年樹人」，短時間看不出成果。尤其是誰有成就，當下看不出來，能看見的只是學生各種各樣的不成器。所以，**老師往往只能看見眾芳蕪穢，要有收益都得等遙遠的將來**。教書是長遠的事，當下沒什麼好說的，所以這段比較短，只有兩小節。

> 眾皆競進以貪婪兮，憑不猒乎求索。羌內恕己以量人兮，各興心而嫉妒。忽馳騖以追逐兮，非余心之所急。老冉冉其將至兮，恐修名之不立。朝飲木蘭之墜露兮，夕餐秋菊之落英。苟余情其信姱以練要兮，長顑頷亦何傷？

下一段，就把為政和教書這兩件事的結果合在一起講。人們看屈原又是為政，又是教書，什麼好事都讓他占去，難免就有想法。麻瓜們不覺得他都是為了楚國好，而是覺得他想出風頭，為自己謀好處。屈原說，我能為自己謀什麼好處？麻瓜說他們看不出來，反正肯定是有企圖。因為麻瓜們自己做事都是得圖點好處，於是他們就拿小人之心度君子之腹。

「眾皆競進以貪婪兮，憑不猒乎求索。」麻瓜們都是急功近利又貪得無厭，他們就「羌內恕己以量人兮」，拿著自己的想法套在屈原身上，覺得屈原肯定也是有企圖，於是就「各興心而嫉妒」，都嫉妒屈原。屈原覺得自己是奉獻一切，卻有人嫉妒他撈到好處。那麼，屈原自己的想法呢？「忽馳騖以追逐兮，非余心之所急。」騎著馬追名逐利，這點蠅頭小利我還真看不上。我心裡一點也不急著追求名利。那為什麼還要夜以繼日的玩命，我急什麼呢？「老冉冉其將至兮，恐修名之不立。」我怕我老了，卻沒有成就楚國。這就是前面說過的「汨餘若將不及兮」、「恐美人之遲暮」。因為我身上彙聚這麼多好的資源，但是我和普通人一樣只有一條命，也一樣只有幾十年的時間，我怕我做不成事，浪費了資源，所以才著急，而不是急著求取名利。這裡也不是重複說同樣的話，而是在解釋我既然不急著追逐名利，那我到底在急什麼。

明明是急著為楚國做事，結果卻被說成是急著追名求利，這對一個貴族來說，是最不能接受的。他夜以繼日工作，連自己的時間都沒有，還能有什麼私心呢？但是麻瓜不會想到這些，他們覺得屈原這麼勤奮，肯定是為了功利。這就是所謂「卑鄙是卑鄙者的通行證，高尚是高尚者的墓誌銘」（按：出自詩人北島的〈回答〉）。

「朝飲木蘭之墜露兮，夕餐秋菊之落英。」我餐風飲露也能活。「苟余情其信姱以練要兮，長顑頷亦何傷？」只要我的內心高貴，即使生活艱苦，讓我形容憔悴，又有什麼關係？所以，我為什麼要名利？貴族的屬性之一，就是極強的安全感，因為貴族這個身分是與生俱來、不可剝奪的；正因他們有極強的安全感，所以不會太在乎物質生活。**越是貴族，反而越是可以在清苦的物質條件下生活**。教書的後果是，麻瓜們開始懷疑屈原急功近利，屈原就這樣來反駁他們。

著書立說，為了讓後人實現理想

立德沒人聽他的，立功又一時半刻看不到成果，屈原就要立言了。下一段，就是講他立言的過程。在位的人不聽他的，學生短時間又培養不出來，那他就**著書立說，期待著他死後見不著的人，看了他的書之後，能實現他的主張**。

屈原寫的不是文學著作，而是法學著作，寫能直接影響現實的東西。屈原為楚國制定法令，這件事太史公有記載。

> 擥木根以結茝兮，貫薜荔之落蕊。矯菌桂以紉蕙兮，索胡繩之纚纚。謇吾法夫前修兮，非時俗之所服。雖不周於今之人兮，願依彭咸之遺則。

「擥木根以結茝兮，貫薜荔之落蕊。」這回他用香草來編繩子。繩子的作用是什麼？是給人規範。可見他是在制定法令。把他平生採集的這些香草，他學過、想過的，都編到法令裡。「矯菌桂以紉蕙兮，索胡繩之纚纚。」反復提到編織動作，是他寫作的過程。

屈原為什麼想要著書立說？「謇吾法夫前修兮，非時俗之所服。」我按照前代正確的傳統做，但現在的人不聽。楚懷王不聽我的，麻瓜也懷疑我。「雖不周於今之人兮，願依彭咸之遺則。」既然今天的人不喜歡我，我就把話說給古人聽吧。但是，古人已經死了，說給他們聽有什麼用？自古以來，說是給古人聽的話，其實都是說給後人聽的。

我們寫舊體詩詞，一定要把你的想法，翻譯成古人能懂的話。用現在的白話文、流行語寫，過個幾百年，那時候的人就看不懂了；但是用文言，未來的人還是能看懂。所以孔子說：「言之不文，行而不遠。」你不用文言，時間和空間上就受限。並不是越白的話越有人懂，越白的話，能懂的人越少。你用你家鄉的方言，可能翻過一座山就沒人懂。元朝人寫好多白話，現在的我們已經看不懂了，但孔子的文言我們還能看懂。只有用古人能看懂的語言，才能保證幾百年後的人也能看懂。屈原也是，說是拿給古人看，其實是想拿給後人看，當代的人不理解他，但後人會理解他，所以才要著書立說。

長太息以掩涕兮，哀民生之多艱。余雖好修姱以鞿羈兮，謇朝誶而夕替。既替余以蕙纕兮，又申之以攬茝。亦余心之所善兮，雖九死其猶未悔。怨靈修之浩蕩兮，終不察夫民心。眾女嫉余之蛾眉兮，謠諑謂余以善淫。

接下來，就講著書立說的結果。「長太息以掩涕兮，哀民生之多艱。」屈原著書立說又悲劇了。按太史公的記載，屈原作法令，麻瓜就說他發狂。在麻瓜看來，屈原又攬了一件好事，認為他肯定發狂了，就散布傳言：屈原說過「在我們楚國，除了我沒人能做這件事」這樣的話。楚懷王一聽，就把屈原流放了。

最後，立言也不成，屈原就真傷心了，所以他「長太息以掩涕兮」。「哀民生之多艱」，有人說他憂國憂民，感嘆普通老百姓活得不容易。但是從上下文來看，我覺得他沒道理突然感嘆老百姓活得不容易。有人說這個「民」要解釋成「人」，講的是：**人一輩子真不容易啊。想立德，沒人聽你的；想立功，不容易出成果；想立言，結果被流放**。想做事怎麼這麼難呢？「余雖好修姱以鞿羈兮」，我雖然愛好修煉精神，一般人跟不上，雖然嘮叨讓人厭煩，可是你也不能「謇朝誶而夕替」，早上還好好的讓我發言，晚上就把我流放吧！

「既替余以蕙纕兮」，流放我的罪名，是我拿香草搓繩子；「又申之以攬茝」，又提起我採香草的舊話來了。拿香草搓繩子，就是作法令，當然也包括他博學多識，這本身就招人嫉妒；採香草，就是教學生，也包括為政時選拔人才。總而言之，屈原為楚國做過的事，現在全都成了他的罪狀。但是「亦余心之所善兮，雖九死其猶未悔」，只要自己覺得是好的，就是死九次我也不後悔。這是很豪邁的宣言，可見屈原作為一個貴族、詩人、英雄豪傑，具有極為強大的自我。全社會都認為不好的事，只要他自己認為是好的，那就是好的。他就是要讓人嫉妒，就是要高不可及。為了自己認為正確的事，他九死不悔。

全社會都不理解他——這個「全社會」又分為兩塊：一塊是楚王，一塊是麻瓜。楚王這塊，「怨靈修之浩蕩兮，終不察夫民心」，楚懷王太輕浮，始終不懂得他的心。至於麻瓜們，「眾女嫉余之蛾眉兮」，普通女人嫉妒他長得好看，其實是說，這些普通人嫉妒他本事大，「謠諑謂余以善淫」，造謠說他淫蕩，也就是造謠他追求功利。說一個貴族追求功利，就跟說一個女人淫蕩同樣嚴重。女人長得好看，容易被說淫蕩；人有能力，就容易被說急功近利。其實人長得好看、本事好都是天生，是沒辦法的事。

這是變法的結果。立德、立言、立功都以失敗而告終，屈原發表這麼一段情深意切的議論。

天生不能合群，因此註定失敗

接下來一大段，是屈原對自己整個人生的反思，用了一個大段，基本上是同一個意思說了兩遍，相當於歌曲裡的副歌。副歌要重複唱，所以都放金句。因此，這一大段都是金句，用重複來表達他強烈的感情。

固時俗之工巧兮，偭規矩而改錯。背繩墨以追曲兮，競周容以為度。忳鬱邑余侘傺兮，吾獨窮困乎此時也？寧溘死以流亡兮，余不忍為此態也。

「固時俗之工巧兮，偭規矩而改錯。」這幫麻瓜都看不起規矩，認為自己非常正確。「背繩墨以追曲兮」，因此都拋棄正道而去走捷徑，「競周容以為度」，他們互相姑息，還以為是應該的。這是總結麻瓜們的特點：不願意按正道來。他們**以為不按正道是不道德，其實是傻**。

「忳鬱邑余侘傺兮，吾獨窮困乎此時也？」抑鬱又悵然，沒想到自己就這樣無處可去。「寧溘死以流亡兮，余不忍為此態也。」現在立刻死了，或一輩子無家可歸，我也不忍心取悅這幫麻瓜。這個「不忍心」，就是貴族的處世原則。之所以不忍心，實在是因為麻瓜太傻，取悅他們太噁心，寧死都不願。

鷙鳥之不群兮，自前世而固然。何方圜之能周兮，夫孰異道而相安。屈心而抑志兮，忍尤而攘詬。伏清白以死直兮，固前聖之所厚。

下一段是副歌的第二遍。「鷙鳥之不群兮，自前世而固然。」你別老說我不合群，自古以來猛禽就不成群。凶猛的動物不需要群居，也沒辦法群居；本事大的人不需要合群，也無法合群。屈原對這件事非常清楚。他從小就知道自己能力超群，也知道自己這輩子不可能合群。「何方圜之能周兮，夫孰異道而相安。」把方形的木樁往圓形的洞裡塞，怎麼樣也塞不進去。本質上完全不同的人，無論怎麼努力，也不可能在一起相安無事。屈原不是不努力適應麻瓜，實在是適應也沒用，他不可能與麻瓜合群。所以，他**立德、立功、立言最後都失敗，是命中註定**。

因此，面對麻瓜的非議，屈原就「屈心而抑志兮，忍尤而攘詬」。知道反正怎麼做都會是這樣的結果，所以不爭辯。壓制著心氣，收起原來的志向，忍耐別人的責難，背別人甩給他的鍋。但是，他不會改變，不會去迎合他人，他說九死不悔，因為悔也沒有用。「伏清白以死直兮，固前聖之所厚。」站在耿直、清白的一邊，哪怕為此而死，在傳統中也是值得讚美。屈原不怕死，就怕不能得到古人——或者說後人——的認可。這樣的三觀，大概也不是誰都能接受。

我的天性，就算把我肢解也改不了

命中註定要悲劇，那現在怎麼辦呢？屈原在最後一大段說，他要歸隱。歸隱是貴族失敗以後，一種常見的選擇。當時，貴族對君主保持一定獨立性，為君王做事時一旦有任何不高興，就歸隱了。前一小段是講現實中的歸隱，後一小段是講他歸隱後的精神生活，也就是神遊。

悔相道之不察兮，延佇乎吾將反。回朕車以復路兮，及行迷之未遠。步余馬於蘭皋兮，馳椒丘且焉止息。進不入以離尤兮，退將復修吾初服。製芰荷以為衣兮，集芙蓉以為裳。不吾知其亦已兮，苟余情其信芳。

「悔相道之不察兮，延佇乎吾將反。」後悔出門前沒有好好看路，停了一陣子後便決定回去了。什麼立德、立功、立言，我都不幹，要歸隱了。「回朕車以復路兮，及行迷之未遠。」趁著這條道還沒走太遠，趕緊調頭。

「步余馬於蘭皋兮，馳椒丘且焉止息。」我在長滿芳草的地方停下來。你們不是不讓我養芳草嗎？那我就自己回到有芳草的地方。「進不入以離尤兮，退將復修吾初服。」做不了事沒關係，我回到我最初的狀態，樂得清閒。貴族子弟的最初狀態應該是不錯的，要吃有得吃，要玩也有得玩。他為君主做事完全是盡義務，君主不讓他做事，其實他可以過得很好。

「製芰荷以為衣兮，集芙蓉以為裳。」我穿最高潔的衣服、做最高雅的事，我在自己家裡，你們就別再嫌我展現優越感了。「不吾知其亦已兮，苟余情其信芳。」麻瓜不理解我就算了，只要我的情操確實是好的就好。這是寫他現實中歸隱的過程，也是用象徵手法寫。

> 高余冠之岌岌兮，長余佩之陸離。芳與澤其雜糅兮，唯昭質其猶未虧。忽反顧以遊目兮，將往觀乎四荒。佩繽紛其繁飾兮，芳菲菲其彌章。民生各有所樂兮，余獨好修以為常。雖體解吾猶未變兮，豈余心之可懲。

最後一段，寫他的神遊。屈原說他自己上天下地、古往今來到處穿越，這當然不科學，但其實講的是他歸隱以後，閒來無事的所思所想，也就是他歸隱後的精神世界。這一段給第二部分開了個頭，接下來都是具體鋪陳他怎麼神遊的。

「高余冠之岌岌兮，長余佩之陸離。」我就是要穿奇裝異服，優越得讓你們都看不到我的車尾燈。從這裡開始，就是屈原幻想中的自我形象。「芳與澤其雜糅兮，唯昭質其猶未虧。」把各種各樣的香草都戴在身上，我美好的本質雖然歷盡滄桑，但沒有受到一點傷害。這同樣是以美人打扮自己，來象徵士人的修煉。雖然歷盡滄桑，但是這個美人一點也沒有變老；雖然在俗世中做了那麼多的事，但是屈原高貴的本質一點都沒有改變。

「忽反顧以遊目兮，將往觀乎四荒。」屈原想要到處去遊歷，不過，其實只是神遊。神遊的時候穿什麼？「佩繽紛其繁飾兮，芳菲菲其彌章。」要穿得漂漂亮亮去遊歷。屈原環遊世界，其實就是讀各式各樣的書，冥想書裡的古人。這是在為第二部分的遊仙做鋪墊。

最後他對第一部分做總結。「民生各有所樂兮，余獨好修以為常。」所有人都認為自己才是正確，沒人聽我的，但是我就是愛好修潔，這才是我的自然狀態，「常一生愛好是天然」（按：出自湯顯祖《牡丹亭》）。「雖體解吾猶未變兮，豈余心之可懲。」我的天性，就算把我肢解也改不了，怎麼可能改變我的志向呢？

〈離騷〉第一部分，塑造出屈原崇高的形象，為後世中國貴族精神，提供非常全面的範本。

第三部

情商的最高境界，聽出話中有話

講完了夫婦和父子，接下來就該講兄弟和朋友，也就是一般的人際關係。對此，我想講講有關情商的話題。

網路上有很多對文學作品或史書的解讀，都存在一個問題——**情商不夠，聽不出話中話。話中有話是一切發達文明的共性**。在一個文化共同體、共同的語境裡，人們應該能互相聽得懂對方話裡有什麼話。所以我認為，講中國文化，得講如何理解中國人的話中有話。

一定會有人問，有話直說不好嗎？有話該直說的時候還是要直說，但很多時候，有話可以不直說。因為這樣好玩，或者說「傲嬌」。學中國文化，就是在學怎麼做一個傲嬌的中國人。

什麼叫文化？我有一個觀點：**文化就是本來不用這樣，但是必須這樣**。比如說，冬天我們必須得穿衣服，因為不穿就凍死了，這個不叫文化，因為不符合「本來不用這樣」的條件。又比方說，有學生願意穿漢服來上課，這個也不叫文化，因為沒人規定學生上課必須穿漢服，所以不符合「必須這樣」的條件。那穿漢服來上課算什麼呢？算個性。當然，如果在漢朝的太學，穿漢服上課就是文化。但是學生夏天必須穿衣服才能來上課，這是文化。因為他本來可以不穿衣服，夏天不穿衣服不會凍死；但他要是光著身子來上課，全校都會關注他。這就符合「本來不用這樣，但是必須這樣」，就是文化。我們今天講這個被稱作「情商」的東西，都相當於夏天上課要穿衣服。這些話中有話的傲嬌，就屬於文化。

成績好的同學難免會被人家說情商低，特別是說「別看智商高，可是情商低」，我就經常被這麼說。我的理解是，其實情商就是情緒智商，是智商的一部分。也就是說，智商規定了情商的上限。即使智商高，有可能情商並不高，但是情商高的機率比較大；如果智商本來就不高，那麼情商也不可能太高。好比你可以說，「我考試總分高，但是英文分數不高」，但是不會說「我總分很低，但是英文分數超高啊」。

講情商，不是要教你怎麼低聲下氣、討好別人，也不是要教你耍手腕獲取利益。講情商，是希望你在別人傲嬌時，能正確辨識，必要時自己也能正確的傲嬌。當然我講也不夠，得靠你們自己體悟，我在這裡只是演示正確的打開方式。

1 道歉四步驟，一個都不能少——《紅樓夢》

想要了解中國人的情商，或說傲嬌，我建議從《紅樓夢》開始。

《紅樓夢》這本書，捧的人捧它上天，貶的人把它貶得一文不值。如果以我現在的眼光看，首先，《紅樓夢》是一本通俗小說；第二，通俗作品裡往往包含一個民族的文化，而且其中體現的文化，經常比菁英文學還深刻；第三，《紅樓夢》是一本服務清代中上等文化程度人士的通俗小說。說穿了《紅樓夢》就是那時候的《琅琊榜》（按：海宴所著虛構歷史小說，以六朝南梁時代為背景。並曾改編為電視劇）。它本來就是一本休閒讀物。只不過，同樣是休閒讀物，《琅琊榜》比「抗日神劇」（按：中國網路用語，是對中國抗日戰爭歷史題材電視劇的嘲諷稱呼，這類戲劇經常不符合史實，並以誇張劇情獲取觀眾歡心）更現實、優雅一點，當然這個優雅也是「通俗的優雅」。

我之所以說《紅樓夢》像《琅琊榜》，還想強調它是個架空文，它寫的絕對不是某朝某代的事，而是能從裡面找到各個朝代的影子。這裡的「各個朝代」，指的還不主要是明朝、清朝。當時的人看《紅樓夢》，就跟我們現在看《琅琊榜》一樣，覺得是古代的事。你會覺得《琅琊榜》

是現在的事嗎？你肯定覺得《琅琊榜》是六朝的事，雖然事實上並沒有。

《琅琊榜》裡有沒有加入現在的事呢？也有。為什麼？因為作者畢竟是現代人，稍微糊塗，就把現代的事寫進去了。比如說梅長蘇（按：《琅琊榜》主角）愛吃辣花生，但其實六朝的時候既沒有辣椒也沒有花生，所以我很不同意梅長蘇愛吃辣花生的人物設定，這不符合我的審美。寫梅長蘇愛吃辣花生，就是反映現代社會生活。但是這是作者不小心的，不是故意。而且，就算寫了梅長蘇愛吃辣花生，觀眾就會覺得梅長蘇是影射現在的某個人嗎？我想不會。

清朝人看《紅樓夢》也是這樣的，雖然曹雪芹有時候會不小心，把清朝的事寫進去，但是當時的人讀《紅樓夢》都不會覺得是清朝，他們也會覺得《紅樓夢》是六朝的事，寶哥哥林妹妹都是古人。《琅琊榜》裡能有多少六朝和唐、宋的梗，《紅樓夢》裡就能有多少。

曹雪芹是個讀書人，不是什麼高官，他對現實中的規章制度，遠不如對古書中的人情世故熟悉。他在寫小說時，更能信手拈來的應該是他從《資治通鑑》、《世說新語》裡讀過的人性。《紅樓夢》裡的典章制度，也跟《琅琊榜》裡的典章制度一樣，是融合歷朝歷代的印象以後，再根據唯美的原則創造出來，不能說是清朝或特定哪一朝的制度。《紅樓夢》裡有多少清朝的事，參考《琅琊榜》裡有多少現在的事就好。《紅樓夢》展示給我們的傳統文化，其實還是中國人傲嬌的一種可能性。

依據《紅樓夢》第四十一回節選，我要說明怎麼去理解《紅樓夢》裡的傲嬌。

這篇選段的前情大致是：妙玉本來是一個貴族家的小姐，後來家道中落，她就出家為尼。之後，她師父死了，她困在京城無依無靠。元春（按：賈寶玉的姐姐，應選入宮）省親的時候，賈府要買一批小尼姑，放在園子裡做點綴。請大家注意這些小尼姑的地位之低，她們跟戲子一樣都是買進來的，跟園子裡的花花草草一樣只是點綴。買了小尼姑，就需要一個師父來管理她們，所以把妙玉請來。妙玉的地位，只比這些小尼姑稍微高一點。她也是這個院子的點綴。

賈尼姑來做園子的點綴，我不知道什麼朝代有這個風俗制度，但是從這件事，大家應該可以體會到中國讀書人鬱積幾千年的心情。不一定真有這麼慘，但是，**讀書人會覺得自己就是權勢的點綴，只比奴隸稍微高一點**。

所以，妙玉就說，除非賈府下帖子請，否則她是不來的。她是在挽回最後的一點尊嚴。她是賈府下帖子請來，是做客而不是買來的。如果不下帖子呢？她說不來就能不來嗎？應該也不能。不過王夫人說，「好好好，我下帖子請妳」、「她是官宦人家的小姐，到底驕傲些」。王夫人是一個特別講究上下尊卑的人，從本心來講，她願意維護曾經的官宦小姐這點驕傲，因為她自己也曾是一個驕傲的官宦小姐。從做事方法上說，她這麼做也很正常，身為誥命夫人（按：經君主冊封封號或爵位的女性。在中國，誥命夫人一般指已婚皇女、宗室女，及經皇帝敕封爵位的官員之母或妻），跟小尼姑爭什麼呢？她說下帖子就下帖子，不費事，也沒有法律效力。但是，下帖子真就能讓王夫人發自內心尊重妙玉嗎？王夫人知道不可能，妙玉也知道是不可能的。這只是為了讓妙玉稍微找回一點尊嚴。

妙玉跟林黛玉的地位，簡直是天壤之別。林黛玉再怎麼說，也是「無依無靠投奔了來的」。

賈府裡宗法地位最高的賈母，是林黛玉的外婆，王夫人的老公是林黛玉的親舅舅，王夫人就算是出於對賈母的尊重，也得捧著林黛玉，賈府是不可能委屈林黛玉的。此外，林黛玉的人物設定還很「瑪麗蘇」（按：Mary Sue，一種角色類型，指一個平凡低微的角色突然無所不能、過度理想化，或是角色太過耀眼完美）。

但是，妙玉在賈府就真是個點綴。因為她是點綴，所以賈母和王夫人會對她格外客氣，表現出自己是懂禮的，但是這完全不能說明妙玉地位高，也不能說明她們真的尊重妙玉。有些人可能理解成妙玉來頭不小，而林黛玉是個寒門孤女，這就是沒理解中國人的傲嬌。

因為是外人，所以給面子、所以客氣

話說劉姥姥兩隻手比著說道：「花兒落了結個大倭瓜。」眾人聽了哄堂大笑起來。於是吃過門杯，因又逗趣笑道：「今兒實說罷，我的手腳子粗，又喝了酒，仔細失手打了這瓷杯。有木頭的杯取個來，我就失了手，掉了地下也無礙。」眾人聽了，又笑起來。鳳姐兒聽如此說，便忙笑道：「果真要木頭的，我就取了來。可有一句先說下，這木頭的可比不得瓷的，它都是一套，定要吃遍一套才算呢。」

劉姥姥聽了，心下战敠道：「我方才不過是趣話取笑兒，誰知他果真竟有。我時常在鄉紳大家也赴過席，金杯銀杯倒都也見過，從來沒見有木頭杯的。——哦，是了！想必是小孩子們使的木碗兒，不過誆我多喝兩碗。別管他，橫豎這酒蜜水兒似的，多喝點子也無妨。」想畢，便說：「取來再商量。」

鳳姐因命豐兒：「前面裡間書架子上有十個竹根套杯，取來。」豐兒聽了，才要去取，鴛鴦笑道：「我知道，你那十個杯還小。況且你才說木頭的，這會子又拿了竹根的來，倒不好看。不如把我們那裡的黃楊根子整刓的十個大套杯拿來，灌他十下子。」鳳姐兒笑道：「更好了。」

鴛鴦果命人取來。劉姥姥一看，又驚又喜：驚的是一連十個挨次大小分下來，那大的足似個小盆子，極小的還有手裡的杯子兩個大；喜的是雕鏤奇絕，一色山水樹木人物，並有草字以及圖印。因忙說道：「拿了那小的來就是了。」鳳姐兒笑道：「這個杯沒有這大量的，所以沒人敢使他。姥姥既要，好容易尋了出來，必定要挨次吃一遍才使得。」劉姥姥嚇的忙道：「這個不敢！好姑奶奶，饒了我罷！」賈母、薛姨媽、王夫人知道他上了年紀的人，禁不起，忙笑道：「說是說，笑是笑，不可多吃了，只吃這頭一杯罷。」劉姥姥道：「阿彌陀佛！我還是小杯吃罷。把這大杯收著，我帶了家去，慢慢的吃罷。」說的眾人又笑起來。

鴛鴦無法，只得命人滿斟了一大杯，劉姥姥兩手捧著喝。賈母薛姨媽都道：「慢些，不要嗆了。」薛姨媽又命鳳姐兒布了菜。鳳姐笑道：「姥姥要吃什麼，說出名兒來，我夾了餵你。」劉姥姥道：「我知道什麼名兒？樣樣都是好的。」賈母笑道：「把茄鯗夾些餵他。」鳳姐兒聽說，依言夾些茄鯗送入劉姥姥口中，因笑道：「你們天天吃茄子，也嘗嘗我們的茄子弄得可口不可口。」劉姥姥笑道：「別哄我了，茄子跑出這個味兒來了，我們也不用種糧食，只種茄子了。」眾人笑道：「真是茄子，我們再不哄你。」劉姥姥詫異道：「真是茄子？我白吃了半日。姑奶奶再餵我些，這一口，細嚼嚼。」鳳姐兒果又夾了些放入口內。

劉姥姥細嚼了半日，笑道：「雖有一點茄子香，只是還不像是茄子。告訴我是個什麼法子弄的，我也弄著吃去。」鳳姐兒笑道：「這也不難。你把才下來的茄子把皮簽了，只要淨肉，切成碎釘子，用雞油炸了，再用雞脯子肉並香菌、新筍、蘑菇、五香腐乾、各色乾果子，俱切成釘子，用雞湯煨乾，將香油一收，外加糟油一拌，盛在瓷罐子裡封嚴，要吃時拿出來，用炒的雞瓜一拌就是。」

劉姥姥聽了，搖頭吐舌說道：「我的佛祖！倒得十來隻雞來配他，怪道這個味兒！」一面笑，一面慢慢的吃完了酒，還只管細玩那杯子。

話說這一天，劉姥姥進了大觀園，又來陪賈母解悶。劉姥姥其實是王家的親戚，在王熙鳳結婚以前就見過王熙鳳。賈母一直給足王家面子，這也是中國人傲嬌的地方。兒媳婦不是自己家的人，面子要給足。當然，劉姥姥不是什麼正經親戚，大家主要還是拿她取樂。但是賈母對劉姥姥這麼客氣，也有一點對王家客氣的成分。因為是王家那邊的人，反而要好好招待，如果是史家（按：賈母娘家）的親戚，反倒不見得如此。

還有一點，《紅樓夢》裡史家文化跟王家文化有很大區別，曹雪芹把這個區別寫得很清楚，這是他作為一個小說家厲害的地方。王家這個系統的人——包括王夫人、王熙鳳、薛姨媽（她也姓王），甚至包括薛姨媽的女兒薛寶釵、王夫人的女兒賈元春和賈探春——她們都很注意上下尊卑。留意這些人對下人、窮人的態度會發現，《紅樓夢》裡凡是寫給窮人、給下人賞巴掌的，都是王家系統的人。而史家系統的人——包括賈母和史湘雲，也包括賈母「嫡親」的外孫女林黛玉——她們都不那麼注重上下尊卑，更注重享樂，所以她們對待窮人和下人的態度裡，帶有一點平等的意味。

當然，這也是人物設定的需要，賈母和王夫人這一對婆媳，當婆婆的比較講平等，兒媳婦比較講上下尊卑，關係也比較好處，因為她們不是主線人物，所以她們的戲分要簡化，不能橫生枝節。如果反過來，婆婆講上下尊卑，兒媳婦隨隨便便，光是這對婆媳就得整天爭吵，弄不好又能寫出一部《雙面膠》（按：中國戲劇，劇情是傳統婆婆與思想現代的媳婦之間紛爭摩擦，因而導致家庭決裂），就不用看寶哥哥林妹妹了。這也是中國人傲嬌的地方：地位高的要講平等，要對人和氣，地位低的要講上下尊卑，這樣雙方互相謙讓，讓出一個空間來，就顯得和睦。不過，這裡有一個問題，假如將來王夫人和林黛玉成了婆媳，就會出現婆婆講尊卑，兒媳婦比較隨意的局面。這也是王夫人不太想讓林黛玉當兒媳婦的一個原因。

當下賈母等吃過茶，又帶了劉姥姥至櫳翠庵來。妙玉相迎進去。眾人至院中，見花木繁盛，賈母笑道：「到底是他們修行的人沒事，常常修理，比別處越發好看。」一面說，一面便往東禪堂來。妙玉笑往裡讓，賈母道：「我們才都吃了酒肉，你這裡頭有菩薩，沖了罪過。我們這裡坐坐，把你的好茶拿來，我們吃一杯就去了。」寶玉留神看他是怎麼行事。只見妙玉親自捧了一個海棠花式雕漆填金雲龍獻壽的小茶盤，裡面放一個成窯五彩小蓋鍾，捧與賈母。賈母道：「我不吃六安茶。」妙玉笑說：「知道。這是老君眉。」賈母接了，又問：「是什麼水？」妙玉笑回：「是舊年蠲的雨水。」賈母便吃了半盞，便笑著遞與劉姥姥說：「你嘗嘗這個茶。」劉姥姥便一口吃盡，笑道：「好是好，就是淡些，再熬濃些更好了。」賈母眾人都笑起來。然後眾人都是一色官窯脫胎填白蓋碗。

賈母跟劉姥姥吃完飯，帶著劉姥姥和寶玉、黛玉一行人在園子裡散步，接著要到妙玉的櫳翠庵去坐坐。到了以後，誇妙玉花草收拾得好，說她們吃了酒肉，怕衝撞菩薩，在外頭坐就好。表現都客客氣氣。

妙玉就恭恭敬敬的請賈母喝茶。用的是成窯五彩小蓋鍾，沏的是老君眉，這是對老祖宗（按：《紅樓夢》中對賈母的稱呼）很大的尊重，是專門給老太太沏的。結果賈母喝了一口，就遞給劉姥姥，讓她也喝看看。劉姥姥喝了一口，但她哪會品茶，就說沏得淡了。這個情節我先不分析，請自己體會一下，假如這不是《紅樓夢》，是發在天涯社區（按：中國的網路社群，有論壇、部落格、相簿等功能）上的一篇文章，你會怎麼評論？

那妙玉便把寶釵黛玉的衣襟一拉，二人隨他出去，寶玉悄悄的隨後跟了來。只見妙玉讓他二人在耳房內，寶釵坐在榻上，黛玉便坐在妙玉的蒲團上。妙玉自向風爐上搧滾了水，另泡一壺茶。寶玉便輕輕走進來，笑道：「你們吃體己茶呢。」二人都笑道：「你又趕了來餈茶吃，這裡並沒你吃的。」

妙玉剛要去取杯，只見道婆收了上面的茶盞來。妙玉忙命：「將那成窯的茶杯別收了，擱在外頭去罷。」寶玉會意，知為劉姥姥吃了，他嫌髒不要了。又見妙玉另拿出兩隻杯來。一個旁邊有一耳，杯上鐫著「𤓰瓟斝」三個隸字，後有一行小真字是「王愷珍玩」，又有「宋元豐五年四月眉山蘇軾見於祕府」一行小字。妙玉便斟了一斝，遞與寶釵。那一隻形似鉢而小，也有三個垂珠篆字，鐫著「點犀盉」，妙玉斟了一盉與黛玉。仍將前番自己常日吃茶的那只綠玉斗來斟與寶玉。寶玉笑道：「常言『世法平等』，他兩個就用那樣古玩奇珍，我就是個俗器了。」妙玉道：「這是俗器？不是我說狂話，只怕你家裡未必找的出這麼一個俗器來呢。」寶玉笑道：「俗話說，『隨鄉入鄉』，到了你這裡，自然把那金玉珠寶一概貶為俗器了。」

妙玉聽如此說，十分歡喜，遂又尋出一隻九曲十環，一百二十節，蟠虬整雕竹根的一個大盞出來，笑道：「就剩了這一個，你可吃的了這一海？」寶玉喜的忙道：「吃的了。」妙玉笑道：「你雖吃的了，也沒這些茶糟踏。豈不聞『一杯為品，二杯即是解渴的蠢物，三杯便是飲驢了』。你吃這一海，更成什麼？」說的寶釵、黛玉、寶玉都笑了。妙玉執壺，只向海內斟了約有一杯。寶玉細細吃了，果覺清醇無比，賞讚不絕。妙玉正色道：「你這遭吃的茶是托他兩個的福，獨你來了，我是不能給你吃的。」寶玉笑道：「我深知道的，我也不領你的情，只謝他二人便是了。」妙玉聽了，方說：「這話明白。」

黛玉因問：「這也是舊年的雨水？」妙玉冷笑道：「你這麼個人，竟是大俗人，連水也嘗不出來。這是五年前我在玄墓蟠香寺住著收的梅花上的雪，共得了那一鬼臉青的花甕一甕，總捨不得吃，埋在地下，今年夏天才開了。我只吃過一回，這是第二回了。你怎麼嘗不出來？隔年蠲的雨水那有這樣清醇，如何吃得？」

接著插播了一段：妙玉帶著寶玉、黛玉、寶釵吃體己茶，用的茶具、吃的茶都是真正好的，這幾個人才是妙玉真看得起，特別是寶玉，妙玉給他自己用過的茶杯，這是頗有深意的安排。吃體己茶期間，妙玉就吩咐小丫鬟，那個成窯的茶杯別收了。別收了，就是不要了。說明這時候妙玉心裡很生氣。一邊生氣，一邊還是好好的招待寶玉、黛玉和寶釵，這也是妙玉有修養，或者說傲嬌的地方。其實，你應該可以想像，這時候妙玉心裡是很難受的。

寶釵知他天性怪僻，不好多話，亦不好多坐，吃完茶，便約著黛玉走了出來。寶玉和妙玉陪笑道：「那茶杯雖然髒了，白撂了豈不可惜？依我說，不如就給那貧婆子罷，他賣了也可以度日。你說使得麼？」妙玉聽了，想了一想，點頭說道：「這也罷了。幸而那杯子是我沒吃過的，若我使過，我就砸碎了也不能給他。你要給他，我也不管，你只交給他，快拿了去罷。」寶玉笑道：「自然如此，你那裡和他說話去？越發連你也髒了。只交與我就是了。」

吃完體己茶，妙玉就要處置那個成窯的茶杯。賈寶玉勸她，既然不要了，不如就給劉姥姥，她賣了也可以度日。妙玉聽了才答應，還補了一句，說幸虧這個茶杯是她沒用過的，要是她用過的，砸碎了也不給劉姥姥。

妙玉生氣，不只是對劉姥姥

到這裡，大家就開始罵妙玉勢利眼了。妙玉怎麼能這麼對待劉姥姥？當然，其實按階級劃分，劉姥姥應該屬於典型的地主婆，並不真的是窮人。賈母是人，劉姥姥也是人，同樣一碗茶，憑什麼對賈母就恭恭敬敬的端上去，劉姥姥喝了一口就要砸了？這不是嫌貧愛富是什麼？

請大家思考一個問題：妙玉要砸這個茶杯，是砸誰呢？她是在跟誰生氣呢？是跟劉姥姥嗎？《禮記》上有一句話，說聚餐時「尊客之前不叱狗」，有尊貴的客人在場時，你不能去罵狗。狗為什麼不能罵？因為有個詞叫「指桑罵槐」。傲嬌的中國人在罵一個人時，特別是罵有點身分地位的人，他往往不是直接罵這個人，而是罵另一個人跟他有點關係、有點相似，但身分低的人，甚至於罵他的狗。對方也明白，你罵這條狗，就是在罵他。那麼你要是沒罵他，真的是罵狗呢？

他還是會認為你是在罵他。最好的辦法就是別罵狗，所以才有這麼一條餐桌禮儀。如果你不能做到永遠不罵狗，至少有很重要的人在場時不罵。當然，你真想罵人時，就罵狗。

妙玉在砸劉姥姥用過的杯子時，她其實在砸誰？是賈母把那杯茶遞給劉姥姥。她如果真心要討好賈母，這時候對劉姥姥也只能忍著。她就算不是想砸賈母，表現也是在砸賈母。何況，這個道理妙玉會不懂嗎？所以，**妙玉砸劉姥姥，就是給賈母臉色看**。這個事件是，賈母把妙玉奉上的茶杯端給劉姥姥，妙玉就要把這個茶杯砸了。這能說妙玉勢利嗎？她敢砸賈母的面子，明明是很膽大妄為。以她的身分卻這麼大膽，可以說是冒死抗爭，就是晴雯（按：服侍賈寶玉的大丫鬟之一，性格剛烈、心直口快）也未必敢這麼做。

妙玉跟賈母抗爭，有沒有道理？賈母的行為確實不太禮貌。人家好心好意端了一杯茶給你，你卻只喝了一口就給別人。當然，這是因為賈母是一個講平等的老太太，喝了一口的茶，給劉姥姥也嘗嘗，很隨意，不是故意對妙玉不禮貌。但是她忽略對妙玉的禮貌，說明她在心裡是真的沒把妙玉當成人看待。像這樣的富貴老人家，她講的平等經常是這樣，她可以做很平等的事，但在她內心深處，還是有著根深柢固的不平等。

其實在生活中，我們也會發現，有些家長講究對外人禮貌，卻忽視了對小孩禮貌，這樣是不好的。如果是對親生兒女，也就罷了。但如果這個小孩不是你親生的，而且地位比你低，你還犧牲他的尊嚴，去成全其他大人的尊嚴，這就很不適當。妙玉是個很有修養的人，但現在淪落到大觀園裝飾品的地位，賈母還這樣踐踏她的尊嚴，難怪她要冒死抗爭。

此外，請留意劉姥姥的表現，她是「一口吃盡」，然後說「再熬濃些就好了」。很明顯她是不懂茶的，但是不懂茶可以不評論，可以直接說好啊。劉姥姥平時在賈府行事極為謹慎，並非懂不懂都要評論一番的人。再看劉姥姥在宴席上的表現，那些菜肴、餐具，她都是不懂的，但是她知道肯定都是好東西，要不賈府也不會用。如果當時是王熙鳳端給她一杯茶，她絕對不敢說「再熬濃些就好了」。劉姥姥是很清楚她在賈府裡的文化劣勢。但這顆謹慎的心，到妙玉這裡就完全放鬆，說明劉姥姥也覺得，妙玉並不是一個值得尊重的人。

現實中也有這樣的人，當他意識到他應該尊重人時，他是很謹慎的。但是他對於什麼樣的人應該尊重，判斷總是很奇葩——或者說，在我們眼裡很奇葩。通常這樣的人，都有非常世俗、勢利的標準。劉姥姥這個人，有她可愛的地方，但她確實是那種非常世俗及勢利的人，否則就不會來賈府借錢，你不能指望她理解賈寶玉、林黛玉看人的標準。

劉姥姥說完「再熬濃些就好了」之後，「賈母和眾人都笑起來」。這裡面當然是拿劉姥姥取樂，但等於把妙玉也框進取樂的範圍裡。妙玉靠賈府養活，平時被人看不起也是沒辦法的事，但是把她踩到劉姥姥以下，就太過分了。

道歉四步驟，一個都不能少

那個杯子妙玉說要砸掉，她最後砸了嗎？沒砸。有人可能會認為，沒砸是因為聽了賈寶玉的勸。其實，如果她真心要砸，賈寶玉也勸不住。最後沒砸，就是她並沒有想要砸杯子，賈寶玉只是給她臺階下。妙玉不是奢侈的人，櫃子裡沒有一排成窯的茶杯，能說砸就砸。這個茶杯她只有這麼一個，也是珍藏著，這次是專門為老祖宗拿出來，表達誠心誠意的恭敬。結果賈母就遞給人了，當然怪不得妙玉生氣。她說要砸，也是表示一種強烈的憤慨：我拿給你這麼珍貴的杯子，你卻不領情，我還不如砸了。

賈寶玉作為一個詩禮之族的公子，情商是很高的。妙玉說茶杯不要了的時候，他知道這時最重要的，是給妙玉一個臺階下。他的表現，可以說是教科書級的標準道歉。大家不妨想一想，如果這時候你是賈寶玉，你會怎麼說？

請注意，道歉的標準程序，其實就是幼稚園老師教給我們的：「對不起，我錯了，我不是故意的，我改正。」四個步驟，一個都不能省略，也不能隨便發揮。不要以為自己是成年人，再按幼稚園的順序道歉很難為情，就自己發揮。要是發揮得不對，很容易讓對方更生氣。

跟人道歉，很容易掉進的一個陷阱，就是把「我不是故意的」說成「我沒有」。好多人在道歉時，第一反應都是說「我沒有」，這很容易讓人生氣，明明你惹我生氣，你說你沒有，難道是我無理取鬧？其實他們說「我沒有」，本來是想說「我不是故意的」。說「我不是故意的」，這句話的目的，是減輕你的主觀惡意。你不是故意惹人家生氣，總比故意惹人家生氣要好一點。但是很多成年人覺得這句話太幼稚，不好意思直接說，就說成「我沒有」。說「我沒有」的目的，也是減輕主觀惡意，但是說法錯誤。你跟人道歉，首先要承認你的錯誤，要承認你造成傷害，接著才是減輕主觀惡意的問題。請一定注意，道歉時不要把「我不是故意的」，說成「我沒有」。

比如妙玉這件事，這時就特別容易把「我不是故意的」說成「我沒有」。比方說：「杯子哪裡髒了，你需要這樣嗎？」說這句話，你潛意識裡其實是在說「我不是故意的」、「我沒有攻擊性的行為」，但是聽的人，就覺得你在說她矯情，肯定就更生氣。你還納悶，說自己不是道歉了嗎？她怎麼還更生氣？女人真不好哄。

但賈寶玉就沒這麼說。**賈寶玉知道當務之急是先認錯，主要是先肯定妙玉的感受。**

他說，「那茶杯雖然髒了」，雖然說劉姥姥喝了一口茶，茶杯就髒了這個前提並不成立，但這時不需要準確表述事實，而是要盡量順著妙玉的負面感受說，且說重一點。妙玉的感受就是劉姥姥用茶杯喝了一口茶，她心裡不愉快，這時候寧可說重一點，說成「髒」，也別說輕了，千萬別說「喝口茶又怎麼了」。

接著說，「白撂了豈不可惜」，同意以後再挽回，不慫恿妙玉砸這個杯子。在**充分肯定她的負面感受的前提下，對於她可能採取的實際行動，盡量說話挽回，不讓事情發生**。當然，這個挽的力度也不能太大，不能說「妳可別砸杯子啊」，別提醒她。賈寶玉現在的任務，就是勸她別自己處置這個杯子。妙玉在氣頭上，不知道會怎麼處置這個杯子，說不定真的就砸了，或送給什麼小丫鬟，或扔垃圾桶，都有可能。一旦這樣就難看了，那就是對賈母宣戰。

接下來，賈寶玉給的臺階是：「不如就給那貧婆子罷，他賣了也可度日。你說使得麼？」不是你在乎這個杯子，是那個貧婆子在乎，你不砸這個杯子，是做好事。請注意賈寶玉給臺階的姿勢。首先妙玉砸賈母的姿勢是，這個杯子賈母不是不稀罕嗎？那她也不稀罕，不要了。這裡有一句潛臺詞：你以為就只有你有錢啊？實際上，賈母確實比妙玉有錢，妙玉很珍視的杯子，賈母可能並不特別重視。妙玉很敏感的意識到這個問題，自尊心受到傷害。

這時候，賈寶玉不能說這個杯子值錢，一定要順著妙玉說，你有錢，這個杯子對你來說不算什麼。接著趕緊踩劉姥姥，說她是「貧婆子」，說她不能「度日」。妙玉生氣的真正原因，就是賈母把她踩到劉姥姥之下，所以，**此時賈寶玉要做的，就是得把劉姥姥踩到妙玉以下，強調妙玉比她優越**。當然這話不能直說，得偷偷帶出來。賈寶玉這句話在很關鍵的地方，給了妙玉臺階。

賈寶玉的建議是「這個杯子妳既然不要了，就給劉姥姥吧」。反正，這個杯子妙玉也看不順眼，但要是扔了又不好看，所以賈寶玉想了個方法，說送給劉姥姥吧。送給劉姥姥，可以勉強解釋為表示友好，雖然這個解釋真的是非常勉強，但還算是可以遮掩過去。

妙玉不是給了臺階不下的人，她接受。當然給臺階這事也得看臉，賈寶玉的話當然沒問題。我指的不是他的臉好看，是指他的面子夠。賈寶玉在賈府的日常工作就是「替老太太賠不是」，憑的也是他地位夠高。更重要的是，賈寶玉在妙玉這裡的地位也的確最高，妙玉只給他一個人用自己吃過茶的茶杯，說明不管出於什麼原因，賈寶玉是妙玉最看重的人。所以妙玉就說：「這也罷了。」寶玉給她一個臺階，那她也給寶玉一個臺階。

首先，她同意寶玉的建議，不過是看在他的面子上。然後又補一句：「幸而那杯子是我沒吃過的，若我使過，我就砸碎了也不能給他。」請注意**「砸碎了」的說法，是在這時候第一次提出**

來，之前妙玉沒有說過要砸茶杯。她說要小丫鬟「別收了」，連「杯子髒了」，要「擱了」這樣的話，都是賈寶玉先說出來。妙玉一開始並沒有說要砸，她是在同意把杯子送給劉姥姥以後，才用假設句式補了這麼一句。

之所以不砸，不是因為這個杯子貴，而是因為這個杯子賤。貴賤的標準也不是以世俗標準，而是以自己有沒有用過為標準，這又是妙玉在自抬身分。送給劉姥姥可以，但妙玉還要把這個杯子的價值再貶一層，送給她不是送禮物，而是等於把杯子砸了。這句話又賣給賈寶玉一個人情，因為賈寶玉剛用妙玉用過的杯子吃茶。妙玉又強調了一遍：她用自己用過的杯子給他吃茶，是很高的禮遇。不過，這也是一句廢話，妙玉可能拿自己吃過茶的杯子給賈母嗎？不可能，只有賈寶玉有這個待遇。所以她這個假設就不成立，不可能出現「若我使過」這種情況，所以「就砸碎了也不能給他」的情況根本不可能出現。當然賈寶玉沒那麼「二」（按：中國地方方言，形容人愚笨之意），不可能在這個時候揭穿她。

道歉的最後一步：改正行動

接著，妙玉表示要把杯子給劉姥姥，又補了一句：「你要給他，我也不管你，只交給你，快拿了去罷。」這杯子要送，也不能是妙玉自己送給她，只能是妙玉送給寶玉，他再送給劉姥姥。這個面子妙玉是給寶玉的，不是給劉姥姥。

賈寶玉趕緊接著給臺階：「自然如此，你那裡和他說話去？越發連你也髒了」，這還是**拚命抬高妙玉，拚命踩劉姥姥**。這不是歧視劉姥姥，而是**因為妙玉剛才受屈辱，在幫她挽回尊嚴**。而且，這時候賈母和劉姥姥都不在場，話說得重一點，她們也聽不見，並沒有因此受到傷害。

> 妙玉便命人拿來遞與寶玉。寶玉接了，又道：「等我們出去了，我叫幾個小么兒來河裡打幾桶水來洗地如何？」妙玉笑道：「這更好了，只是你囑咐他們，抬了水只擱在山門外頭牆根下，別進門來。」寶玉道：「這是自然的。」說著，便袖著那杯，遞與賈母房中小丫頭拿著，說：「明日劉姥姥家去，給他帶去罷。」交代明白，賈母已經出來要回去。妙玉亦不甚留，送出山門，回身便將門閉了，不在話下。

賈寶玉又說：「我叫幾個小么兒來打幾桶水洗地如何」，還是踩劉姥姥，抬高妙玉，而且這回加上實際行動。**道歉到最後，一定要有實際行動**。你提一個實際的行動方案，或是做什麼來表示道歉，對方同意了，那麼你只要把這件事做完，就代表對方原諒你，這件事就結束。如果沒有實際行動，這件事就永遠也沒完沒了。

這個面子妙玉又接了，說：「這更好了，只是你囑咐他們，抬了水只擱在山門外頭牆根下，別進門來。」在潔癖的方向上又往前作了一層。這就等於說，「我就是潔癖，沒有別的，不是生老太太的氣，你別多想」。這句話說明妙玉也在挽回。妙玉說別讓小么兒進山門，表面上顯得很高冷，一點不失身分。但實際上，這是在減輕小么兒的勞動，說「你們只要把水抬到山門底下，就算我原諒你們，不用再抬上來，也不用來拖地」。這也是又給賈寶玉優待。把解決方案落實到行動上，就算是走下臺階了。妙玉把杯子給賈寶玉，賈寶玉把杯子悄悄給賈母的小丫鬟，不讓賈母看見，這件事就過去了。

《紅樓夢》的打開方式應該是這樣的。《紅樓夢》裡有各種各樣的心計，但是這種心計不是鬥爭，尤其不是部分紅學家想像的階級鬥爭，而是中國人在日常生活中的智慧。這種智慧不是想著怎麼害人，也不是委曲求全，而是有非常鮮明的性情，也含有滿滿的善意。

這種解決問題的風格不是《紅樓夢》獨有，而是貫穿於整個民族歷史。歷史上那些著名的文學作品、著名的事件，也都可以用《紅樓夢》的方式細細的讀。

2 說出人們內心深處最柔軟的地方——〈陳情表〉

講〈陳情表〉前，需要先提這篇文章的背景：李密在正始（按：為曹魏政權的第五個年號）時代，是蜀國的官員。入晉後，司馬集團想徵辟（按：一種由上而下選拔官吏的制度，皇帝徵召為徵，各地官員招聘為辟）他，他上表拒絕，理由是要在家奉養祖母。據說朝廷很感動，就不讓他來了，直到祖母去世後，李密才出仕。

李密不出來做官的原因到底是什麼？是要在家伺候祖母，還是要為故國盡忠，或至少是觀望一下新政權？也就是說，**這件事到底是「孝」的問題，還是「忠」的問題？**歷來的課本和選集，對這個問題的解釋都很曖昧，往往先介紹相關的歷史背景，按照情節講下來，說這是關於忠的故事；接著，介紹這篇文章如何蘊含真情實感，於是又解釋成關於孝的故事。事實上，〈陳情表〉也一直被當作是講「孝」的文本。

不過我傾向認為**〈陳情表〉是「忠」的問題，而不是「孝」**。談父子關係時，我曾提到「忠」的問題，經常拿「孝」來做藉口。從李密的人生經歷來看，說他暫時不願意接受晉朝徵辟，是完全合理的，那麼就沒有必要特意拿孝出來談。**見態勢不妙不想幹，又不想傷和氣時，就把自家老**

人抬出來，這是中國士大夫的政治常識。

有人會問，家裡要是真有老人需要照顧，怎麼辦呢？如果真心想盡忠，其實解決方法是很多的。比方說，《世說新語》曾記載一個叫祖納的人，他弟弟就是聞雞起舞的祖逖。祖納後來做了光祿大夫，所以叫祖光祿。他是兩晉之交的人，跟李密的情況有一定可比性。他也是出身孤貧，很孝順，在家照顧老母親，還親自為母親做飯。後來，平北將軍王敦徵召他時，就送給他兩個丫鬟，把他的工作頂下來。這也是他們琅琊王氏（按：中古時期以瑯琊郡為郡望的王姓氏族，漢朝時興起，東晉時發展為最高門第）做事的風格，「不就做個飯嗎？我給你兩個丫鬟行不行，這樣你可就沒辦法拒絕我」，一股濃濃的霸道總裁氣息迎面而來。

由此可以看出，古人已經知道發揮比較利益。做飯這種事，兩個丫鬟比你做得好，但是有些事只有你能做，而丫鬟做不了的，我們得重新按優勢分配資源。祖納被兩個丫鬟換出來以後，別人還跟他開玩笑說「奴價倍婢」，意思就是「你這個男奴真貴，值兩個丫鬟呢」。祖納則回應：「五張羊皮還能換到百里奚（按：春秋時期著名政治家，原為奴隸，後來秦穆公派人以五張黑山羊皮〔羖〕為他贖身，後人稱他為「五羖大夫」）呢！

所以，真心想出仕的話，盡孝其實兩個丫鬟就能搞定。李密此番上書陳情，雖然他照顧祖母這個事是真的，但是真實原因並非這麼簡單。這個故事不適合作為孝的故事宣傳，倒是適合當作寫辭職信的樣本。

應用文，是為達到目的而作

「表」是一種應用文體，是下對上陳述情況用的。中古時代文人都要做官，特別重視各種應用文寫作，當時的文體學，有很大一部分是應用文。近代的文學研究，喜歡說應用文的文學性，應用文當然有文學性，特別是中古時代的應用文，但是必須先搞清楚應用文的核心，就是應用。

評價一篇應用文的好壞，始終離不開它的實際效果。

應用文的文學性，不在於文辭華美。基本上，文辭華美對應用文的實用性沒有幫助。其文學性也不在於真情實感，因為寫應用文是要達到某種目的，靠真情實感不見得能做到，而應用文裡表達的感情，也是為達到目的而服務，沒必要當真。

怎麼看應用文的文學性呢？首先，要得體，符合文體的要求。其次，看組織的文辭、陳述的理由、動用的情感，是怎麼為目的服務。第三，細節部分的表達也要注意，該委婉的要委婉，該不說實話的就不能說。應用文一般都有實際的要求，可能是跟人要錢要東西，或是拒絕別人，都沒什麼好事，因此，寫應用文時要考慮，你說出來的話必須讓人覺得可以接受。

第四，也是最重要的一點，要有見識，或者說有情商，明白你要達到的這個目的，關鍵是什麼。應用文有非常確定的目標讀者，你要考慮你和目標讀者之間的相對關係。你有什麼優勢，讓他有可能答應你的要求？而你又有什麼劣勢，讓他有可能拒絕你？在這個範圍內，有很多的語言藝術可以玩，這是我們欣賞一篇應用文應該欣賞的地方，而不是傻傻的說文辭華美、感情真摯。

李密賣慘，有個最終目的

臣密言：臣以險釁，夙遭閔凶。生孩六月，慈父見背；行年四歲，舅奪母志。祖母劉愍臣孤弱，躬親撫養。臣少多疾病，九歲不行，零丁孤苦，至於成立。既無伯叔，終鮮兄弟，門衰祚薄，晚有兒息。外無期功強近之親，內無應門五尺之僮，煢煢孑立，形影相弔。而劉夙嬰疾病，常在床蓐，臣侍湯藥，未曾廢離。

〈陳情表〉作為一篇應用文，是怎麼體現李密的情商呢？

一開始，李密先講自己的情況。上書跟上級請假或辭職，要先講自己的情況，講自己家裡有什麼困難。這一段，你的困難一定要說得讓人無法反駁，盡量堵住讓你無法請假或辭職的各種可能性。

「臣密言：臣以險釁，夙遭閔凶」，我的命不好。「生孩六月，慈父見背；行年四歲，舅奪母志」，我爸死了，我媽也改嫁了。李密一上來就像參加星光大道一樣，賣慘。正常的請假不需要這樣，一定是真的沒辦法，才說得這麼誇張。你必須說出你情況的特殊，像爸爸死了、媽媽改嫁這種話，一般人不會亂說，所以誰都別跟他攀比。當然，李密說話得委婉，不說死了，說「見背」；改嫁不說改嫁，說是舅舅改變母親的志向，讓舅舅背鍋。

「祖母劉愍臣孤弱，躬親撫養」，就剩奶奶把我養大。而且「臣少多疾病，九歲不行」，我從小身體不好，不只是普通的身體不好，九歲還不能走路，你們誰跟我比慘？我這個奶奶，不是一般的奶奶，是養大我的奶奶，而且是在我無父無母、身體不好的情況下把我養大的。

李密的意思就是「我奶奶不容易」。據說，現在年輕人談戀愛時，流行說「我媽不容易」（按：常用在要求另一半對自己媽媽孝順的情況，尤其又以男方對女方為多），但這句話不能隨便亂說。過去都是「生孩六月，慈父見背」，母親一個人把孩子帶大，這叫「我媽不容易」。但如果你父親健在，你卻說「我媽不容易」，這是黑（按：指說壞話）你爸。不知道為什麼，現在「我媽不容易」這一句，變成人人隨便亂說的話。李密說「我奶奶不容易」時，也是先說「我爸死了、我媽改嫁，而且我小時候身體不好」。

那你奶奶不容易，有沒有別人照顧她呢？李密說：「零丁孤苦，至於成立」，沒有，我是獨生子。不僅是獨生子，還是三代單傳，「既無伯叔，終鮮兄弟」，叔叔伯伯哥哥弟弟全沒有。這依然是賣慘，但已經透出一層意思：我沒有別的親戚，沒人能幫我照顧奶奶。並且「門衰祚薄，晚有兒息」，我也很晚才有孩子，他還小，照顧不了病人。所以「外無期功強近之親，內無應門五尺之僮，煢煢孑立，形影相弔」，沒有親戚，沒有大點的孩子，就只有我一人。賣慘的同時，也把別的可能性封住了。那你奶奶需要照顧嗎？「而劉夙嬰疾病，常在床蓐」，奶奶常常生病、臥床，需要照顧。誰照顧？「臣侍湯藥，未曾廢離」，一直都是我親自照顧。

讀這段時，我們都集中精力看李密賣慘，覺得他生活真是艱難，於是就被打動，說他真情實感、祖孫情深。但是，仔細看他這段賣慘，雖然一把鼻涕一把淚，但是每句話都指向我跟別人情況不一樣：我必須照顧祖母，而且沒有別人能頂替我。也就是直接指向這篇應用文最終的目的：拒絕徵辟。

要拒絕皇帝，好人卡得認真發

逮奉聖朝，沐浴清化。前太守臣逵察臣孝廉；後刺史臣榮舉臣秀才。臣以供養無主，辭不赴命。詔書特下，拜臣郎中；尋蒙國恩，除臣洗馬。猥以微賤，當侍東宮，非臣隕首所能上報。臣具以表聞，辭不就職。詔書切峻，責臣逋慢；郡縣逼迫，催臣上道；州司臨門，急於星火。臣欲奉詔奔馳，則劉病日篤；欲苟順私情，則告訴不許：臣之進退，實為狼狽。

接著第二部分就談到，自從改朝換代以來，他不是第一次被徵辟，也不是第一次拒絕——這也是這種公文裡需要談到的情況。他不是第一次拒絕，先前已經有人舉薦過他。他說，他已經被察舉兩次，兩次他都以「供養無主」，沒有人照顧祖母的理由拒絕。前兩次的上表沒有留傳下來，大概因為它們只是一般例行公事的公文，沒寫得這麼慘。可見，一開始事情沒到這麼嚴重時，李密也不是寫得這麼有「真情實感」的。

但是，這回情況不同了。「詔書特下」，不是地方官察舉，而是皇帝詔書；先是郎中（按：處理各種政務的中級官員），接著又改為洗馬（按：全稱為太子洗馬，是太子的隨從官員。洗音同「顯」）。讓我去侍奉太子，我不是不稀罕，我是感激涕零，掉了腦袋也報答不了。但是，即使賠上性命也無法報答皇帝的知遇之恩，我還是不去。要拒絕別人的時候，盡量把自己說得低，把對方的恩情說得重——也就是所謂的「發好人卡」——既然我真心要拒絕你，當然要說我很感謝你。雖然李密也是十分感動，但仍然拒絕。雖然「我即使死了也無法報答你」，但還是「具以表聞，辭不就職」。

這個「具以表聞」的內容，我們已經看不到，但應該就是一般文書的拒絕，能少說一句就不多說一句的那種。**寫應用文時，如果非不得已，一般能少一句是一句，因為說多了，反而容易挖坑給自己跳**。

當然，詔書不是一次就可以拒絕掉的，因為統治者也清楚士大夫的脾氣，你拒絕一次，他認為你可能是傲嬌。不說統治者，就說女生拒絕男生的追求，也往往無法一次拒絕。當被拒絕時，男生可能會想，女生拒絕自己可能是害羞，他得進一步表現出誠意。那麼，如果女生真的不願意怎麼辦？對不起，只能再拒絕男生第二次、第三次。

所以詔書繼續下，言詞更加懇切。當然，這時候李密不能說「您第二次追求我，表達的愛意更赤誠了」。他說的是「詔書切峻，責臣逋慢」，您下詔書是在責備我拖延。請大家想想，皇帝的第二封詔書會怎麼寫？這時候朝廷敢責備李密嗎？想要拉攏他，還拉攏不過來呢。但是，李密偏偏說「您在責備我了」。

郡縣的地方官，也在「逼迫」我，「州司臨門，急於星火」。地方官敢「逼迫」他嗎？不說別的，他身為「郎中」，屬四品官，郡守只是五品官；更何況，這時他可是皇上重點拉攏的人才，郡守敢「逼迫」他嗎？但是他就要說成是「逼迫」。他實際上是在跟皇上說：「地方官很盡職，他們都盡力來催我，您的好意，他們都帶到了」。

第二次追，就不能簡簡單單的拒絕了，得好好跟對方說明理由。「臣欲奉詔奔馳，則劉病日篤」，要是馬上應召，我祖母的病重了，就沒辦法照顧她。「欲苟順私情，則告訴不許」，要是想在家照顧祖母，好像沒有什麼後果，只是朝廷和地方官不允許我申訴我的情況而已。他並不是說，我要想照顧祖母，就會耽誤陛下的重托。

李密避重就輕，說「欲奉詔奔馳」時，說後果；說「欲苟順私情」時，不說後果。言下之意，彷彿只要皇上您聽了我的申訴，就一定會允許我辭職。「臣之進退，實為狼狽。」他說自己進退兩難，既想盡忠，又想盡孝。其實李密根本沒什麼兩難，想盡忠的話，只要買兩個丫鬟；想盡孝的話，拒絕朝廷就好。他的本意，其實就是不打算盡忠。他說自己進退兩難，無非是說自己不是不想盡忠，而是對朝廷客氣。

這一段，寫的是他幾次拒絕徵辟的情況，跟祖孫之情關係不大，就是**表達對朝廷的感激，以便再發好人卡。**

伏惟聖朝以孝治天下，凡在故老，猶蒙矜育，況臣孤苦，特為尤甚。且臣少事偽朝，歷職郎署，本圖宦達，不矜名節。今臣亡國賤俘，至微至陋，過蒙拔擢，寵命優渥，豈敢盤桓，有所希冀？但以劉日薄西山，氣息奄奄，人命危淺，朝不慮夕。臣無祖母，無以至今日；祖母無臣，無以終餘年。母孫二人，更相為命，是以區區不能廢遠。臣密今年四十有四，祖母劉今年九十有六，是臣盡節於陛下之日長，報養劉之日短也。烏鳥私情，願乞終養。

下面一段，就是他發好人卡的正文，好好陳述自己不應徵的理由。

「伏惟聖朝以孝治天下」，你不是以孝治天下嗎？為什麼晉朝要以孝治天下，魯迅說因為他們的江山是篡位得來，不能講忠，便只能講孝。要論能不能講忠，哪個開國皇帝可以講忠？講忠的人能成為開國皇帝嗎？像劉邦、李世民、朱元璋這幾個「流氓」，哪個是忠臣？但是他們當上皇帝以後，照樣講忠講得很開心，也談大一統。講忠還是講孝，是歷史條件決定，不是皇帝人品決定。

「以孝治天下」其實從東漢就開始了，因為東漢時，世家大族就已開始形成。家族勢力對於中央來講是離心的，一旦家族勢力形成，這個社會就開始講孝。我一再說，**孝是自私的，跟忠是對立面**，是離心力。**一旦家族勢力形成，人們眼裡看重自己的家多，看重皇帝就少**。

一旦全社會都開始講孝，皇帝高興不高興呢？他不高興。但是不高興，也沒辦法，他還得出來確認一下既成事實。他說，你們講孝也是好事，我不反對，接著可憐兮兮的說，但是能不能把你們對爸爸的愛，分出來一點給我呢？孝和忠是不矛盾的呀。只有在這種時候，皇帝才會說孝和忠不矛盾。**皇帝講孝，其實是對家族勢力的妥協。說「以孝治天下」，就表示皇權向貴族妥協**。要是皇權足夠強勢，他講的便是「天下為公」了。

那麼漢、唐、明剛開朝建國時，為什麼不講「孝」呢？因為它們剛經歷長長的亂世，世家的勢力都被掃蕩得差不多了。所謂天下分久必合，每個人都沒有家可言，都單純盼望著重新成立一個聯盟，盼望有一個強而有力的政權可以依靠。這個時候離心力極弱，向心力極強，**整個社會「孝」的意識淡薄，忠的意識就強烈**。這種時候，就會講忠多，講孝少，跟統治者個人沒有關係。到了這些王朝的後期，家族勢力重新形成，便又開始講孝。

魏晉講求以孝治天下，是由東漢繼承而來，因為魏晉也正處於類似東漢家族勢力上升的時代。其實**這就是一個用孝來抗衡忠的時代**，李密也是其中的一個例子。李密拒絕徵辟之所以能成功，這篇〈陳情表〉寫得好是原因之一，但不是主要原因，主要原因還是在於這個時代，可以用孝來抗衡忠。一個名士能成功拒絕皇帝的徵辟，是因為獲得社會的支援。李密除了寫這篇表文，當時肯定還做了別的事，但具體是什麼我們不得而知。但是他能做成，肯定有人幫他，必須有一批人認為他是對的，也肯定皇上不敢來逮他。所以，一個人的命運，雖然要靠自我奮鬥，但是也要考慮歷史的進程。

「聖朝以孝治天下，凡在故老，猶蒙矜育」，社會保障做得好，對老人都有特別的照顧。「況臣孤苦，特為尤甚」，何況我們家的老人情況如此特殊，陛下您就當作是做公益，也應該放我在家照顧老人，我這是在執行聖朝的政策。明明自己離心，還拿人家的話堵人家的嘴，硬說自己是向心的。

任官是試探，李密早就知道

接下來，就說到關鍵了：「且臣少事偽朝，歷職郎署，本圖宦達，不矜名節」。這是晉朝最擔心的事：**李密做過蜀國的大官，是不是還心念故國**，不肯為我朝出力呢？其實李密的確如此，但**他必須先撇清這個嫌疑，這是本篇應用文的重中之重**。李密自己先說，他做過蜀國的大官。而他的解釋很妙，說蜀國是「偽朝」，在偽朝都做過大官，說明他是一個唯利是圖、不矜名節的人。

這幾句簡直撇清得太精彩，做過前朝的官明明是汙點，他偏偏拿這個當證據，讓現任朝廷放心，說當時年紀輕輕，都肯在偽朝做官，這就說明自己是個唯利是圖的小人。其實，這根本不能作為唯利是圖的證據。當時，李密怎麼可能知道蜀國是偽朝？但是在晉朝的當下，誰敢說蜀國不是偽朝呢？所以他就冠冕堂皇的說，連偽朝的官我都當，邪惡政權的官我都當，怎麼會不願意當聖朝的官呢？明明不是這麼回事，對方卻無法反駁。

接著他說，何況他現在是「亡國賤俘，至微至陋」，二等公民。居然還「過蒙拔擢，寵命優渥」，身為區區二等公民卻受到優待。「豈敢盤桓，有所希冀」，我已經很知足，哪裡敢存著別的念頭呢？這個「有所希冀」，說得很含糊。可以理解為，等著要更大的官；但也可以理解為，等著蜀國復國或晉朝顛覆，自己保持清白之身。後者絕對不可以明確說出來，只能含糊帶過。李密說他沒存著這個念頭，他現在已經是二等公民，受到這樣的優待已經感激不盡了，其他任何念頭都沒有。

這是**〈陳情表〉的重點，表示自己不是出於政治原因而不出仕**。如果是單純只是孝的問題，其實沒必要說這幾句話。由此可以看出，明明是政治的原因，但要偽裝成孝的問題。雖然偽裝成孝的問題，但是這種關鍵問題也不能一句不提，一定要明確寫出來。**越是需要重點撇清的問題，越是需要在不經意間帶出來**。

既然不是出於政治目的，那又是什麼原因？這時，再把「孝」的問題擺上來，他祖母又一次出場。李密說，真的是因為祖母病得很重，「日薄西山，氣息奄奄，人命危淺，朝不慮夕」。沒人會故意詛咒自己祖母快死了，因此他這樣寫，別人也不好說什麼。接著再次強調，我的祖母不是普通的祖母，「臣無祖母，無以至今日；祖母無臣，無以終餘年」，我奶奶養我不容易，而且我們家沒別人照顧她了。這在前面說過，這裡又簡潔概括一下。我們「母孫二人，更相為命，是以區區不能廢遠」，所以我實在走不開。

朝廷需要你，但你走不開，怎麼辦？你還需要給出解決方案。朝廷徵召你，你不能說不去就不去，你不應徵召怎麼補償朝廷，或者說，怎麼報答朝廷呢？打個巴掌給塊糖，得給個承諾。

李密說，「陛下您看，臣今年才四十四，我祖母已經九十六了」，「是臣盡節於陛下之日長，報養劉之日短也」。老太太活不了幾天，但我活著的日子還長。我報答祖母的機會不多了，也就是說，您等著老太太死，也不用等多久。祖母過世後，我就去報到，後半輩子都好好為您服務。這是李密的承諾。

「烏鳥私情，願乞終養」，我像烏鴉想要盡孝的私情——孝始終是私情——希望能夠求得您允許，讓我為祖母養老送終。千言萬語，其實就是一句話：向您提個要求，別找我上班了。

臣之辛苦，非獨蜀之人士及二州牧伯所見明知，皇天后土，實所共鑒。願陛下矜愍愚誠，聽臣微志。庶劉僥倖，保卒餘年。臣生當隕首，死當結草。

臣不勝犬馬怖懼之情，謹拜表以聞。

然後他再拉證人壯聲勢，臣的這點困難，不僅是父老鄉親們和地方官老爺們都清楚，連皇天后土都知道，我絕對不是瞎說，瞎說遭雷劈。

「願陛下矜愍愚誠，聽臣微志」，希望您允准。「庶劉僥倖，保卒餘年」，讓我能伺候祖母壽終正寢。「臣生當隕首，死當結草」，到時候我一定好好報答您。

最後落款：「臣不勝犬馬怖懼之情，謹拜表以聞。」恭恭敬敬的落款，誠惶誠恐。落款寫「誠惶誠恐」只是一個說法，表示極度的恭敬，不要想像他是真的被皇上嚇到了。他敢寫這個表，就說明他不怕皇上。

應用文的正確閱讀方式，不在單純欣賞情感

通過這篇〈陳情表〉，也就是「情況說明書」，李密說明的情況可以分為四點：第一是家庭情況，包括我祖母不容易和我祖母沒人照顧；第二是政策執行情況，說明地方官都執行察舉義務，詔書也給我看了；第三是說明個人想法，我很感激朝廷，也沒有別的念頭；第四是說明個人打算，待祖母去世以後，我一定會好好報答朝廷。這四個情況，只有第一個情況是跟他祖母直接相關。他寫孝，寫得再動情，也只有那一小塊。**這篇文章不是每個字都指向祖母，但確實是每個字都指向「辭不就職」**。

從四個角度擺事實講道理，證明我不能去上班，而且我不去上班並非有別的念想。**與其說，**

這篇應用文是靠真情實感打動朝廷，不如說是他寫得滴水不漏，該表態的都表態，該迴避的也都迴避，給足朝廷面子，讓朝廷無法反駁。這就是李密情商的表現。他知道朝廷徵召他的關鍵，在於試探他對本朝是否服氣，所以他一字一句都指向這個主題，但又在「孝」的掩護下，一直沒有戳破這個主題。這就是一篇好的應用文。

蘇東坡說過：「讀**諸葛孔明〈出師表〉**而不墮淚者，其人必不忠；讀**李令伯〈陳情表〉**而不墮淚者，其人必不孝；讀**韓退之〈祭十二郎文〉**而不墮淚者，其人必不友。」這句話後來被廣泛引用，而**這三篇文章就成了「真情實感」的典型**。其實，他說的這三篇文章——兩篇表、一篇祭文——都是應用文。

蘇東坡這句話的正確打開方式應該是：即使是應用文，也可以體現儒家倫理，也可以打動人的感情。這三篇應用文裡，寫的感情是感人的，但這個感人，都服務於某個目的。諸葛亮的〈出師表〉，是為了讓皇帝准許他出師，最後他確實做到了；李密的〈陳情表〉，是為了讓皇帝准許他不上班，最後他也確實達到目的；韓愈的〈祭十二郎文〉，祭文的主要作用是讓人掉眼淚，當然韓愈也成功了。不過，韓愈這篇祭文還有一個目的，就是抒發自己人生坎坷的感慨，這一點他也達成。這三篇應用文，在他們表面經營的感情外，都有另外一個目的，且一字一句都指向另外一個目的。這三篇文章**不是好在真情實感，而是好在達到目的的同時，還能打動人的情感，再通過打動人的情感，達到他們的目的**。

話說回來，他們達到他們的目的，也不是靠文章本身，工夫還是在文章之外，靠的是他們在現實世界中，人際關係的優勢。這三篇文章能夠成為應用文的經典，在於它們精準指向現實的應用，但是並不代表單靠文章，就可以達到現實的目的。

蘇軾這話的意思其實是，〈出師表〉雖然是為了請求出師，但是也讓人掉眼淚，除非你心裡沒有一點忠的感情；〈陳情表〉雖然是為了請求不出仕，但是也讓人掉眼淚，除非你心裡沒有一點孝的感情；〈祭十二郎文〉雖然是為了抒發自己的感慨，但是也讓人掉眼淚，除非你心裡沒有一點友的感情。這三篇文章都是攻擊人內心深處最柔軟的地方，特別是在儒家教育下成長的人，內心最柔軟的一塊，從而獲得了成功。

所以，我們不應單純欣賞應用文裡的真情實感，也要欣賞作者把真情實感用對地方。

3 與人交往，最重要的是識趣——〈與山巨源絕交書〉

在講這封信之前，先回顧這封信的寫作背景。

這封信的直接寫作背景很簡單：山濤要舉薦嵇康代替自己，嵇康不高興，不僅不去，還寫了一封信跟他絕交。這件事的意義，被認為是嵇康不與統治者同流合汙，不慕名利。那麼，應該怎麼理解嵇康，更正確看待這件事？需要從整個時代的背景來看。

嵇康生活的時代，相當於《三國演義》的後半段，文學史上一般稱之為「正始時代」。這個時代的主題，一個是魏國統一三國，一個是司馬家代替曹家。正始時代比起建安時代來，統治者顯得特別沒有魅力。就連《三國演義》寫到這一段，都比前半段枯燥。比如，曹操父子跟司馬懿父子，基本上都做一樣的事，但是我們會覺得曹操父子可愛，而司馬懿父子存在感很差；曹操父子都寫詩，司馬懿父子都不寫詩。有個說法叫「六朝才子至尊多」，六朝唯一不寫詩的皇帝，就是司馬氏的皇帝，這可能跟家族性格有關。

所以，三國的前半段是詩人搞政治，後半段就是政治家搞政治。正始時代是沒有英雄的時代。像我這種對政治沒有興趣的人，以前讀《三國演義》，看到諸葛亮去世的情節後就放棄了。但是，我這看書的人可以放棄，生活在那個時代的文人怎麼辦？他們的日子還得過下去，可以想見他們的日子過得多麼無力。

在正始時代，每一個人都是迷茫、孤獨的。當然，人說到底都是孤獨的，但是在某些時代，人們有共同信仰，或至少是比較統一的社會意識，這時候人就覺得有依靠，不太會覺得孤獨。當某些時代，**社會上沒有共同意識可言時，一個人不管怎麼選擇都是錯的，他就會陷入孤獨**。

這樣的時代，寫出來的作品就容易沾染這種孤獨氣息，也就容易打動人。因為不論任何時代，都有內心孤獨的人。像阮籍的詩、卡夫卡的小說、魯迅的文章，都有這種孤獨的氣質。這種孤獨的氣質，我們說它是一種「現代性」，但其實這種「現代性」，在正始時代就很明顯了。

魅力領袖型人物嵇康，人生卻充滿荒謬

正始時代的荒謬性，基本上以嵇康的人生就可以說明。嵇康成為正始文學代表，不是因為他的文學水準，而是源於他的經歷很典型。嵇康後來成為文化偶像，有人崇敬他，說他鐵骨錚錚，不跟統治者合作；也有人說他太耿直，不通世務。而我覺得，他很適合成為現代派小說的主角。

嵇康出身於寒素（按：家世貧寒、地位卑下），這個「嵇」姓，在漢朝不是高門大族。而且，他父親去世得很早，他靠哥哥撫養長大，小時候家裡經濟應該比較困難。但後來他娶了曹操的孫

女，成了皇室的親戚。司馬家族欲奪曹氏家族的政權，嵇康毫無選擇成為當權者的對立面。在中古時代的政治派系鬥爭裡，是不是要成為當權者的對立面，往往不是自己說了算。

嵇康當時跟幾個清流高士在一起，喝酒彈琴、討論玄學，這個小團體一共七個人，號稱「竹林七賢」。當時，竹子還沒有高雅的意味，不像現代人都喜歡在辦公室裡放一盆富貴竹。竹子，就是野草，「竹林」就相當於「草叢」，有竹子的地方就是荒涼、貧窮的地方。因此所謂的「竹林七賢」，就等於宣布他們要做山野村夫，不要做官。他們跟統治者是「非暴力不合作」。

竹林七賢除了嵇康，還有阮瑀（按：曾任官於曹操手下）的兒子阮籍，阮籍的侄子阮咸。後來，阮籍的兒子阮渾也想加入，阮籍說咱們家有我和阿咸就夠了，你別進來攪和。有人說是因為阮籍很世故，覺得竹林七賢有政治風險，不讓兒子加進來。其實沒那麼複雜，可能是竹林七賢平時玩得太嗨了，阮籍不想讓兒子看見自己作死，侄子看見也就算了；跟我們玩社群網站時，不願意加自己家人為好友，是同樣道理。

除此之外，還有向秀，擅長注《莊子》；喝酒的劉伶，是曹操手下大將劉進的兒子，也是一個「軍二代」；山濤，出身寒素，是竹林七賢裡年紀最大的；王戎，年紀比較小，出身於赫赫有名的琅琊王氏。山濤和王戎後來還是被司馬集團拉攏，向秀在嵇康死後也繼續做官。

這七位裡，阮籍是大詩人，嵇康也有一些詩，向秀在嵇康死後作了一篇〈思舊賦〉懷念他，而其他人的文學作品很少，水準也普通。竹林七賢不是文學團體，而是玄學的團體，就是幾個可以坐下來一起喝咖啡的好朋友，性質跟「建安七子」很不一樣。

當時，**嵇康處於文化領袖的地位**。嵇康長得很帥，身高七尺八寸（按：晉代一尺為二十四．五公分，七尺八寸約為一百九十一公分），相當難得。時人說他長相「爽朗清舉」，像「孤松」，像「玉山」。沒具體說明長什麼樣子，只說了一個「清」字。「清」是六朝人很喜歡的一種容貌特徵。

首先，嵇康肯定長得高，皮膚也白——六朝的審美非常看重白皮膚。估計也不太瘦，中古人喜歡長得白白胖胖的人，因為不幹活的上等人，比較容易長成這樣。而最重要的一點，是要氣質好。中古時期是一個看臉的時代，而看臉主要還是看氣質。那時候的人之所以重視寫詩，是因為寫詩本身也是貴族氣質的一部分，但如果一個人真的氣質好，詩寫得怎麼樣也就無所謂。當時說人長得帥，是說他氣質好；說人氣質好，指的是貴族氣息。有貴族氣息，才會成為文化偶像。那時候的文化偶像，都被說長得帥，嵇康就是典型。

據說當時，書法家鍾繇的兒子鍾會很仰慕嵇康。他寫了一篇〈四本論〉，想拿給嵇康看，走到半路，想想還是不敢當面拿給他看，他就隔著牆，把文章扔進嵇康家的院子裡，自己捂著臉逃走了。這個故事未必是真的，但說明了當時一般人對這兩個人的印象。說起來嵇康的出身沒有鍾會好，但是鍾會這麼希望得到嵇康認可，甚至這麼怕面對他，就說明當時嵇康是貴族性的典型。要評判一個人有沒有文化，大家都會相信嵇康的裁決。

北大流傳一個故事，說當年胡適到北大來講課，學生們都懷疑他學問不好，但是沒有直接轟他下講臺，而是請傅斯年來評判。傅斯年聽完胡適的課，說：「這個人雖然沒什麼學問，但是講的沒什麼錯，你們就接著聽吧。」於是學生們就不鬧了。後來，胡適還對傅斯年表示感謝。在正始時代，嵇康的地位大概就像傅斯年在學生中的地位一樣。在中古時代，經常有這種人，因為當時社會的意識就是如此。

這篇〈四本論〉，講的是「才」和「性」的異同——類似於現在所說的，詩寫得好和寫詩的人好，到底是不是一回事——其實還是關於貴族性的討論。這樣的問題，在貴族社會裡應該是重點，反映的是整個社會的身分焦慮。鍾會也有，所以他有興趣談，但還是不敢跟嵇康當面談。之所以不敢，可能也是他在嵇康面前，會格外有這種身分焦慮。

後來，據說有一次，鍾會終於有勇氣與嵇康見面，但他去的時候，嵇康正在打鐵——他的業餘愛好是打鐵。鍾會看嵇康光著身子、拿著鐵錘，站在院子裡，也沒跟嵇康打招呼，就默默的走了。嵇康看見他，問：「何所聞而來，何所見而去？」你聽見什麼而來？看見什麼就要走？鍾會回答：「聞所聞而來，見所見而去。」

你可以想像：一個官二代，說話斯斯文文，每天認真學習，還時常在社群網站發動態，內容都是今天又買了什麼學術著作。他崇拜一個青年教授，終於有一天鼓起勇氣，穿正裝、打領帶去拜見他。結果一進門，發現教授一身邋遢的打遊戲。有人不理解鍾會這時候為什麼默默離開，說嵇康得罪鍾會。其實很難說這樣就得罪了，只能說這時候鍾會的內心是崩潰的。與其說嵇康怠慢了鍾會，不如說不同的人對貴族性有不同的理解。

嵇康青史留名的第二個特徵就是「懶」。嵇康在中古的盛名，很大程度上在於他是一個懶的樣板。嵇康的人設，可以參照《動物方城市》（*Zootopia*）裡的樹懶。很懶，但是懶得有點萌。

「懶」在中古是一件很風雅的事，是一種貴族氣質。「懶」說明你生活優越，不用為生計奔波，更說明你不慕名利，不為俗事奔走。嵇康既是一個貴族風度的樣板，也是一個懶的樣板。嵇康的懶，集中體現在這篇〈與山巨源絕交書〉裡，後文會再細講。

嵇康給當時的人留下的印象，其實還有一個——運氣不好。嵇康熱愛養生，傳說，他跟一個叫王烈的人一起進山修行，得到一種叫「石髓」的仙藥。王烈拿在手裡，吃下去是甜的；嵇康拿在手裡，卻變成石頭。王烈感嘆說：「你沒緣分啊。」我覺得，嵇康的人生就是這樣，莫名其妙的就倒楣，好像就是沒緣分。

後來，嵇康的死也是莫名其妙。嵇康有個好朋友呂安，呂安的老婆被呂安的哥哥迷姦了，呂安就去告狀，嵇康還勸他不要告，結果呂安的哥哥反咬一口，告呂安不孝；嵇康出於義憤，替呂安做證，結果呂安和嵇康都被抓進監獄了，而司馬昭還真就把呂安和嵇康都殺了——整個事件聽起來全都不合理。

有人說，司馬昭是要篡位當皇上的人，殺個人有什麼奇怪。其實，皇上真不是說要殺誰就能殺誰。皇上可以殺前朝的皇上，但嵇康可是清流領袖，不能隨便殺，古時候的人都有這個常識。不是說司馬昭有多善良、守規矩，而是到了這個位置上，就會受到很多制約。地位越高，制約越強。在一個小地方當縣太爺，也許可以一手遮天，但在京城當皇上反而不行，制約因素太多了。這些制約不一定是法律，也可能是法律以外的力量，甚至是跟法律作對的力量，這些都得考慮。所以，那個時代不是不黑暗，只是不以人們想像的那種簡單方式黑暗而已。在這種複雜的制約之下，司馬昭突然心血來潮，找個爛理由就把嵇康殺掉，這是很奇怪的。至少，他應該可以找到更像樣的理由。

有一種解釋說，是鍾會勸司馬昭把嵇康殺了，以除後患，這樣就顯得合理一點，但鍾會為什麼要這麼做呢？於是又有一個補充的解釋，說是打鐵那回，嵇康得罪了鍾會。但是打鐵是怎麼得罪鍾會，還使他非得殺了嵇康不可？似乎也不至於。

總之，在現代人看來，這整件事還是充滿無厘頭的色彩。總括來說，嵇康這個人運氣很差。司馬昭在殺完嵇康後馬上就後悔了，但當時嵇康恰好趕上司馬昭中邪的時候，於是就這麼死了。

嵇康這麼一個偶像級的人，崇拜者是很多的。司馬昭要殺他時，據說有三千太學生上書替嵇康請願。司馬昭也沒理他們，或許是看見他們請願，更覺得嵇康對自己造成威脅。嵇康死前，把兒子嵇紹託付給山濤，山濤也一直照顧嵇紹。嵇紹一路仕途通暢，最後在晉朝，為了保護晉惠帝獻出了生命——晉惠帝就是問出「何不食肉糜」的那位皇帝。嵇紹在叛軍中保護晉惠帝，血直接濺到皇帝的衣服上，後來皇上說這件衣服不要洗，上面是嵇紹的血。這些都不是簡單用「對立」或「背叛」就能解釋的。

殺嵇康的那天，嵇康被押到刑場，但是離行刑還有一段時間，於是劊子手和犯人就在那裡等著。嵇康無聊，看看地上的影子，估計離行刑還有一首歌的時間，就要了自己的琴，彈〈廣陵散〉。他的態度很平淡，就好像大學生到了教室後，發現離上課還有五分鐘，滑一下臉書或

Instagram。曲子彈完，嵇康長嘆一聲，說本來有人想跟他學這首曲子，他一時小氣沒教，現在這首〈廣陵散〉就要失傳了，真是可惜。接著，嵇康就被殺了。這種面對死亡的態度，也很有意思。總之，嵇康的一輩子，從頭到尾都充滿難以解釋的事件。

還有一件荒謬的事是，嵇康一直被作為「晉中散大夫」記載。但是實際上，他是道地的魏朝人，生在魏朝，死在魏朝，從來沒見過晉朝是什麼樣子。結果，他被寫進了《晉書》，甚至鍾會的後代鍾嶸寫的《詩品》，也說他是「晉中散大夫」。嵇康如果地下有知，估計也只能苦笑。所以，請千萬記清楚，嵇康是正始詩人，是魏朝人，不是晉朝人。

正始時代正是如此，充滿陰暗、迷茫、矛盾和無法解釋的事。

為什麼要跟山濤絕交？

〈與山巨源絕交書〉的背景是這樣的：有一次，竹林七賢之一的山濤升官，原本的位子空了出來，山濤就舉薦嵇康去接替他——這在當時是很自然的，做官主要還是靠舉薦。結果，嵇康回信給他，說他不能當官，並且要跟山濤絕交。

後人一般把這封信稱作「與山巨源絕交書」，其實並不是嵇康寫這封信時，在第一行寫了大標題「與山巨源絕交書」，而是後人讀這封信的措辭，像是絕交的架勢。這封信也成為嵇康反對司馬集團的最有力證據——嵇康原本只是一個竹林裡的人，給他這麼大的官還不做，這是多麼堅決的反抗啊。

歷史的複雜，總會比你想像的複雜，但說簡單也會比你想像的簡單。歷史人物當時做出的決定，可能未必如我們想像偉大，而是對他來說很自然的決定。我們可以先思考簡單的問題：山濤給嵇康的，到底是什麼官？嵇康在此之前，到底是什麼狀態？要是把嵇康當成自己的朋友，去關心、理解這些問題，就會有更多發現。

嵇康當時的職務是什麼？中散大夫，一般是正五品上，相當於現在的北大教授，或者中科院（按：中國科學院的簡稱）的研究員。而山濤推薦嵇康做的職務是什麼？選曹郎，一般是五品到四品，相當於現在的人事局局長。我問了一些我認識的北大教授和中科院研究員，假如要他們放棄學術界的一切，去做人事局長，會去嗎？結果，他們都說不願意。總不可能這些人都對社會有意見吧。這就是現代社會的意識，說不上是清高，但從現實角度來看，從北大教授變成人事局長沒有什麼好處。如果換作現代社會都是這樣，那麼中散大夫不願意當選曹郎，也是理所當然。

在嵇康那個時代，做選曹郎可能沒那麼不好。或者應該說，那時候的選曹郎手裡，還有一些品定人物的權力，所以需要一個有威信的貴族，像是嵇康這樣的人。正如前文所述，嵇康在當時的確掌握品評人物的話語權。在今天北大，品評人物靠的是教授，但是在那時，選曹郎得擔負這個責任。

但是，選曹郎是一個品級比中散大夫高不了太多，還需要實際幹活的職務，從嵇康的個人角度而言，並沒有特別強的動機去做選曹郎。當然，有沒有願意從中散大夫變成選曹郎的人？在當時肯定有。但不是每個人都願意，特別是像嵇康這種特別注重自我獨立和舒適的人。

在嵇康身後不久，中古社會就形成了「清」和「濁」的意識，這也是適應貴族社會形態的。所謂「清官」和「濁官」，在中古指的不是「好官」和「貪官」，而是不同的工作性質。**清官就是負責文化事務，而不負責實際事務**，比如像祕書監、中散大夫，都是典型的「清官」；**濁官當然就是反過來，負責實際事務的**，比如掌握財政、司法這類實際權力，都是典型的「濁官」。現在學生填大學入學志願時，大家都想學經濟、法律，而不願意學歷史、中文，但要是放在中古社會的脈絡看，後者才算是清官，前者則是濁官。

當時衡量一個職位好不好，有兩個標準：一個是「清」，一個是「要」。所謂**清就是有貴族性，越有貴族性的官越清；要，就是重要，越有實權的官越要**。

古代的中央行政機構是六部。這六個部的排序有兩種：一種是按《周禮》排序，就是「清」的排序，順序是吏部、戶部、禮部、兵部、刑部和工部；一種是按唐代官員實際升遷的順序排，也就是「要」的排序，順序是吏部、兵部、戶部、刑部、禮部和工部。

按照《周禮》的思想，吏部選拔人才，在六部裡最貴族；其次是戶部，管老百姓生計，工作性質跟吏部有點像，只是管的物件沒那麼高貴；再次是禮部，禮儀當然很貴族。前面這三部都是「清官」。兵部得打仗，得跟敵人交手；刑部管司法，得跟犯人往來；工部管工程，得跟工程人員打交道。這三個部都是管實際事務，比較辛苦，工作環境不那麼高貴，相對就算「濁官」。

而按唐代官員實際升遷路徑，是「要」的排序。吏部管人事，權力最大，所以還是排第一；

其次是兵部，有兵權，手裡握有真槍實彈；戶部管的比兵部少，排第三；刑部管司法，就算是跟犯人往來，手裡也有生殺予奪的大權，所以提到第四；禮部管禮儀，起不了大作用，只排第五；工部還是第六，工科生永遠排第六，既不清也不要。杜甫叫「杜工部」，就是因為他的職務是掛在工部──他也是一個苦情工科生，寫詩都是苦大仇深的。

做官是選擇清好，還是選擇要好呢？這就看個人愛好了。中古社會的人，特別是士族子弟，都比較想做清官，因為好處是顯而易見的：社會地位高，不累，也不容易犯錯。至於濁官可能有點外快，但這點好處就不值一提了。這是時人的想法。因此，清官就成了時人羨慕的職務，基本上是世家子弟占著。**世家子弟都去當清官，濁官自然就成了寒素子弟上升的通道**。因為濁官再怎麼「濁」，畢竟也是官。就算是五品的濁官，好歹也是五品官，即使這輩子奔波，但他的孩子就是五品官的孩子，也成了士族子弟。寒素子弟為了上升到貴族階級，很願意做濁官。

六部裡，吏部和戶部是既清又要，禮部是清而不要，兵部和刑部是要而不清，工部是不清也不要。既清又要的工作是誰都想幹的，就怕排不上。如果你是士族子弟，家裡不需要你賺錢，你不妨選擇清而不要的工作；如果你是寒素子弟，能吃苦，背負階層躍升的重任，那你就選擇要而不清的工作；實在不行了，混一個既不清又不要的工作，總比沒有工作好。這是當時青年選擇職業的考慮。總結來說，當時認為清比濁好，因此，如果讓一個清官改去做濁官，還不升品級，誰都不會高興的。

山濤推薦嵇康去做的選曹郎，屬於吏部的官，在六部裡屬於既清又要，是比較好的。但只是在行政系統裡比較清，工作肯定沒有中散大夫自在。就好比做人事工作，在行政系統裡比較令人羨慕，但總歸不如當教授自在。不是說掌握實權的工作，肯定比不掌握實權的工作好，中古貴族的觀念不是這樣的。按照貴族的觀念，其實選曹郎這個工作，對中散大夫沒有太大吸引力。

嵇康的時代，清和濁作為一種社會共識還沒有成形，但是社會共識的形成是一整個過程，像嵇康這樣的知識菁英，很難沒有清濁意識。至少從感性上，嵇康好好的當個中散大夫，不願意辛辛苦苦做個選曹郎，也不是多麼艱難的選擇。山濤舉薦一個本來是中散大夫的人做選曹郎，雖然純粹是好意，但在知識菁英的圈子裡，確實有點失禮。所以嵇康說得很準確：你自己覺得是個好工作，但可能別人不覺得。

如果是一個俗人，不知好歹的舉薦他，也就算了，關鍵在於山濤還是竹林七賢裡的人物，嵇康一直很敬重他。據說，嵇康本來最敬佩的兩個人，就是阮籍和山濤。結果，山濤卻把選曹郎當個寶貝似的拿給嵇康，嵇康肯定特別失望。

當然，失望歸失望，一般人可能也就很客氣拒絕，不至於非得說刻薄的話。但是，嵇康就是要說，這是他的風格，也可以說明他真是失望到一定程度了。我以我的小人之心推測，嵇康大概就是這麼想的。至於反抗司馬集團，可能還不見得。他看不起司馬集團是肯定的，但也不是堅決反對，竹林七賢主要還是非暴力不合作。竹林七賢的其他成員都是正常做官，嵇康也不能算是不做官，所以做官不能算是「叛變」，大家都是順著人生軌跡往下走。正始就是這樣的時代，沒有任何一種做法是對的，但也沒有任何一種做法錯誤。

我說我並不嫌棄，其實就是嫌棄

康白：足下昔稱吾於潁川，吾常謂之知言。然經怪此意，尚未熟悉於足下，何從便得之也？前年從河東還，顯宗、阿都說足下議以吾自代，事雖不行，知足下故不知之。足下傍通，多可而少怪；吾直性狹中，多所不堪，偶與足下相知耳。間聞足下遷，惕然不喜；恐足下羞庖人之獨割，引尸祝以自助，手薦鸞刀，漫之羶腥。故具為足下陳其可否。

接下來就要解讀嵇康這封信裡，有哪些需要讀出弦外之音的地方。

信開頭說，我聽說你跟你叔父大人稱讚我，我覺得你是個有見識的人——就是這麼自戀。但是我又想，我的心意從來沒跟你說過，你怎麼知道的呢？這兩句話是矛盾的，剛剛說你稱讚我，你有見識，好像我們是知己，接著又馬上說你是不可能了解我的。其實意思就是，你還是不了解我。最近聽說，你要舉薦我代替你的職位，於是我更加明白你確實不了解我。既然這樣，有些話我們還是得說。

這裡的潛臺詞是，別看我們一起玩了這麼久，但我發現你並不是我的知己。請大家注意，這裡有一個話語權的問題。說「你並不了解我」，本來是很客氣的說法，但是，**嵇康在當時的士林中，實際上有品評人物的權力，他說「你不是我的知己」，就等於開除「你」的名士身分，「你」之前混「竹林七賢圈」就等於白混了**。像嵇康這種身分的人，越是說客氣的話，越是拒人於千里之外。相反的，如果你只是一個工讀生，做不好被老闆開除了，寫信去說「你並不了解我」，沒有這種效果。**同樣一句話，什麼時候說有效果，什麼時候說沒有效果，這也是情商**。

「足下傍通，多可而少怪」，您是個通達的人，什麼都能認可，什麼怪事都不大驚小怪；但我不行，「吾直性狹中，多所不堪」，我脾氣怪，什麼都看不慣。嵇康話說得很客氣，說你脾氣好、我脾氣壞，但其實是諷刺。在中國的語境下，說人脾氣壞經常是誇人，說人「人情練達」反而是罵人。所以他再次強調，「偶與足下相知耳」。既然我們不一樣，那你升遷以後，舉薦我代替你，恐怕不合適。

「恐足下羞庖人之獨割，引尸祝以自助」，你是殺豬的，我是念咒的，你讓我越俎代庖，去代替你的工作，恐怕不行吧。他這個比喻很接地氣，但這裡面還是有清濁的味道。念咒雖然也不是什麼高等工作，但還是比殺豬高級。「我就會動動嘴皮念咒，沒有您殺豬的技術。」把自己做的中散大夫比喻成念咒的，把選曹郎比喻作殺豬的，這是嵇康在自占地步。而且，他還渲染殺豬的「濁」，說「手薦鸞刀，漫之羶腥」，如果沒有清濁的概念，恐怕很難理解他為什麼會這樣形容選曹郎這個工作。嵇康說，我還是要告訴你，為什麼我這個念咒的不願意去殺豬——這是寫這封信的緣起。

吾昔讀書，得並介之人，或謂無之，今乃信其真有耳。性有所不堪，真不可強。今空語同知有達人，無所不堪，外不殊俗，而內不失正，與一世同其波流，而悔吝不生耳。老子、莊周，吾之師也，親居賤職；柳下惠、東方朔，達人也，安乎卑位。吾豈敢短之哉！又仲尼兼愛，不羞執鞭；子文無欲卿相，而三登令尹，是乃君子思濟物之意也。所謂達能兼善而不渝，窮則自得而無悶。以此觀之，故堯、舜之君世，許由之巖棲，子房之佐漢，接輿之行歌，其揆一也。仰瞻數君，可謂能遂其志者也。故君子百行，殊途而同致，循性而動，各附所安。故有處朝廷而不出，入山林而不返之論。且延陵高子臧之風，長卿慕相如之節，志氣所託，不可奪也。

接著寫道：我現在發現，人的天性真的不能勉強。古代聖賢也有從事過像你這種卑賤的工作，都是為人民服務，我沒有看不起他們。這句話讓我想起美國影集《宅男行不行》（*The Big Bang Theory*）中的一集，謝爾頓（按：《宅男行不行》主角之一）寫不出論文，想起愛因斯坦是在專利局做評審員時想出相對論。於是謝爾頓得出結論：他也得找個卑賤的工作。其實，愛因斯坦做過的這個工作並不卑賤，雖然不如大學教授，但也是專業度要求很高的工作。謝爾頓這麼說，其實也是傲嬌。接著，謝爾頓就去找工作了。面試官問他要找什麼樣的工作，謝爾頓就說要找像對方這樣卑賤的工作，對方理所當然的沒讓他通過。嵇康在此說的話，很有謝爾頓的神韻。

嵇康的意思是，我不是嫌你這個工作卑賤，自古以來，像老子、莊周、柳下惠、東方朔這些我的偶像，也都做過卑賤的工作。像孔子這麼清高的人，也說願意做「執鞭之士」這麼卑賤的工作。像令尹子文這樣的人，不也做國家總理這樣的行政工作嗎？注意他怎麼說的：「國家總理這樣的行政工作」。像張良這種做行政工作的，跟接輿這種在街上暴走的文青沒什麼區別，我並不嫌棄。我們看看這個魏晉版謝爾頓的類比，注意這裡無處不在的清濁對比，以及對行政工作的各種黑。他說他都不嫌棄，其實就是非常嫌棄。

我真的很懶，懶到皮肉都是鬆的

吾每讀尚子平、臺孝威傳，慨然慕之，想其為人。少加孤露，母兄見驕，不涉經學。性復疏懶，筋駑肉緩，頭面常一月十五日不洗，不大悶癢，不能沐也。每常小便而忍不起，令胞中略轉，乃起耳。又縱逸來久，情意傲散，簡與禮相背，懶與慢相成，而為儕類見寬，不攻其過。又讀《莊》、《老》，重增其放。故使榮進之心日頹，任實之情轉篤。此猶禽鹿，少見馴育，則服從教制，長而見羈，則狂顧頓纓，赴蹈湯火，雖飾以金鑣，饗以嘉肴，逾思長林而志在豐草也。

嵇康說，「我不是嫌棄這個工作（其實他就是嫌棄），而是人的天性不可勉強，我這人太懶了」。接下來就是精彩的部分，他描述自己懶惰的程度：「少加孤露，母兄見驕，不涉經學」，我從小沒爸爸，我哥把我養這麼大不容易。嵇康是個「哥寶」，一開口就是我哥不容易，跟現在的媽寶是同樣意思。不過有顏值、有風骨的媽寶，還是不錯的。

我哥把我養這麼大不容易，他特別慣著我，捨不得讓我受累，不讓我好好念書。嵇康真是那種被慣壞了不好好念書的孩子嗎？顯然不是，這是他傲嬌的姿態。「我媽養我不容易」，意思是遇到事我得盡孝，不能盡忠——表示我不會任朝廷驅遣。這是「我媽養我不容易」的正確打開方式，不是像直男癌那種，看上一個漂亮姑娘，不管人家願意不願意，就要讓人家給自己媽媽當兒媳婦，還跟對方說「我媽養我不容易，你得好好孝敬她」。這裡嵇康的意思是，我得孝敬我媽和我哥，你如果不能容忍，趁早滾遠點，別再來找我了，是拒絕的意思。所以學人說這句話得搞清語境。題外話，以目前男多女少的情況，恐怕「我媽養我不容易」這句話只有女生能說，男生已經沒機會說了。

一般說我沒好好念書，是表示對某種學問不認同。嵇康在這裡說的是「經學」，也就是儒家思想。他說我讀書少，這些儒家思想我弄不明白。我媽養我不容易，我又讀書少，你確定我能代替你做事？

「性復疏懶，筋駑肉緩」，我很懶，懶到皮肉都是鬆的。「頭面常一月十五日不洗，不大悶癢，不能沐也」，這是信裡的經典句：我經常十五天、一個月不洗頭也不洗臉，要不是悶癢得受不了，我是不洗頭的。更狠的是，「每常小便而忍不起，令胞中略轉，乃起耳」。躺在床上，寧可憋尿也不起來，要到「胞中略轉」——小便微微漏出——才勉強起身。據說，樹懶是一個月才爬下樹，上一次廁所的。而嵇康作為一個人類，他已經盡力了。他這番自黑讓我們永遠記得他。他寫自己不洗頭、不上廁所，其實是對山濤的輕慢。我都懶得洗頭、上廁所，你確定我能做好行政工作？把這兩件事放在一起，語氣就顯得輕慢。要是只體會到他不衛生，情商就低了。

這幾句是說「懶」，跟「母兄見驕」有點關係，接下來就是「不涉經學」。「又縱逸來久，情意傲散，簡與禮相背，懶與慢相成」，我不僅懶，而且傲慢。「簡與禮相背」，我的傲慢，跟儒家要求的謙謙君子互相違背。「懶與慢相成」，也是金句，我的傲慢跟懶成套，戒不了。「而為儕類見寬，不攻其過」，也就只有我們這群人能容忍我。而且我還讀《老》、《莊》，越讀越懶，越讀越傲慢，越讀離儒家越遠。就好像一頭鹿，小時候好馴，等牠長大了再馴，牠就越使性子，即使給牠好吃的東西誘惑也沒用。

阮嗣宗口不論人過，吾每師之，而未能及；至性過人，與物無傷，唯飲酒過差耳。至為禮法之士所繩，疾之如仇，幸賴大將軍保持之耳。吾不如嗣宗之資，而有慢弛之闕；又不識人情，闇於機宜；無萬石之慎，而有好盡之累。久與事接，疵釁日興，雖欲無患，其可得乎？

說完自己，嵇康又拿自己跟阮籍對比。他說你看阮籍，是個好脾氣的人吧？人家「口不論人過」，從來不說任何一個人的過錯，這個我學不了。阮籍這個人，讀他的詩就知道，他心裡很有原則，但他從來不直接批評人。有些人把阮籍稱作「阮摔鍋」，形容他是生了氣但不吵不鬧，只會一個人關在廚房裡摔鍋子的人。帶著這個感覺去看他的詩，會發現他的詩其實沒那麼難懂。但嵇康顯然不行，他的詩都是直來直往。所以鍾嶸說他「嵇志清峻」，列為中品；而阮籍「阮旨遙深」，是上品。嵇康的直，不是說他修辭直，是說他思維直，什麼事他都不會拐彎抹角，也可以說他就是懶。

嵇康說阮籍是「至性過人，與物無傷」，這個概括很精確。阮籍這個人不是沒有性情，他非常有性情，但是「與物無傷」。最多就是「唯飲酒過差耳」，酒喝得多了點，結果還「為禮法之士所繩，疾之如仇」。不是說你不得罪別人，別人就不會嫉恨你，只要你好，只要你真的「至性過人」，不愁沒有人嫉妒你。「幸賴大將軍保持之耳」，多虧大將軍司馬昭維護著他。即使人畜無害的阮籍，沒有司馬昭的保護還活不下去，何況又懶又傲慢的嵇康我呢？

我沒有阮籍的天資，又懶又傲慢。而且「又不識人情，暗於機宜」，我的情商又低。中國的士人一般都會說自己情商低，這樣是很風雅的。我有什麼刻薄話都會說盡，也就是所謂「嵇志清峻」。如果天天處理實際事務，這種性格肯定出亂子。而且算一算，有七件事是我忍不了的，還有兩件事是不可做的——嵇康的七不堪、二不可，也很有名。

我不能工作的理由：七不堪、二不可

又人倫有禮，朝廷有法，自惟至熟，有必不堪者七，甚不可者二。臥喜晚起，而當關呼之不置，一不堪也。抱琴行吟，弋釣草野，而吏卒守之，不得妄動，二不堪也。危坐一時，痺不得搖，性復多蝨，把搔無已，而當裹以章服，揖拜上官，三不堪也。素不便書，又不喜作書，而人間多事，堆案盈几，不相酬答，則犯教傷義，欲自勉強，則不能久，四不堪也。不喜弔喪，而人道以此為重，已為未見恕者所怨，至欲見中傷者，雖瞿然自責，然性不可化，欲降心順俗，則詭故不情，亦終不能獲

> 無咎無譽，如此五不堪也。不喜俗人，而當與之共事，或賓客盈坐，鳴聲聒耳，囂塵臭處，千變百伎，在人目前，六不堪也。心不耐煩，而官事鞅掌，機務纏其心，世故繁其慮，七不堪也。又每非湯、武而薄周、孔，在人間不止，此事會顯世教所不容，此甚不可一也。剛腸疾惡，輕肆直言，遇事便發，此甚不可二也。以促中小心之性，統此九患，不有外難，當有內病，寧可久處人間邪？又聞道士遺言，餌朮、黃精，令人久壽，意甚信之；遊山澤，觀魚鳥，心甚樂之。一行作吏，此事便廢，安能舍其所樂，而從其所懼哉！

是哪七不堪呢？

第一，喜歡賴床，「臥喜晚起，而當關呼之不置，一不堪也」，不能按時上班。

第二，喜歡翹班，「抱琴行吟，弋釣草野，而吏卒守之，不得妄動，二不堪也」，沒事就出去釣魚，你要我每天到辦公室打卡上班，我受不了。

第三，我身上有蝨子，三不五時就要抓一抓，「危坐一時，痺不得搖，性復多蝨，把搔無已，而當裹以章服，揖拜上官，三不堪也」，坐不住。你要我穿上正裝，想抓癢手都伸不進去，還得去朝廷一本正經的行禮，我受不了。穿正裝確實挺難受，不過嵇康說是不喜歡穿正裝，其實還是不喜歡去君王面前行禮。不喜歡見君王，說成自己身上有蝨子，是非常輕慢的。

第四，我怕處理郵件，「素不便書，又不喜作書，而人間多事，堆案盈几，不相酬答，則犯教傷義，欲自勉強，則不能久，四不堪也」，郵件簡直是噩夢，不回得罪人，但每個都回會累死。

第五，怕參加追悼會。「不喜弔喪，而人道以此為重，已為未見恕者所怨，至欲見中傷者；雖瞿然自責，然性不可化，欲降心順俗，則詭故不情，亦終不能獲無咎無譽，如此五不堪也。」

第六，有社交恐懼症，「不喜俗人」，沒辦法在人多的地方待著，也就是說，既不能開會，也不能跟大家一起出去娛樂。「而當與之共事」，非得去的話，「或賓客盈坐，鳴聲聒耳，囂塵臭處，千變百伎，在人目前，六不堪也」。在人多的地方待著確實可怕，嵇康很生動的寫人多時的煩、吵鬧，以及宴飲場合各種各樣的表演。

第七，沒什麼耐心，「心不耐煩，而官事鞅掌，機務纏其心，世故繁其慮，七不堪也」，所以沒辦法做行政事務。

一共七條，早起、打卡、穿正裝、處理郵件、參加追悼會、參加聚會，確實是一件比一件可怕，而最最可怕的，還是要你耐心處理公務，這一條實在是想想就累。其實，嵇康總結的這幾條都很真實。如果有一份工作能完美規避這幾條，那真是不小的福氣。這七條其實都是嵇康做過的中散大夫進化而來，要是改當人事局長，就沒這種福氣了。

除了七不堪以外，嵇康還有「甚不可者二」，其實就是他自己的兩條壞毛病。一個是喜歡「非湯、武而薄周、孔」，誹謗儒家偶像，恐怕保守的官員們聽了不能忍；另一個是喜歡褒貶現實中的人物，包括同事，這個估計一般的同事也忍不了。

不過，這兩條其實是同一個毛病，就是嘴賤。像阮籍這樣「口不臧否人物」，還時不時得靠大老闆罩著，而像我這麼嘴賤，要是去你們那裡做官，還能活嗎？最後說，而且我還得養生、遊山玩水，甚至還想成仙，一當公務員，不都全都不能做了嗎？

嵇康說他不能工作的理由，七個懶，兩個嘴賤，一個想成仙，都把話說絕了。如果你在政府部門或公司工作，未來想辭職並且想認真作死的話，可以參考一下嵇康的理由。所以，嵇康的懶在文學史上成為經典，比他的詩更有名。懶，其實就是不願意做，這麼迂迴並不是怕被報復，某種意義上還是表示對對方的輕蔑。

夫人之相知，貴識其天性，因而濟之。禹不逼伯成子高，全其節也。仲尼不假蓋於子夏，護其短也。近諸葛孔明不逼元直以入蜀，華子魚不強幼安以卿相。此可謂能相終始，真相知者也。足下見直木不可以為輪，曲木不可以為桷，蓋不欲枉其天才，令得其所也。故四民有業，各以得志為樂，惟達者為能通之，此足下度內耳。不可自見好章甫，強越人以文冕也；己嗜臭腐，養鴛雛以死鼠也。吾頃學養生之術，方外榮華，去滋味，游心於寂寞，以無為為貴，縱無九患，尚不顧足下所好者。又有心悶疾，頃轉增篤，私意自試，不能堪其所不樂。自卜已審，若道盡途窮則已耳。

足下無事冤之，令轉於溝壑也。

接著嵇康說，**人的交往，最重要的是識趣**。自古以來，聰明人都知道不要強迫別人，爛泥在地上躺得好好的，就別扶它上牆。你不要「自見好章甫，強越人以文冕也」，自己看見好看的衣裳，就去強迫習慣裸奔的江南原住民穿衣服，嵇康雖說這話，但其實他自己也是越人（按：上古時，居住在今長江以南至越南以北地區的多個部族）的後代。意思是，你不能自己在賣場看見一件好衣服，回來看誰邋遢，就強行向他推銷那件衣服，搞不好人家就愛邋遢。「已嗜臭腐，養鴛雛以死鼠也」，你不能自己愛吃又臭又爛的死老鼠，就餵鳳凰吃一樣的東西。這裡嵇康用的，都是《莊子》裡的典故。不過這兩句話本身就很有表現力，而且夠狠，說自己是鳳凰、選曹郎這個職位是死老鼠，你愛吃就吃，反正我不吃。這句話很得罪人，但是這就是嵇康要表達的意思，不能說他情商低。

嵇康又接續前面說，為什麼說你這個職位是死老鼠呢？你看我正在學養生，就算沒有前面我提的那九條問題，我也沒空接你的爛攤子。而且「有心悶疾，頃轉增篤」，我有焦慮症，最近好像還有加重的趨勢。「私意自試，不能堪其所不樂」，我試著不做任何煩心的事，要不然就會出大問題。即使到了現代也是如此，如果你辭職時，說你有焦慮症或憂鬱症，公司大概也不敢輕易挽留你。「自卜已審，若道盡途窮則已耳。足下無事冤之，令轉於溝壑也。」我估計我整個人已經廢了，您可千萬別把我往死裡逼啊。

> 吾新失母兄之歡，意常淒切。女年十三，男年八歲，未及成人，況復多病，顧此悢悢，如何可言！今但願守陋巷，教養子孫；時與親舊敘闊，陳說平生。濁酒一杯，彈琴一曲，志願畢矣。足下若嬲之不置，不過欲為官得人，以益時用耳。足下舊知吾潦倒麤疏，不切事情，自惟亦皆不如今日之賢能也。若以俗人皆喜榮華，獨能離之，以此為快；此最近之，可得言耳。然使長才廣度，無所不淹，而能不營，乃可貴耳。若吾多病困，欲離事自全，以保餘年，此真所乏耳，豈可見黃門而稱貞哉！若趣欲共登王途，期於相致，共為歡益，一旦迫之，必發其狂疾。自非重怨，不至於此也。
>
> 野人有快炙背而美芹子者，欲獻之至尊，雖有區區之意，亦已疏矣。願足下勿似之。其意如此，既以解足下，並以為別。嵇康白。

他說的最後一條理由，是他要盡家庭的責任。我的孩子都小，身體還不好，我得在家做全職奶爸。這相當於也是在用「孝」來對抗「忠」。我本來就沒什麼大志向，您要是舉薦有才華的人也就罷了，但問題是我又沒有什麼特殊才能。這也是辭職信的寫法，你要是真心想辭職，一定要強調自己沒才華、沒志向。說沒志向，就是說你不用再幫我加薪，我不是要這個；說沒才華，意思就是我不會幫你做事。

最後，他用了一個典故，說有個鄉下人覺得晒太陽是享受，想把太陽獻給天子，太傻了，您可千萬別對我做這樣的傻事啊。這是前面「腐鼠」的意思，換個典故再說一次。「其意如此，既以解足下，並以為別。嵇康白。」就這樣不再多說了，這封信到這裡結束。

4 世界本來就是不公平的——〈詠史〉

詠史　其二
魏晉・左思

鬱鬱澗底松，離離山上苗。
以彼徑寸莖，蔭此百尺條。
世胄躡高位，英俊沉下僚。
地勢使之然，由來非一朝。
金張藉舊業，七葉珥漢貂。
馮公豈不偉，白首不見招。

左思，生活在西晉，出身寒素。寒素是相對於「士族」而言，並不是真正的貧農，否則就供不起孩子念書了。漢魏六朝有「士」的概念，其內涵很豐富。相對於「貴族」，「士」更看重個人素質；相對於「知識分子」，「士」又強調個人的天賦。光討論什麼是士，就可以單獨寫一本書。好在我們有一個很好的比喻體系——《哈利波特》，正好可以用來說明什麼是「士」。

「士」就相當於《哈利波特》裡的巫師，是一群有特殊能力的人。什麼叫「巫師」呢？「巫師」是相對「麻瓜」而言，不是麻瓜就是巫師。這就好比「士」是相對「庶」而言的，不是「庶」的就是「士」。那什麼叫麻瓜呢？就是沒有任何魔法的人，既沒有什麼特殊的本事，也沒有高貴的品格，一無所有。只要你不是一無所有，你有特殊的技能、有巫師的品格，那你就是巫師。巫師從事什麼職業的都有，且麻瓜父母也可以生出偉大的巫師，所以巫師不是一種職業，也不是一種血緣身分，而是一種個人才能。士也是這樣，**你有士的學問和風度，就是士，士本身不是一種職業**。

士既然是一種個人才能，那就沒有一定的出身要求。如果是士生的士，就好比巫師生的巫師，就是純種巫師。如果出身於庶人家庭，但是有士的才能，就好比是麻瓜生的巫師，就叫「寒士」；家人雖然是麻瓜，但是乾乾淨淨、沒做過壞事，那就可以叫「寒素」。麻瓜出身的巫師也還是巫師，跟麻瓜完全不同，所以寒士跟庶人也有天壤之別。

當然，純種巫師家也難免生出智商低、品德又不高貴的孩子，那就是爆竹（按：《哈利波特》中，出生於巫師家庭卻不會魔法的人），這種現象被稱作「不肖」。「不肖」就是「不孝」，會被取消純種巫師資格。「寒士」和「不肖」人數都非常多，並不是說生在巫師家裡就有終身保障，生在麻瓜家裡就沒希望。中古的士族社會存在階層流動。是不是巫師，主要還是看個人的修煉。

當然，一般說來，從上往下流容易一點，從下往上流比較困難。何況中古時，純種家庭的教育條件，肯定比麻瓜家庭好多了。不像現在各地都有大學，那時候的教育主要靠家學。中古時，出身於某高門，相當於現在從某些頂尖大學畢業，別人就會默認你受過比較好的教育，找工作時你就能占一點便宜。當時，士族子弟的工作經歷可能會比寒士順利一點，在這個原則下，就衍生出很多複雜的規則，被稱為「門閥政治」。但是並不等於說，你是北大畢業的，你找工作的時候北大校長就會幫你開後門。門閥政治是一個社會共同意識，不是套關係的概念。

左思是一個典型的寒素，相當於一個地區大學畢業生，跑到北京找工作，他所經歷的艱辛我們可以想像。但是左思憑自己的能力證明了自己，並在當時受到尊重。普通大學的優秀畢業生，成功在北京找到工作、生活下來，這也不是不可能的。**這首詩的主題，就是寫純種巫師占據好位置，麻瓜出身的巫師沒有機會，生存艱難。**

我努力奮鬥，還不能跟你平起平坐喝咖啡

「鬱鬱澗底松，離離山上苗。以彼徑寸莖，蔭此百尺條。」松樹在谷底，用盡力氣長那麼高，但山上的小樹，只有直徑一寸那麼細，也比那松樹高出許多。這是比喻寒士即使非常努力，還不

能跟士族的普通孩子平起平坐。

我不知道左思從哪裡觀察到這個景象。松樹應該都長山頂上，不太容易長在澗底。記得我去黃山時，有個鮮明的印象：山上都是松樹，澗底都是草。當然，也有長在光禿禿石頭上的松樹，那棵松樹長不高還歪斜，但那也是松樹，不至於是「徑寸莖」。

左思以這個意象起興，抒發他自己的感慨：「世胄躡高位，英俊沉下僚。地勢使之然，由來非一朝。」藉松樹和小樹「地勢」的差別，說到人的「地勢」差距，講他看到歷史上的一般道理。接著，再引到歷史典故上，證明他說的「由來非一朝」：「金張藉舊業，七葉珥漢貂」，這是說「世胄躡高位」；「馮公豈不偉，白首不見招」，這是說「英俊沉下僚」。

左思這首詩的主題，就相當於微信上常被轉發的：「我奮鬥了多少年，也不能和你一起坐下來喝咖啡」。這種主題自古以來都很受歡迎，因此這首詩有名並不奇怪。但是，如果拿這首詩來證明當時的門閥制度已經僵化、不合理，其實也沒必要。

西晉，是貴族政治的上升期，門第還沒有固定下來。當時的高門，類似於權貴，還稱不上是真正的貴族。比如說，當時二十四友（按：指金谷二十四友，西晉惠帝時期的政治、文學團體）的東道主賈謐，是「離離山上苗」的典型，他本人並非才華出眾，但是少年得志，就仗著他外祖父是賈充（按：三國時期魏國大臣、西晉建國功臣）。可是賈謐其實也不算貴族，最多只是「官三代」，還是那種三代都沒家教的官三代。賈謐其實是賈充的外孫，賈充女兒當年跟賈充下屬韓壽自由戀愛，但賈充不知道，直到他聞到韓壽袖子上有賈家香的味道，才發現「賈氏窺簾韓掾少」，他們生下的孩子就是賈謐。賈充因為沒有孫子繼承他的權勢，就把外孫算成他孫子，不姓韓，改姓賈。賈謐媽媽跟人私相授受，賈家把外孫弄來當孫子，這都不合禮法，只有富戰鬥精神的權貴才做得出來，在儒學世家看來都是令人不齒的。

像賈家這樣的存在不叫門閥，而是擅權。賈謐能少年得志，不是階層固化的結果，而恰恰是缺乏門閥制約所致。等到所有的世家都崛起，大家就得排隊。家世厲害的人那麼多，就得從這些家世厲害的人裡，再選菁英出來。

西晉時，像左思這樣的寒素，看賈謐這樣的人而感到不平，其實就是麻瓜出身的巫師看官三代，跟士族沒關係。況且，左思並沒有不爽賈謐，賈謐組織的二十四友，是有左思的。二十四友裡，有人是有錢但是不太會寫詩，也有人會寫詩但出身寒素，這是一個大家可以坐下來一起喝咖啡的團體，入場券是綜合你各方面的條件。靠著有錢有勢進來也行，靠著文章寫得好進來也行，左思就是靠著後者進來。由此可以看出，**西晉時門閥政治還不夠專業，階層的流動性很大**。

還需要補充說明的是，西晉時真正的文壇大老是張華。張華也是當時朝廷中真正的棟樑，但他就不是什麼權貴子弟。當然，他出身於士族家庭，是有家教的，但是父親死得早，他小時候還放過羊，成長過程中沒辦法借助家族的力量。我很想知道，張華看到左思這首詩會怎麼想。

透過這首詩，我想告訴大家，看見那種喝咖啡的文章，別不經思考就轉發。**一個社會肯定不公平，但是這種不公平往往很複雜，不是簡單的階級對立**。這種發文，其實對那些真正努力的人很不公平。對現實生活中微妙的不公平，和不公平中微妙的平衡，我們要學著用情商去掌握。

5 貴族子弟的行事教材——《世說新語》

最後，我還想推薦《世說新語》。

《世說新語》為劉宋的宗室劉義慶所著。這個時代，中古貴族社會基本上已經穩定，大家對於貴族風範有一定的共識。劉義慶就把東漢以來，大家公認是貴族的人們、被公認有貴族風範或有意思的事蹟，編輯成書給人看，類似於現在《非常道》（按：由遼寧教育出版社出版的圖書，記錄一八四〇年至一九九九年間，著名歷史人物的趣聞軼事）這類讀物，現代稱之為志人小說。《世說新語》雖然是小說，是消遣讀物，但士族子弟會跟著這本小說的內容，學習貴族的行為規範。在沒有《紅樓夢》的時代，**《世說新語》就是中國人的情商教材**。

歷來認為，《世說新語》的優點在於寫人生動。它寫的雖然都是貴族時代大人物的生活，但讓人覺得真實，就像一般父子兄弟之間會發生的事。另一方面，書中記載人物的貴族風度，又特別不平凡、引人注目。

有個說法說：「北大出瘋子」，北大的師生大概都聽過這句口號。其實，《世說新語》裡瘋子的密度，比北大要高得多。因為《世說新語》裡的人都是貴族，「哀樂過人」。他們喜怒哀樂的原理，跟普通人差不多，只不過他們的心靈更為敏感，感受到喜怒哀樂的程度，比普通人還要重，因此表現的行為就誇張一點。

《世說新語》出瘋子的高峰主要有兩個：一個是正始時代，出了「竹林七賢」嵇康、阮籍等人；另一個是東晉，出了王、謝。「王謝風流」是比較為人稱頌的，我在此重點介紹一下。

實際派與文藝派

王右軍與謝太傅共登冶城，謝悠然遠想，有高世之志。王謂謝曰：「夏禹勤王，手足胼胝；文王旰食，日不暇給。今四郊多壘，宜人人自效。而虛談廢務，浮文妨要，恐非當今所宜。」謝答曰：「秦任商鞅，二世而亡，豈清言致患邪？」

（選自〈言語篇〉）

這裡摘錄一個王、謝同時出鏡的場面。王右軍和謝太傅，也就是王羲之和謝安，有一次同登冶城，謝太傅看風景、放空——謝家人很愛看風景，山水詩就是出自他們。王右軍說，你看大禹和周文王，他們的功業都是辛苦耕耘得來；現在我們國家風雨飄搖，也得努力才行，不能光是清談玩文藝。謝太傅則回答：「秦國用商鞅之法，一點都不文藝，不也照樣二世而亡，那也是清談誤國嗎？」

根據一些考證，這個故事的真實性可能不高，但我們先不論。大家喜歡說這個故事，是因為它符合大家對王、謝兩家的想像。王、謝兩家在東晉南朝，是門第最高的兩家，其後估計有一大堆第三名。不過，既然大家公認第一和第二是王、謝，就肯定喜歡八卦這兩家誰更強一點。**王家掌權的歷史比較久，強調實際任官；而謝家比較文藝，詩人基本上都是出自謝家**。你可以想像一下，當時的人對王、謝兩家人的看法。

王、謝兩家日常可能會互相損對方，而且損得比外人都到位，但不是真的敵對關係，兩家反而是最理想的結婚對象。

說王家比較實際、謝家比較文藝，主要是建構在這兩家親密的互損之中，在現實中則不一定。如果要論玄談，王家應該比謝家厲害，但他們寫詩比不上謝家人；論實際功績，王家把東晉一點一滴建立起來，但謝家也是在淝水之戰中直接帶兵保住東晉。所以，如果聽見有人說謝家人是文弱書生，千萬不要信，謝家人是很能打的。

尤其是王羲之和謝安這一對，王羲之是王家子弟裡最文藝的，而謝安是謝家子弟裡最能幹的——〈蘭亭集序〉和淝水之戰都是實際的證明——這兩個人的王、謝差異尤其不明顯。王羲之和謝安在東晉南朝也算是「國民CP」（按：網路用語，指大多數人都認可、接受的配對組合）。這個故事說，王羲之強調實作，謝安說沒有文藝也不行，符合大家對王家和謝家的想像，但是用來說王羲之和謝安這兩個人的性格，就太過平面了。

當然，不能否認，王羲之也很強調實作，謝安也很文藝。當時謝安剛剛結束隱居，本想在家做一輩子米蟲，但朝廷中已沒有謝家的人任官，所以謝安只能「東山再起」。可以想見，時人對謝安很不放心，覺得這麼文藝的人行嗎？王羲之可能也是想提醒一下。我先生是王羲之的後人，我經常觀察他，來推測王羲之他們家人的思路。他就是絕對的文藝青年，看起來對什麼事都不在乎，但認真做事也真是「日不暇給」，每個週末都加班。我估計王羲之也是這麼一個人。

事實上，王羲之也善盡社會義務，並不是那種仗著家裡有錢就不上班，整天在家裡寫書法的公子哥。當然，謝安沒讓他失望，真的把東晉扛起來了。王羲之和謝安的故事告訴我們，**文藝和實際是不矛盾的，文藝青年為了他的信仰，可以非常拚命工作，而且毫不損傷他的文藝氣息。**

謝安都怎麼教小孩？

《世說新語》裡記載的生活細節很生動。比方說寫謝安去他侄子謝玄家拜訪。謝玄後來在淝水之戰立了大功，封了康樂公，但一般說的謝康樂，多半是指謝玄的孫子——山水詩人謝靈運。謝玄這一支，在謝家人裡比較常作死。謝玄本人從小也是放蕩不羈，只有謝安鎮得住他。謝玄小名叫阿羯，羯是當時五胡亂華中最野蠻的一個少數民族。羯有時寫成「遏」，因此《世說新語》裡就寫他是「謝遏」。

謝遏夏月嘗仰臥，謝公清晨卒來，不暇著衣，跣出屋外，方躡履問訊。公曰：「汝可謂前倨而後恭。」
（選自〈排調篇〉）

謝安去看謝玄，當時是夏天的早上，謝玄還沒起床——關於謝家人愛睡懶覺，相關的記載很多。謝玄聽說謝安來了，跳起來光著腳去迎接，回來才穿上鞋，好好的行禮。謝安開玩笑說，這叫「前倨後恭」。跳起來、光著腳，回來再穿鞋行禮的細節，描寫很生動，彷彿少年謝玄就在眼前，我們每個人放假在家時，可能都做過類似的事。

謝遏年少時，好著紫羅香囊，垂覆手。太傅患之，而不欲傷其意。乃譎與賭，得即燒之。
（選自〈假譎篇〉）

謝安跟謝玄的關係很好。謝玄年輕時，喜歡在手上戴著一個紫羅香囊，很文藝的樣子。謝安「患之」，想叫謝玄戒了戴香囊的習慣，但是又不想直接說破，怕傷害他幼小的心靈，於是就跟謝玄打賭。謝玄是個賭棍，謝安說要打賭他就賭了。結果，謝安想辦法把紫羅香囊贏過來，就趕緊燒掉它，以絕後患。**謝家比較沒有上下尊卑觀念**，謝安教育孩子，也是用這種「沒節操」的方式教育孩子。**你愛玩，我就跟你玩小孩子的把戲，按小孩的邏輯贏了你，你就得服我**。這是謝家人的脾氣，所以，謝家人適合帶兵。

謝公夫人教兒，問太傅：「那得初不見君教兒？」答曰：「我常自教兒。」
（選自〈德行篇〉）

在東晉，貴族很注重自家子弟的教育。謝安的夫人埋怨謝安都不教育孩子，謝安回應說：「我常自教兒。」我怎麼不教育孩子？這句話經常被解釋成謝安「行不言之教」，身教勝過言教。不過，也許謝安說的「我常自教兒」，就是指這種跟小孩子打賭，把他的東西贏過來之類的。這是謝家獨特的教育方式，可能他夫人不覺得跟孩子玩，算是教育孩子。

王藍田性急。嘗食雞子，以箸刺之，不得，便大怒，舉以擲地。雞子於地圓轉未止，仍下地，以屐齒蹍之，又不得。瞋甚，復於地取內口中，齧破即吐之。王右軍聞而大笑曰：「使安期有此性，猶當無一豪可論，況藍田邪？」（選自〈忿狷篇〉）

又比如寫王家，王藍田吃雞蛋的故事很有名。王藍田個性急，吃雞蛋時，雞蛋光溜溜的夾不起來，他就「以箸刺之」，想用筷子戳起雞蛋，但他戳不中——你可以想像那雞蛋表面有多光滑——氣得他把雞蛋拿起來丟地上。雞蛋扔到地上還沒摔破，在地上打轉，王藍田看了更生氣，就想把雞蛋踩扁。當時他們穿的是木屐，木屐兩齒中間有個空隙，一腳下去，雞蛋剛好就卡在空隙裡，沒被他踩到。王藍田氣壞了，把雞蛋從地上撿起來，放到嘴裡嚼碎，再惡狠狠的吐出來。

這個故事有意思之處，反而不是某個家族的貴族品格，而是生動的人性，這是在我們每個人身上都可能發生的場景。讓人覺得，原來王、謝子弟也跟我們一樣，是有血有肉的人。

謝無弈性麤彊。以事不相得，自往數王藍田，肆言極罵。王正色面壁不敢動，半日。謝去良久，轉頭問左右小吏曰：「去未？」答云：「已去。」然後復坐。時人嘆其性急而能有所容。（選自〈忿狷篇〉）

像王藍田這麼性急的人，也是惡人自有惡人磨。謝玄的爸爸謝弈脾氣更火爆。有一次，王藍田得罪謝弈，謝弈就上門去數落他，「肆言極罵」。王藍田就面對牆站著，一句話也不敢說。等謝弈走了很久，王藍田才回過頭，悄悄問旁邊的小吏：「他走了沒？」小吏說：「走了。」他才回去坐著。當時的人都讚嘆他「性急而能有所容」，但我覺得他們說的是「這麼性急的人也有怕的人」。「去耒」二字描寫很傳神。

遇到困難，就回家討拍的謝家人

王凝之謝夫人既往王氏，大薄凝之。既還謝家，意大不說。太傅慰釋之曰：「王郎，逸少之子，人材亦不惡，汝何以恨乃爾？」答曰：「一門叔父，則有阿大、中郎。群從兄弟，則有封、胡、遏、末。不意天壤之中，乃有王郎！」（選自〈賢媛篇〉）

王羲之的兒子王凝之，娶了謝玄的姐姐謝道韞，謝道韞一看，王凝之怎麼是這樣的人，回頭就找謝安哭訴。謝安說，王羲之這人我覺得很不錯，他兒子應該也不差吧？謝道韞說，本來我覺得我們家兄弟就夠「極品」了，沒想到還有王凝之這種的。謝道韞這話說得也很有意思，不只抱怨老公，還把自家兄弟全都拖下水。所以，李贄說她「眼空兩家之婦，太難相」，謝家人全看不起，但是王家人還要更看不起一點。

> 謝太傅寒雪日內集，與兒女講論文義。俄而雪驟，公欣然曰：「白雪紛紛何所似？」兄子胡兒曰：「撒鹽空中差可擬。」兄女曰：「未若柳絮因風起。」公大笑樂。即公大兄無奕女，左將軍王凝之妻也。（選自〈言語篇〉）

不過謝道韞的自負也有道理。《世說新語》裡，謝安帶著謝家子弟談論文藝時，謝道韞經常在場，她和男孩子一起參加這些討論，而且往往表現得比她的兄弟們好。比方說有一次下雪，謝安說了句：「白雪紛紛何所似」，兒子謝朗接著說：「撒鹽空中差可擬」，像鹽。謝道韞則說：「未若柳絮因風起」，像柳絮。謝安很開心。稱讚才女的「詠絮之才」，就是從這個故事而來。

我一直認為**才女的出現，是一個家族貴族化，或一個社會經濟文化足夠繁榮的標誌**。有能力把女孩子教育得像男孩子一樣好，才說明這個群體生活得不惶恐、不功利。

那些被稱為才女的妓女不算，她們的文化水準跟男性中的菁英差很多。但是，像謝道韞這樣的大家閨秀，文學方面並不比她的兄弟差。

這麼強大的女孩子，可以眼空兩家，她能找到一個讓她絕對崇拜的男人，機率是很小的，她一生中會遭遇各種各樣的不如意。這就是一般人所說「女孩子太聰明不是好事」，我們得承認這個現實。一個北大女生，煩惱肯定比普通女孩子多。但是，人類進化的方向就是發展智力，我們不能因為怕煩惱，就不讓自己變得聰明。生而為人，讓自己變得聰明帶來的好處，總是超過隨之而來的煩惱，不論什麼性別都一樣。

謝道韞跑回家找大人討拍，其實跟她兄弟謝玄很像。謝玄打淝水之戰時，到了前線一看，敵強我弱、兵力懸殊，馬上跑回建康跟謝安哭訴。謝安安撫他兩句，就一腳把他踹回前線，接著，謝玄就打了那場名垂青史的勝仗。**謝家人遇到壓力，不知道該怎麼辦就崩潰了，接著跑回家討拍求抱抱**，不過，這也是因為謝家長輩和晚輩之間關係比較好的緣故。

他們這一支後來還出了一個著名的人物——謝霆鋒，據說他是謝玄的後代，也就是謝靈運的後代。謝霆鋒第一次開演唱會時，年紀還小，一看觀眾席來了這麼多人，嚇得像無尾熊一樣抱住後臺的柱子，打死不上臺。經紀人說：那麼多人票都買了，你給我上去！硬把他踹上臺，結果表現得很好。謝霆鋒就很有他祖先的神韻。

總之，謝道韞跑回來哭訴，謝安基本上也是一腳把她踹回王家。謝道韞回去後，也就這麼過下去了。主要是因為這時王、謝兩家剛經歷過一次離婚，關係比較僵，重新聯姻也是修復關係，所以謝道韞這個婚，謝家離不起。謝安一看謝道韞又有離婚的勢頭，就趕緊壓下去。但是，事實證明，王凝之確實是一個愛作死的人。王凝之晚年信奉五斗米教，做會稽太守時碰上孫恩起事，亂兵殺進來時，王凝之還在拜神呢。結果會稽淪陷，在會稽的王、謝兩家死傷慘重。

當時謝道韞見態勢不對，就提著一把劍，拉著外孫往外跑。兩人在外面遇到亂兵，謝道韞把劍一橫，說今天你們不就是要殺王家人嗎？這孩子姓劉，跟他沒關係。結果這幫殺紅眼的亂兵，居然被謝道韞的氣勢震懾住，就把這一老一小放出去了。謝家人氣場是很厲害的，一群喪心病狂的亂兵看見謝道韞會發抖，所以王藍田怕謝道韞她爸，前秦軍隊怕謝道韞她弟，也就不奇怪了。

從這件事來看，王凝之明顯配不上謝道韞。而謝道韞的眼光也確實沒錯，王凝之確實是王家子弟裡比較不出色的一個。

王家一家，都是霸道總裁

王子猷居山陰。夜大雪，眠覺，開室，命酌酒。四望皎然，因起彷徨，詠左思〈招隱〉詩。忽憶戴安道；時戴在剡，即便夜乘小船就之。經宿方至，造門不前而返。人問其故，王曰：「吾本乘興而行，興盡而返，何必見戴？」（選自〈任誕篇〉）

王羲之的另外一個兒子，叫王徽之，有才華，但是也比較恃才放曠，是個有點瘋癲的人。王徽之，字子猷，就是「雪夜訪戴」的王子猷。這個故事說他住在山陰（也就是會稽）時，有天夜裡下了大雪，他臨時起意，去拜訪他的朋友戴安道。戴安道是江東的士族，也是當時的名士。他坐上小船，冒著大雪就出發了，漂了一夜，終於漂到戴安道家。

但是，他突然又覺得沒意思，就沒敲門，直接回家了。別人問他：你特地來一趟，怎麼不去見戴安道？王子猷回答：「吾本乘興而行，興盡而返，何必見戴？」少爺我就是心情好才來，沒那個心情就回去，何必非得見到戴安道呢？因為這件事，他被認為是很風雅的，大概是因為完全隨心所欲，沒有功利之心。

> 郗太傅在京口，遣門生與王丞相書，求女婿。丞相語郗信：「君往東廂，任意選之。」門生歸，白郗曰：「王家諸郎，亦皆可嘉，聞來覓婿，咸自矜持。唯有一郎，在東床上坦腹臥，如不聞。」郗公云：「正此好！」訪之，乃是逸少，因嫁女與焉。
>
> （選自〈雅量篇〉）

王羲之本人也是個不在乎外界看法的人。他著名的事蹟是「坦腹東床」。當時，正在掌權的太尉郗鑒，派了使者到王家來，準備選一個王家子弟當女婿。王家很注意婚姻，子弟們聽說有這個千載難逢、當郗太尉女婿的機會，都很積極，「咸自矜持」，穿得西裝筆挺，擺出一本正經的樣子，等待郗太尉的挑選。只有王羲之完全無所謂的樣子，敞胸露懷，歪躺在旁邊沙發上吃餅。結果，郗太尉就看上這個吃餅的。

為什麼王羲之坦腹吃餅，就能被老丈人看上？據我分析，原因主要有兩方面，未婚男士可以留意一下，將來去見女朋友家長或許有用。一個是這種事情不能太刻意，讓老丈人覺得你有所圖就不好了。其實，**男孩子「咸自矜持」起來不好看，容易顯得自卑；大大方方的男孩子，反而有貴族氣質，容易討長輩喜歡**。王羲之坦腹吃餅，顯得不慕名利，有名士派頭，在當時的貴族社會裡是會受到讚賞的。這是一般人的解釋，我認為說得很正確。

但我覺得還有**另一件事更重要——挑女婿，還是看臉的**。坦腹吃餅，也得好看的男孩子，做起來才好看。所謂的好看，不在於你有沒有穿正裝，而是看氣質，尤其是不經意間流露出的貴族氣息。你有沒有這種氣質，老丈人活了大半輩子，一眼就能看出來。顏值高的話，你就算坦腹吃餅也能被老丈人看上，否則你就是東施效顰。這個故事主要還是讚美王羲之無所顧忌的貴族氣質。網路上有人說，王羲之坦腹是秀腹肌，這個說法不太可能成立。坦腹，主要還是表現他瀟灑的性格。

據說《書聖王羲之》（按：中國古裝劇，全劇已拍攝完畢，但由於中國實施「限韓令」，劇中女主角和配角是韓國演員，因此至今尚未播出）這部電視劇，原本選了一個姓王的山東人演王羲之。這個王姓演員遊山玩水，玩累了回來後，跟導演說自己生病，明天不拍戲了。導演大發雷霆說：你明天不來，那以後都不要來，結果這個演員捲鋪蓋就走了，後來才換了現在的演員。光聽這個故事，我覺得這個演員挺有王羲之的神韻。

王羲之的幾個兒子裡，王獻之繼承老爸的書法才能和對老婆好的傳統，娶的還是郗家的表姐；王凝之莫名其妙繼承老爸的老丈人緣；而王徽之主要繼承的是老爸的作死性格。

王徽之不只一次像發瘋一樣亂跑。他特別喜歡竹子，從會稽離開、經過吳郡時，聽說哪個士大夫家有好竹子，他也不打招呼，就跑到對方家裡看竹子。有一戶人家有好竹子，聽說王徽之要經過，特意收拾好園子等他，希望能藉機跟他說上兩句話。王徽之去了就看竹子，不理主人。主人失望至極，但還是希望能巴結兩句，結果王徽之並不理會，轉身就要走。主人忍無可忍，就把所有門都關上，不讓他走。這時，王徽之不知道哪根筋不對勁，突然覺得這主人有點意思，就坐下來跟主人聊天，聊到盡興才走。

還有一個類似的故事，我懷疑是這個故事的另一個版本。王徽之的兄弟王獻之，經過吳郡時，聽說吳郡名士顧辟疆家的園林好，也不管他正在宴請賓客，就衝進去到處閒逛指指點點，說這裡好、那裡不好。顧家是吳郡的士族，地位比王、謝略低一些。顧辟疆很不高興，說「別看你是王羲之家的，這麼沒家教」，就把王獻之的隨從都攆出去。王獻之坐在乘輿上，沒人抬他，他就在原地左顧右盼。最後，顧辟疆把他送出去，他也泰然自若。

這兩個故事，可能讓人感覺王羲之的兒子們仗著出身高貴，輕視吳郡的士族。但以我對我先生的觀察，可能不是這樣。我先生自從修了岩石學，就經常跑到賣石頭的店裡，看店裡放的是花崗岩還是大理岩，老闆來招呼他也不理。這不是輕視，大概就是有點自閉。不過這樣，別人難保不會覺得你是輕視他，特別是你的身分又比對方高。

> 王子猷嘗暫寄人空宅住，便令種竹。或問：「暫住何煩爾！」王嘯詠良久，直指竹曰：「何可一日無此君！」（選自〈任誕篇〉）

王徽之是真心喜歡竹子。他有一次借別人的房子住，去了就馬上派人在園裡種竹子。有人說：你就住幾天而已，需要這樣嗎？王徽之說：「何可一日無此君！」我一天沒有竹子都不行。王羲之家的人喜歡一個東西，就有極強的專注力，這可能也是優秀書法家的素質。**想要就要，而且一點時間都不願意等，這種霸道總裁精神，是貴族精神的一種**，王家人特別具有這種精神。

《世說新語》裡還有更多的故事，等待大家去發掘。

第四部

文藝青年寫作指南

「文藝」這個詞，其實漢朝就有了，當時指的是文學作品的形式，以及相關的技巧。「文」，本意是織物的花紋，指一篇文章的形式美；「藝」，指的是技能，也就是創造形式美的技巧。

按照正統的儒家觀念，「文藝」不重要，是枝微末節。因為一個社會的主流思想，總是重本質而輕形式，所以布上的花紋，只能是「皮毛」。比如說，一篇文章，大家往往看重它講了什麼，而不看重怎麼講。技術不重要，重要的是政治正確。所以一說是「藝」，肯定是「小道」；說是「文」，也往往隱含著一種微妙的貶義。

不過，中國的主流儒家，畢竟還是一門高富帥的思想，高富帥對形式多少還是有講究的。因此，儒家還是留了相當的位置給文藝。像孔子說：「言之不文，行而不遠」，這跟他說：「割不正不食，席不正不坐」、「食不厭精，膾不厭細」，都是一脈相承的思想。

隨著時間發展，「文藝」逆襲了，成為中國士人文化的主要內容。大家對士人的標準，無論是官員或才子，都要求有兩樣才能：一個是吟詩，一個是作賦。當然，別的才能也要有，但若不會吟詩作賦，就稱不上是上等人，這種觀念在中國人心目中，已經根深柢固了。

中國是詩的國度，因為以詩取士。說起以詩取士，一般人容易誤解，誤以為唐朝人寫詩寫得這麼好，是因為科舉要考，並由此得出想要踢好足球，只要考試考足球就行了。大家想想，如果現在改成大學考試必考足球，會有什麼後果？首先，家長和老師就跳腳了，因為他們的孩子不會踢足球，老師寄予厚望的頂尖學生也不會踢足球。這個政策，最後只能不了了之。

為什麼呢？因為足球沒有群眾基礎。優秀的人才都不會踢足球，大家也就不認為會踢足球很重要，所以考足球的政策就無法推行。因此，唐朝考試考寫詩，先得有這個群眾基礎——優秀的人才都會寫詩，而且全社會都認為會寫詩很重要，這個政策才能順利實行。所以說，不是因為考試考寫詩，唐朝人的詩才寫得那麼好，而是因為唐朝人詩寫得好，才有可能考寫詩。不過，在唐朝科舉考寫詩以前，中國人早就把純文學的創作，當成衡量人才的標準。

狹義的以詩取士，也就是科舉考試考近體詩，嚴格說來只有一段很短的歷史。但是廣義的以詩取士，也就是拓寬「詩」的概念，不限於近體詩，而是擴展到純文學，包括賦、八股文等；同時拓寬「取士」的概念，不限於科舉考試，而是擴展到一切人才選拔，可以說，中國從漢朝到清朝都是以詩取士，包括察舉制和中正制，推選人才時也看詩。

這不難理解，用詩來看人其實很準。認為不準的，都是不會看。因為看詩不是看政治正確，而是看怎麼說，包括你的形式和技巧，也就是所謂的「文藝」。看你怎麼運用語言，就能很快看出你的性格。當然，要有用詩看人的本事，得經過長期的培訓，這是一門很專精的學問，也就是所謂的「詩學」。用詩來考察一個人的性情，是很方便快捷的，所以歷朝歷代都很重視。

中國的「詩學」，基本上是從中古時代開始，正好是中國的貴族時代。**所以用詩來看人，關鍵是看你的貴族性。評價詩好不好的標準，就是評價一個人有沒有貴族性的標準**。貴族性，不是由出身決定的，從小生活優越的人也可能沒有貴族性，出身貧困艱苦的人也可能具有貴族性。

中國的教育，一開始讀經，培養高貴的心性，讓人學會當君子；接著讀史，培養情商，才擔得起君子的責任。最後，培養的成果如何，就體現在你的文學創作上。文藝的水準，應該是培養一個君子的最終結果。一個人詩寫得如何，就是他的貴族性如何。這就是為什麼，中國人對詩有那麼深的感情。在實際的中國文化裡，文藝絕對不是小道。

詩的形式，也就是何為「詩」，在中國文學史上是流動的。王國維說：「一代有一代之文學」。難道說，到了新的時代，就從石頭縫裡蹦出來一個新文學，同時還把舊文學打敗？不是這樣。「一代有一代之文學」，就好像「一朝天子一朝臣」。一個時代有一個旗艦式的文體，比如說漢賦、唐詩等，算是「皇上」。而圍繞著旗艦文體，還有各種各樣的文體「大臣」。這是文學的生態。「皇上」不能是從石頭縫裡蹦出來的，一般都是「老皇上」的兒子，而且他在執政之前，必須得當過無數年的「太子」。這裡的「太子」有兩個意思，一個是他得跟「老皇上」血脈相連，一個是他在當「皇上」之前得做過很多年的「臣」，也就是說，它必須是熟面孔，還要有一定的威望。那這個文體如何當上「太子」呢？他得先窩在樂府裡很多年。

所謂樂府，就是我們說的流行歌曲。中國的各種詩，都是從樂府出來的。所以，不要看不起流行歌曲，流行歌永遠前途無量。每個時代都必須有流行歌曲，就像電影《霸王別姬》裡，程蝶衣的師父說：「只要是人，他就得聽戲。」只要是人，就得聽流行歌曲。

每個時代也都有一個能上得了檯面的文體，如果是比較藝術的時代，檯面上的文體就會離流行歌曲比較遠，儘管它本來也是流行歌曲。香港作詞家林夕說，流行歌曲相當於一個時代的睡衣。那麼檯面上的文體，就相當於一個時代的禮服。睡衣和禮服之間，還有各種各樣的休閒服。

一個文體，先在流行歌曲的地位熬著，就相當於當「太子」。在這個當「太子」的過程中，它慢慢成長，變得越來越有文學性、貴族性，與此同時，地位也越來越高，這個過程就稱為「雅化」。直到有一天，大家覺得寫舊文體無聊了，新文體又發展完成，才會取而代之。這時候，等於原來的睡衣變成新的禮服。而在它背後，又有新的樂府、新的睡衣等著出來。所以，任何一個時代風光的文體，都必須是前一代的樂府。沒有這個基礎，文體是站不住的。

從晚唐開始，中國的純文學基本上固定為賦、詩、詞三層結構。一個文人、士人，至少得會寫這三類文體。這三類裡，賦相當於禮服，很莊重，但比較少穿到；詞相當於睡衣，風情萬種，但不適合穿出去；詩則相當於休閒裝，穿得最多。發展到後來，賦的戲分越少，詞的戲分越多。詞的地位跟詩差不多，等於穿著睡衣來上課已經沒問題了。詞的後面有曲，有各種各樣的樂府，但是一直沒有好到足夠上來檯面，跟詞的區分度不夠。所以賦、詩、詞的結構還是沒有打破。

說起賦，我們會先想到漢賦，就像說到詩會馬上想到唐詩。其實，賦在漢朝以後，還繼續發展，就像詩在唐朝以後也持續發展。只不過，在六朝時，賦的地位比起漢朝，有新的變化，就像詩在宋朝時的地位，跟唐詩比有差別一樣。我們講詩，常說唐詩和宋詩的分別，其實漢賦和六朝賦也是有類似的分別。

漢朝有漢賦和漢樂府。漢賦相當於禮服，漢樂府相當於睡衣，一共就這兩套衣服。但是，到了漢末時，五言詩開始從漢樂府裡爬出來，跟賦搶地盤，等於過去的睡衣現在開始外穿了。到了建安時代，賦開始有相應的調整，從過去代表主旋律的東西，轉變成文人自己抒情言志的東西，內容上也跟文人的學問和人生經驗更有關。這個變化，與唐詩演變成宋詩的過程很類似。

1 明明心裡委屈，但不能明說——王粲〈登樓賦〉

王粲，「建安七子」之一，號稱「七子之冠冕」。我也認為王粲的才華，其實比建安七子的其他成員高很多，可以媲美曹植。

王粲，字仲宣，他的出身本來很高，他的祖父在漢朝做到三公（按：輔佐天子治理國政的三位最重要大臣）的位置。他長大後，就遇上三國亂世，不得不離鄉背井，離開長安去做幕僚。他離開長安時，寫了一首著名的〈七哀詩〉，這首詩的確是很觸動人心。雖然大時代下，大家都是背井離鄉，但是原本過得好的孩子，離開時可能會更難過。他寫他辭別親友離開長安，走到郊外，看見一個婦人把自己新生的孩子扔到草叢裡，忍著眼淚轉身離開。母親對嬰兒應該是最難以割捨，她為什麼這麼狠心離去呢？因為「未知身死處，何能兩相完」。自己會死在哪裡還不知道，又怎麼把你留在身邊呢？

王粲花了很大篇幅，寫這個特別悲慘的情景。一般人說，他寫這段是出自同情，但其實他是睹物生情，因為他剛離開長安城。他離開長安城的心情，就跟這個母親拋棄自己的孩子一樣。這個貴公子在長安城裡有不少親友故交，長安城有他整個青春的幸福回憶，但這個時候他不得不離開，因為「未知身死處，何能兩相完」。這句雖然是看見那個婦人而起，但他真正想說的，還是他和他的親友們。王粲感受到的離亂，比同時代的人感受到的還要重得多。

他緊接著寫：「驅馬棄之去，不忍聽此言」。為什麼不忍聽？因為他想到了自己。接著就是名句，「南登霸陵岸，回首望長安」。這句詩被認為聲調特別好，後來成了近體詩的典型格律規範。比方說王勃的「無為在歧路，兒女共沾巾」、李白的「登舟望秋月，空憶謝將軍」，都是用這個調子。其實，這句的格律並不符合近體詩的規律，但近體詩格律把這個調子納進來，因為古人覺得這個調子特別美。為什麼聲調好？就是他寫這句時，心裡懷著無限的感嘆，這兩句詩就是像嘆氣一樣嘆出來的，光聽這個聲音，我們就能聽出他無限的心事。

最後，他說「悟彼下泉人，喟然傷心肝」，所謂「下泉人」，就是故鄉已經逝去的親友，想到他們，想起自己被亂世埋葬的青春歲月，他就「喟然傷心肝」。

不能說的委屈，藏在一唱三嘆裡

後來王粲流落到荊州，做劉表的幕僚。劉表是漢朝的宗室。劉邦和他的後代都有一個毛病，就是「能用人，而不能盡其才」。他們對士人的認識，似乎永遠停留在黑幫老大的水準。他們雖然知道你作為一個人才，肯定有用，但是有什麼用，又該用在哪，他們不太明白。你來了，他們都很熱情，但是他們對你熱情的同時，轉頭可能對一些小人更熱情。更要命的是，在他們眼裡，你可能跟那些小人一樣，大家都是哥們兒，都坐一桌喝酒。他們用你的時候，也只是用你的一些雕蟲小技，而不是把你作為一個士人。

從漢朝到唐朝，姓劉的在這個問題上，吃過無數虧。李商隱有詩曰：「賈生年少虛垂涕，王粲春來更遠遊。」這兩句詩，黑的都是劉老闆。你說他對你不好，但其實他對你很好；你要說他對你好，在他手下你又會覺得有些微妙的不好，就是委屈。這種委屈，不是能明說出來的，因為他對你很好，說出來算你沒良心，但你心裡就是感到委屈，一種你的生命被浪費的感覺。〈登樓賦〉就是在這種心情下寫出來的。王粲寫這篇賦，關於他怎樣過得不好，一個字都沒說，但是那種委屈的情緒很強烈。他對生命流逝的感嘆，可說是驚心動魄。

這篇賦用了抒情性很強的騷體，一共分三韻。**古人作賦，換一次韻就是一段。不換韻，是同一個意思；換韻了，就是說別件事**。我們讀賦時，先按韻分好段，比較能明白作賦的人是怎麼想的。

用韻，對感情的表達有很大的影響。古人造字跟聲音有關，所以同韻的字，會共用一個或幾個義項（按：指字典裡，同一個詞按其意義不同，而列舉出的各個項目）。而且這些字放在一起用久了，就固定成一個義項群，聽見其中一個就會想到另一個。隨著語音改變，有些字今天念起來可能已經不押韻了，但還是聽見一個就會想起另一個。固定的韻腳，有特定感情色彩。

登茲樓以四望兮，聊暇日以銷憂。覽斯宇之所處兮，實顯敞而寡仇。挾清漳之通浦兮，倚曲沮之長洲。背墳衍之廣陸兮，臨皋隰之沃流。北彌陶牧，西接昭丘。華實蔽野，黍稷盈疇。雖信美而非吾土兮，曾何足以少留！

〈登樓賦〉的第一韻是尤韻。這個韻比較平，有一點淡淡的憂愁。這一韻寫登樓所見，主要是鋪陳，保留了漢賦的寫法。這種鋪陳，是時間的藝術，用一個長鏡頭把時間占滿，不是為了告訴你周圍的風景如何，而是為了說明「雖信美而非吾土」。你不必在意他描寫的地理環境，只要在意涵讀的時間，這個時間是作者用來宣洩情緒的。遇到這種鋪陳的地方，大家只要欣賞其聲調之美就好。鋪陳的長短，只說明作者有多少情緒需要宣洩，不需要在意他說的內容。第一段就是為了說最後這句，「雖信美而非吾土兮，曾何足以少留」。

遭紛濁而遷逝兮，漫踰紀以迄今。情眷眷而懷歸兮，孰憂思之可任？憑軒檻以遙望兮，向北風而開襟。平原遠而極目兮，蔽荊山之高岑。路逶迤而修迥兮，川既

> 漾而濟深。悲舊鄉之壅隔兮，涕橫墜而弗禁。昔尼父之在陳兮，有歸歟之嘆音。鍾儀幽而楚奏兮，莊舄顯而越吟。人情同於懷土兮，豈窮達而異心！

第二韻，他用了一個侵韻。這個侵韻，其實收尾並不是「ㄣ」，它是一個m收尾的音，這個音在現代中文裡已經沒有了，不過粵語裡還有，比方說「心」這個字，粵語讀「sam」。這個音比較深沉、堅硬，是表達心事重重的聲調。侵韻是一個很經典的韻部，你看古人寫詩作賦，一旦轉到這個韻，就知道這段是作者表現他內心波濤洶湧的情感。這一段，主要寫王粲登樓遠望，感嘆歲月流逝，懷念故鄉的感情。

「遭紛濁而遷逝兮，漫踰紀以迄今。」用「紛濁」兩字，寫完《三國演義》前半段的亂世，「遷逝」兩字，包藏「未知身死處，何能兩相完」的無數辛酸。轉眼過了十二年，就到今天了。輕描淡寫的幾句話，其中包含多少人生的坎坷。年輕人讀此句，可能還無法感受到十二年的紛濁遷逝意味什麼，我當年讀這兩句也是匆匆帶過，建議代入《琅琊榜》裡的情節，林殊離開金陵的時候才十九歲，過了十二年回來，一切都物是人非，體會一下這個感覺。

「情眷眷而懷歸兮，孰憂思之可任？」一般貴族的思歸之情都比較重，因為故鄉對他們來說，承載著更多的東西，像劉邦這樣多少年不回家也不想，「天子以四海為家」，因為他不是貴族。「孰憂思之可任」，這種憂思怎麼能承受得了？這種懷鄉的感情，其實並不是每個人都有。「憑軒檻以遙望兮，向北風而開襟。」王粲的動作很帥。他遙望到什麼？「平原遠而極目兮，蔽荊山之高岑。」王粲登上樓，想遙望故鄉，但是目光看到最遠的地方，平原的盡頭，還是被高高的荊山擋了。他不知道登樓望不見長安城嗎？他當然知道。他這麼寫，是表達自己努力過了，最後還是被推向絕望。「路逶迤而修迥兮，川既漾而濟深。」回家的路途很困難，陸路又遠又曲折，水路又深又危險。這是「蔽荊山之高岑」一句的展開。不過，歸路艱難當然不是路程的問題。

這時候他忍不住落淚了，「悲舊鄉之壅隔兮，涕橫墜而弗禁」。他把情感寫得非常重，描寫自己的動作都如同偶像劇，「向北風而開襟」、「涕橫墜而弗禁」。其實，我不太相信他能在公開場合做出這樣的動作。如果是陶淵明或謝靈運，他們肯定不會寫自己有這麼明顯的動作。但是王粲這麼寫，我們覺得很自然，並不覺得他矯情，因為他的感情真的這麼深，他的人生經歷真的這麼廣闊，他的筆又能夠把這種經歷寫出來，所以下筆再重，我們也不會覺得他矯情，這就是所謂的「建安風骨」。

接下來，他又引用古人懷鄉的典故：「昔尼父之在陳兮，有歸歟之嘆音。」連孔子這樣的聖人，在外面過得不開心，也會想家。「鍾儀幽而楚奏兮，莊舄顯而越吟。」鍾子期被關起來時，彈奏楚國的曲調；莊舄富貴之後，生病了還是用越國的語言吟唱。「人情同於懷土兮，豈窮達而異心！」不管是像鍾子期這樣困苦，還是像莊舄這樣顯達，每個人都會懷念故鄉。**王粲在劉表手下算過得好或不好呢？他沒說，也沒辦法說。但我們可以確定，王粲在劉表這裡，天天都**

懷念故鄉。

這一韻是〈登樓賦〉的華彩樂章，他沒有直接明確的說什麼，但是一唱三嘆，裡面有好多不能明說的話，只能由讀者反復體會。第一韻是鋪陳的聲調，第二韻是嘆息的聲調。尤其嘆息聲調，王粲特別擅長。謝靈運說王粲是「家本秦川，貴公子孫。遭亂流寓，自傷情多」（〈擬魏太子鄴中集〉），這句話精準概括了王粲的特長，當然，也有謝靈運自己的代入。

生命被白白浪費，王粲內心最大的恐懼

> 惟日月之逾邁兮，俟河清其未極。冀王道之一平兮，假高衢而騁力。懼匏瓜之徒懸兮，畏井渫之莫食。步棲遲以徙倚兮，白日忽其將匿。風蕭瑟而並興兮，天慘慘而無色。獸狂顧以求群兮，鳥相鳴而舉翼。原野闃其無人兮，征夫行而未息。心悽愴以感發兮，意忉怛而憯惻。循階除而下降兮，氣交憤於胸臆。夜參半而不寐兮，悵盤桓以反側。

第三韻變成入聲韻。入聲韻比較急促，適合表現緊張、淒厲的情緒。讀韻文時，你發現轉

入聲韻，就代表作者準備開始飆戲了。第三韻從自己對人生短促、功業不成的擔憂入手。「惟日月之逾邁兮，俟河清其未極」，時間流逝，等不到太平的天下。「冀王道之一平兮，假高衢而騁力」，盼望太平局勢出現，我才能發揮自己的能力。「懼匏瓜之徒懸兮，畏井渫之莫食」，最怕的就是我的才能一直被閒置，我的生命白白的被浪費。這裡上句用《論語》的典故，下句用《周易》的典故。**對一個君子來說，他最怕的，就是自己寶貴的生命被閒置**。就像程千帆（按：中國文史學家）所說：整一個知識分子，最殘酷的就是不讓他做事。王粲登樓懷鄉，不是小孩想媽媽，他懷鄉，是懷念過去的太平歲月；之所以懷念過去的太平歲月，是因為他現在過得其實不好；他現在過得不好，是因為他現在不能做事。王粲想回家，其實還是想做事。

話說到這裡，王粲突然轉入描寫，寫黃昏降臨。要特別注意，雖然他換鏡頭了，但沒換韻，所以表達的還是同一個意思。「步棲遲以徙倚兮，白日忽其將匿」，我在樓上思索徘徊，白日迅速流逝，就要藏起來了。這時候，「風蕭瑟而並興兮，天慘慘而無色」，天氣寒冷、陰暗。「獸狂顧以求群兮，鳥相鳴而舉翼」，這裡寫鳥獸喧鬧，不僅增強緊張、恐怖的氣氛，而且寫獸無群、鳥求伴，也是王粲自己內心孤獨的寫照。「原野闃其無人兮，征夫行而未息」，世界荒涼，舉目無人，看不到歸宿，這時候人的內心不僅孤獨，而且恐懼。

王粲把自然景物寫得很緊張、很恐怖，下筆很重，情緒也很激動。但其實，他寫的未必是什麼特殊的景致，可能只是一個普通的黃昏，但他感受到的，就是這種恐怖。這幾句不妨看成一個夢境，反映環境對他的壓迫，他多年鬱積下來的孤獨和恐懼。這並不是像後世的韓愈、李賀那樣刻意求奇（按：兩人為近體詩奇險派代表，其特色在於追求用詞和造境的奇特與險怪），而是他那一刻的真實感受，就是這麼緊張且激動。他不像後來的文學家，把自己的感官訓練得敏感，而是自然界對他的壓迫真的很重。王粲寫這種緊張，不讓人覺得怪異，反而給人很強的震撼。

這時，他又把鏡頭轉回自己身上，寫自己的內心活動，還是沒有換韻。「心悽愴以感發兮，意忉怛而憯惻」，心煩意亂。「循階除而下降兮，氣交憤於胸臆」，下樓回家，心情還是不能平靜。「夜參半而不寐兮，悵盤桓以反側」，到了晚上還睡不著，輾轉反側。**文章到這裡戛然而止，在一片激越中結束，渲染他不能平靜的心情**。沒有更多的抒情，也沒有更多的解釋，就在極為激動的情緒中結束，體現出「建安風骨」。

從文學的角度，建安是從漢賦到六朝賦的轉折。這時的賦，確實轉向個人情志抒發，表現出士人的個性，或者說風骨。這是因為經過整個漢朝的發展，賦的技巧成熟了，因此對文人來說，賦這種文體就好像他們自己肢體的延伸，已經運用自如，想表達什麼就能表達什麼。這同時也意味著，這種文體要被供奉在殿堂之上，如果想要娛樂，從此得找五言詩。在這個轉換的過程中，曹植和王粲兩個人為六朝賦開了先河。

2

再有才華，也寫不盡世間所有離別——江淹〈別賦〉

如果說〈登樓賦〉是六朝賦的頭，六朝中後期賦學的集大成者江淹寫的〈別賦〉，就是六朝賦的尾。

江淹的活躍時間，橫跨宋、齊、梁三個朝代。文學史上有幾個這種出道早、命又長，老了還能寫，整理起來很麻煩的人物。六朝有江淹、沈約，唐朝還有白居易。當然，一個人能有這麼多經驗，肯定在文壇上也有舉足輕重的地位，影響接下來的文學發展方向，更別說如果這人還確實有才華。

我們常說的成語「江郎才盡」，說的就是江淹。傳說，他小時候做夢，夢見仙人給他一支彩筆，醒來後他就文思泉湧，文章寫得非常好。他老了之後，又夢見仙人出現，把那支筆收回，此後他文章就再也寫不好。後來，凡是有在文壇上待得太久的老傢伙，大家就會紛紛猜測他什麼時候「江郎才盡」。其實才盡與否都是相對的，主要是同一個人占據文壇時間太長，導致大家審美疲勞了。

江淹其實也寫詩，但我認為他的長處還是寫賦。賦到了江淹手裡，成為一種相當精巧的東西。賦本來就是很講究的文體，發展到江淹時，韻與韻之間的轉換，已經變得眉目分明、乾淨俐落。他的賦每一韻都不長，但都能用最少的語言，寫出最感人的地方，語言也精緻。

江淹的代表作是〈別賦〉和〈恨賦〉，這兩篇賦給人的感覺，就好像是把一首一首的散文詩串起來，形式精巧到了極致，可以給學寫賦的人參考學習。特別是〈別賦〉，我幾個原來寫新詩的朋友，都是在讀〈別賦〉以後，跳進舊體詩的「坑」。所以，假如你有興趣學寫舊體詩，建議把這篇背下來。

〈別賦〉寫各種各樣的離別。為了寫離別，他借鑑一些史書或前代文學作品的材料，但並不代表他就是為文造情。魯迅說中國人有「十景病」，什麼都得湊出十個景。這個問題在六朝就已經出現，齊、梁尤其嚴重。但同樣是十個景，有些人真是湊出來的，有些人則未必，而是真的有話要說。

有些人讀到這種大量鋪陳的文章，都說是堆砌，沒有真情實感，其實是低估人和人的文學才能差異。**一個好的文學家，他應該能隨時人格分裂，從自己的真實體驗出發，按照各種要求，寫出各種各樣的情境**。江淹〈別賦〉裡寫到的各種離別情景，都跟他自己的人生經歷有一定關係。一個文學家，他經歷過什麼不重要，我們只需要尊重他的筆墨、相信他的才華，別隨便說他堆砌，把他所寫的都先預設為他的真情實感。

解讀文學家的人格分裂

〈別賦〉裡離別場景的排列，乍看有點亂，好像是隨便寫的，其實是江淹把線索藏起來了。段落的劃分依舊按照轉韻就分段，不轉韻就不分段的原則；其次，這首〈別賦〉基本上是兩小段組成一大段，一陰一陽，跟〈離騷〉的第一部分類似。

〈別賦〉的結構，第一韻是一段，是總起，沒有陰陽對待。接下來的兩韻組成一大段，寫各種離別的共性。前一韻從遊子的角度來寫，後一韻從留在家裡的一方來寫。遊子一般是男性，是陽；留在家裡的一般是女性，就算不是女性，也是不動的一方，是陰。這叫陰陽對待。〈別賦〉裡每一段都是先寫陽，後寫陰。

接下來的兩韻，寫富貴人家的送別場景。前一韻交代送別的狀況，主要從排場來寫，比較有陽氣。後一韻具體描寫，寫歌舞，寫離別的眼淚，這裡面有女性出現，屬陰。

接下來，一共六韻，也分成三組，兩兩陰陽對待，非常明顯。第一組，寫武人的離別，可能是俠客或軍人。前一韻從男性遊子的角度，也就是遠行的俠客來寫，屬於陽；後一韻寫送別俠客的女性，也就是「居人」，是陰。這一組是生離死別，很悲壯，寫得驚心動魄。

第二組，寫貴族的離別，也就是文士的離別。前一韻也是男性，寫遊子、文士告別的場景。後一韻則寫士族的女性。夫婦離別的情境，悲壯感就弱一點。但是，士族多愁善感，所以感情相對濃重。

第三組，寫社會邊緣人的離別，也就是仙道和娼妓的離別。中古時，仙道和娼妓很難分得清楚。前一韻，寫離開的男性。道士成仙走了，有可能是吃丹藥死了，更有可能是雲遊四方。後一韻，寫留下的女性，是娼妓，寫娼妓對遊子的思念。道士是太上忘情，娼妓是最下不及情，他們感情都比較淡。這一組主要是唯美，情感上並不虐（按：網路用語，指讓人感到傷心、難受）。這六韻看起來亂，其實是很整齊的。

這六韻鋪敘完之後，他又來了短短一韻，總結別後思念的情景。最後這一韻也帶點議論色彩，說**世界上有各種各樣的離別，就算有再高的才華，也寫不完**。

如此看來，其實〈別賦〉結構基本上是嚴整的，都是一陽一陰，一男一女，一個遊子一個居人，這個架構在一開始就已經搭好，才順著排下來，並不是他想到什麼就寫。這是齊梁人創作的方式，先搭好整齊的架構，再一個一個填，目的也是方便人格分裂。

好的文學家，得是好的導演

> 黯然銷魂者，唯別而已矣。況秦吳兮絕國，復燕宋兮千里。或春苔兮始生，乍秋風兮暫起。

「黯然銷魂者，唯別而已矣。」經典的開頭，沉重的感嘆壓下來。這句後來成了金庸筆下的武功，叫「黯然銷魂掌」，說楊過袖子甩下來很厲害，而且只有小龍女不在身邊時才能使得出來，其實這也說明這一句帶給金庸的感受。文學創作，第一句一定要有力道，所謂工於起調。接著，江淹非常簡短的概括離別時間、地點。「況秦吳兮絕國，復燕宋兮千里。」這是空間距離。「或春苔兮始生，乍秋風兮暫起。」這是離別時間。第一韻非常簡短，沒有特別鋪敘的必要，只是提供詩意的效果。

> 是以行子腸斷，百感淒惻。風蕭蕭而異響，雲漫漫而奇色。舟凝滯於水濱，車逶遲於山側。棹容與而詎前，馬寒鳴而不息。掩金觴而誰御，橫玉柱而霑軾。

接著就轉韻了，寫別離的情狀。先從遊子落筆：「是以行子腸斷，百感淒惻。」「風蕭蕭而異響，雲漫漫而奇色。」這是寫自然環境，沒有鋪敘風怎麼樣、雲怎麼樣，只是在這裡造了「異響」、「奇色」兩個詞，馬上就營造出氣氛，也給人新鮮感。一種文體在技巧成熟以後，總要重視用字的力度。「舟凝滯於水濱，車逶遲於山側。」從自然風景轉到人事，要走不走、依依不捨的情境。「棹容與而詎前」，照應上句的「舟」；「馬寒鳴而不息」，照應上句的「車」。鏡頭再往前推，推到人的表情和動作，「掩金觴而誰御」，把酒杯放下，再也舉不起來；「橫玉柱而霑軾」，放下了琴，眼淚打溼車前的橫木。

好的賦家，得是好的導演。就這四句，一句一個鏡頭，從遠景、中景、近景，最後特寫。這一段是寫共性問題，寫所有的離別都會遇到的情境，他很精確抓了四個方面：自然環境、即將出發的場景、留戀不捨的心情，最後再到人的表現；情緒上先是莫名的蒼涼，接著是即將離別的無助，然後是去留兩難的糾結，最後悲痛欲絕，也是一步一步推進。這一韻不長，但是有高度且層次分明，這就是賦家的工夫。

> 居人愁臥，怳若有亡。日下壁而沉彩，月上軒而飛光。見紅蘭之受露，望青楸之離霜。巡層楹而空掩，撫錦幕而虛涼。知離夢之躑躅，意別魂之飛揚。

對應的一韻，就寫到女人，寫不走的人。「居人愁臥，怳若有亡。」這種抑鬱的狀態，不知道大家有沒有體會過，就是當你受到某種重大打擊後，躺在床上一整天都不想起來，總覺得好像失去什麼東西一樣。司馬遷描述過這種狀態，說他受了宮刑以後「居則忽忽若有所亡」。在病理學上，這應該是一種抑鬱或焦慮的症狀，在詩學上則是一種審美的體驗。

接著，江淹用環境烘托：「日下壁而沉彩，月上軒而飛光。」這幾句寫得特別漂亮。「見紅蘭之受露，望青楸之離霜。」寫季節的更替，意象講究，字詞斟酌能看出詩人的用心。「巡層楹而空掩，撫錦幕而虛涼。」這是敷演「恍若有亡」的感覺。走過一層一層的門檻，門虛掩著，裡面都沒有人，寫心上人走了以後的孤獨、絕望、無所適從。寂寞的時候，總覺得房子特別大、特別空。撫摸著門前的錦幕，只覺得涼。這就是「孤單寂寞覺得冷」。

這裡有一點曖昧的暗示，好像沒人跟你同床共枕。其實這是泛寫，寫的不僅是男女的離別，也包括朋友之間的離別。但就算是朋友間的離別，也要用這種帶暗示的字眼來寫，才顯得情深，這就是齊梁人的寫法。李少紅執導的電視劇《橘子紅了》（按：根據作家琦君的同名小說改編）裡，歸亞蕾和周迅在一座老房子裡晃來晃去，男人不回來，有「巡曾楹而空掩，撫錦幕而虛涼」的味道。最後，寂寞之情形諸夢寐，「知離夢之躑躅，意別魂之飛揚」。別離的靈魂在夢中徘徊，又在夢中上下飛揚，去尋找心上人。這一段寫得很漂亮，擲地有聲，如果想寫征夫思婦詩的話，可以從這裡借哏。

故別雖一緒，事乃萬族。至若龍馬銀鞍，朱軒繡軸，帳飲東都，送客金谷。

下面一段，寫富貴人家的送別，主要從排場上鋪陳。前一韻算是遠景。先過渡一句「故別雖一緒，事乃萬族」。別離心情都是一樣的，但具體的場景各種各樣。接著轉入鋪陳，「至若龍馬銀鞍，朱軒繡軸，帳飲東都，送客金谷」，寫得珠光寶氣。這一韻很短，很有可能我們今天看見的並不是完整版。中古時代，一字一句傳下來都非常不容易。那時沒有印刷術、沒有線裝書，只能把文字抄在紙上，然後捲起來，就像我們現在寫書法、畫國畫。複製一句話的代價高昂，而且又不好保存。中古時代傳下來的詩文，沒辦法保證都是完整的。好詞好句比較容易保留下來，因為傳抄的人多；寫得比較普通的句子，也許上下句就不見了。這一韻，可能就是如此。

以樂景寫哀，悲傷加倍

> 琴羽張兮簫鼓陳，燕趙歌兮傷美人。珠與玉兮豔暮秋，羅與綺兮嬌上春。驚駟馬之仰秣，聳淵魚之赤鱗。造分手而銜涕，感寂寞而傷神。

後一韻，再推特寫，寫送別宴席的場景，把「居人」和女性加進來。「琴羽張兮簫鼓陳，燕趙歌兮傷美人。珠與玉兮豔暮秋，羅與綺兮嬌上春。」這是鋪陳，寫宴席上的歌舞和美人，是齊梁文學裡少不了的東西。「豔暮秋」、「嬌上春」這樣的表達，也算有點新意。然後筆鋒一轉，寫到這一片繁華之下，驚心動魄的別離：「驚駟馬之仰秣，聳淵魚之赤鱗。」連整裝待發的馬、河裡的魚都被驚動。「造分手而銜涕，感寂寞而傷神。」分別時含著眼淚，感到寂寞而傷神。**即使富貴，即使排場華麗，還是擋不住別離的感傷。所謂「以樂景寫哀，一倍其哀樂」**。

> 乃有劍客慚恩，少年報士。韓國趙廁，吳宮燕市。割慈忍愛，離邦去里。瀝泣共訣，抆血相視。驅征馬而不顧，見行塵之時起。方銜感於一劍，非買價於泉裡。金石震而色變，骨肉悲而心死。

下面一段，寫武人。前一韻從男性一方來寫。「乃有劍客慚恩，少年報士。韓國趙廁，吳宮燕市。」少年俠客，想要用生命去報答君主，所以要跟親愛的人們訣別。在這裡，他是以俠客來寫，但其實不用特別區分軍人和俠客，因為中古的人喜歡把軍人當俠客來寫，這樣比較浪漫。江淹寫俠客，是一去就不復返的那種，因此別離情境比較悲壯。這一次離別，就是人生的最後一面了，是真正的「生離死別」。你眼睜睜看著他走，就等於眼睜睜看著他死，但你還不能哭，因為他此刻還活著。你明知他這番離開沒有好結果，卻不能說不吉利的話。

「割慈忍愛，離邦去里。」少年俠客為了報答君主，割捨自己最愛的父母和妻兒。我們說愛父母等於愛自己，割捨父母，其實就是割捨自己的生命。妻兒的地位，在當時沒那麼高，只能算是私情。當然，私情痛起來也很要命，是人心裡最柔軟的地方，當時的人也不否認這點。俠客就這麼告別父母妻兒，離開故鄉。

「瀝泣共訣，抆血相視。」大家流著眼淚告別他，哭乾眼淚，眼眶甚至流出血，又擦乾了血看著他。這種悲壯的情景下，少年俠客一狠心，回過頭去不看他們，不看這些為他流淚的至親，鞭子一揚，走了。「驅征馬而不顧，見行塵之時起。」而留下來的人，只看見他身後揚起一片塵土。這個動作很悲壯，也很帥。

不理解士的精神、武士精神的人，很難理解為什麼少年俠客要這樣犧牲。對武士而言，「方銜感於一劍，非買價於泉裡」。因為他懷著對君王的感動，天生就應該用他這一把劍來報答，這是武士的思路。雖然說他因此而得到很多錢，也博得很大的名聲，但他並不是為了名利。一個連命都不要的人，怎麼會稀罕名利？這是一種俠士的精神，一種悲壯的美，所以「金石震而色變，骨肉悲而心死」。連金、石都在他的感召下受到震動，彷彿改變臉色，更別說與他骨肉相連的親人，悲痛得心好像死了。**作為一個俠客，少年不可能不犧牲自己的生命，但是留給他親人只是無限的傷痛。這是最重的離別。**

> 或乃邊郡未和，負羽從軍。遼水無極，雁山參雲。閨中風暖，陌上草薰。日出天而耀景，露下地而騰文。鏡朱塵之照爛，襲青氣之煙熅。攀桃李兮不忍別，送愛子兮霑羅裙。

後一韻，從送行人的角度寫，特別是寫他的妻子。「或乃邊郡未和，負羽從軍。」這是俠客報恩類型故事，比較現實的打開方式，不是去暗殺誰，而是國家邊境有戰事，背著帶羽毛的箭出征。其實也等同於送死。這裡的景象，就比剛才的天崩地裂溫和一點，「遼水無極，雁山參雲」，想像邊境的景象。「閨中風暖，陌上草薰」，這是送別的景象。「閨中」，俠客的妻子。在風暖草薰的美好季節裡，這個女性到陌上去送別她出征的愛人。

「日出天而耀景，露下地而騰文。」這兩句寫得非常漂亮，剛出的太陽照著還沒乾的露水，天地一片燦爛。用「騰文」形容露水蒸發，很有齊梁的特點。「鏡朱塵之照爛，襲青氣之煙熅。」紅塵間一片燦爛，撲面而來的是春天的綠意。這幾句寫送別之地的春景，寫得溫馨燦爛。在這一片美得驚人的春景中，這個女子要送她的愛人上戰場了。

「攀桃李兮不忍別，送愛子兮霑羅裙。」攀著盛開的桃李，不忍離別，送走愛人時——「愛子」是指愛人——眼淚流下來，沾溼羅裙。這一韻寫得很優美，很有女性氣息，讓我們經常忘了她面對的也是生離死別。這也是**女性感情的特質，內斂、唯美。即使她面對的是同樣的殘酷，展現出來的還是一片美好。**

只能藏起來的傷心，特別傷心

> 至如一赴絕國，詎相見期？視喬木兮故里，決北梁兮永辭。左右兮魂動，親賓兮淚滋。可班荊兮憎恨，唯樽酒兮敘悲。值秋雁兮飛日，當白露兮下時。怨復怨兮遠山曲，去復去兮長河湄。

寫完武士的離別後，接下來一段描寫文士的離別，也就是中古地位最高的群體，縉紳士大夫的離別。前一韻寫男性一方的告別。「至如一赴絕國，詎相見期？」我要到很遠的地方去，可能再也見不到了。文士遠行不是去送死，沒有武士悲壯，但是在通訊不發達的古代，也可能這輩子再也無法相見，因此仍有生離死別的味道。「視喬木兮故里，決北梁兮永辭。」告別象徵故里的喬木，到北面做永遠的告別。「左右兮魂動，親賓兮淚滋。」周圍的人沒有「抆血」，但是淚滋；沒有「心死」，但是「魂動」。這裡的送別場景也很難過，但比武士送別稍微輕了一級，看作者下筆的分寸可以得知。**駢文和近體詩寫作忌諱用重複的字，其實就是希望寫不同的事物時，可以改用不同的表達，或是抽換用字，而寫出層次來**。所以，我們寫近體詩、寫駢文，雖然只是抽換字眼，但還是要把微小的差異表現出來，而且輕重次序不能寫錯，這種小地方寫得精緻，美感就會展現。

「可班荊兮贈恨，唯樽酒兮敘悲。」在郊外鋪了席子，斟一杯酒，訴說離別的悲恨。比起前面的土豪和武士，這個場景很文雅。「值秋雁兮飛日，當白露兮下時。」正值秋雁初飛的日子，白露初降的時節，秋天給人莫名的憂傷。「怨復怨兮遠山曲，去復去兮長河湄。」這裡的句法改變了。本來中古的賦與駢文是以四言和六言為主的，所以叫「四六文」。因為四言、六言的聲調四平八穩，比較不靈活，所以到了後期，大家都會改變一下句式，打破這個死板的節奏。江淹就用了一個介乎騷體句和七言句之間的句式。相較於四言、六言，**七言句給人感覺憂傷，這裡就是要營造出遙遠的、感傷的聲情**。「怨復怨兮遠山曲，去復去兮長河湄。」一路遙遠顛簸，都是感傷，都在懷念故鄉的親友。這是一種文人情懷。

又若君居淄右，妾家河陽。同瓊珮之晨照，共金爐之夕香。君結綬兮千里，惜瑤草之徒芳。慚幽閨之琴瑟，晦高臺之流黃。春宮閟此青苔色，秋帳含茲明月光。

夏簟清兮晝不暮，冬釭凝兮夜何長！織錦曲兮泣已盡，迴文詩兮影獨傷。

後一韻，寫士族女性，寫士族的夫妻之別。首先，士族的女性也是女性，也有兒女情長。但是在這篇描寫的幾種女性中，士族女性是最端莊的，她不能跑到「陌上」去送人，也不能像歌妓那樣直接表達自己的思念，只能自己躲在閨房裡傷心。另外，士族女性的生活也是這幾種女性裡最奢華，感情生活也是最豐富。

「又若君居淄右，妾家河陽。」我們都是山東士族的兒女，門當戶對。「同瓊珮之晨照，共金爐之夕香。」我們有過一段生活奢華的恩愛日子。「君結綬兮千里，惜瑤草之徒芳。」你要出去做官，我們就得分離，而我的青春年華從此閒置。「慚幽閨之琴瑟，晦高臺之流黃。」我一個獨居的女人，怎麼面對深閨裡的琴瑟？高臺上的流黃，也因無心遊賞，變得陳舊、顏色暗淡。士族家陳設很奢華，但沒有夫君的陪伴，也都變得無用了。就像一個很美好的士族女子，獨自留在家裡，她的青春也被白白浪費。

「春宮閟此青苔色，秋帳含茲明月光。」這裡又採用七言句，表示作者有強烈的感情。意象本身沒什麼意思，但這裡的音節，特別是「此」和「茲」兩個虛字，能讓人感受到那種絕望的情緒。接著還是七言句，「夏簟清兮晝不暮，冬釭凝兮夜何長！」獨居的日子那麼漫長，白天時覺得天好像不會黑，晚上時又覺得好像天不會再亮。說席子涼、夜長，都帶有獨居寂寞的暗示，這是齊梁的寫法，但只透露一點，而不失士族女性的身分。這一點點的暗示，也已經固化為一種審美體驗。

接下來，繼續帶「兮」的七字句，「織錦曲兮泣已盡，迴文詩兮影獨傷」。織錦時，能寫織錦曲、迴文詩（按：將字詞按一定法則排列，使之迴返往復都能誦讀的詩），並織到錦上，這是士族女性才需要做的事。**士族女性被要求克制自己的情感，她只能在深夜獨處時，勤奮織錦、作詩，默默釋放一點別離的悲哀**。從句式上看，這一韻江淹其實寫得特別用力，特別動情。但是，大概這種士族女性克制的情感，今人不太容易理解，所以只看到這一韻的華麗。這位士族女性所需要的犧牲精神，其實不亞於前面那位「劍客慚恩，少年報士」。後來，宋朝的李清照之所以給人們留下深刻印象，其實也是因為她是需要經常面對離別的士族女性。不過，宋朝的士族女性跟六朝的士族女性，感覺又不同。

離別那麼多，誰能寫盡？

儻有華陰上士，服食還山。術既妙而猶學，道已寂而未傳。守丹灶而不顧，煉金鼎而方堅。駕鶴上漢，驂鸞騰天。蹔遊萬里，少別千年。惟世間兮重別，謝主人兮依然。

下面一段，寫社會邊緣人。前一韻寫男性，寫道長。「儻有華陰上士，服食還山。術既妙而猶學，道已寂而未傳。守丹灶而不顧，煉金鼎而方堅。駕鶴上漢，驂鸞騰天。」這是鋪陳修仙的特殊經驗。「蹔遊萬里，少別千年。」這兩句很有意思，「蹔遊」（按：蹔同「暫」）就是「萬里」，「少別」就是「千年」。道長是太上忘情，對他來說，離別非常短暫，但他的短暫，在我們看來卻是綿綿無絕期。「惟世間兮重別，謝主人兮依然」。您太上忘情，但是我們凡人不能不重別，所以主人對道長的離開依依不捨，道長則從容辭謝主人。這種離別相對從容，但仍然是悲涼的。

下有芍藥之詩，佳人之歌，桑中衛女，上宮陳娥。春草碧色，春水淥波，送君南浦，傷如之何！至乃秋露如珠，秋月如珪，明月白露，光陰往來。與子之別，思心徘徊。

後一韻寫女性，寫娼妓。「下有芍藥之詩，佳人之歌」，寫的是你儂我儂的風月場景。「桑中衛女，上宮陳娥」，各種不受禮法約束、活潑的女孩。「春草碧色，春水淥波」，寫送別的場景，寫得活潑、動人、色彩鮮明。「送君南浦，傷如之何！」這樣的送別，也有無法言說的傷痛。這裡沒有前面士族女性那麼哀傷，所以說「無法言說的傷痛」是最聰明的做法，可以表現你的深情。這一韻主要是四言句，像是四言樂府，語言很淺，顯得很輕巧，透著活潑。當然，樂府情感也是真摯的，甚至可以說是最能寫進人心裡，就像我們失戀時心裡反覆想著的，都是流行歌曲的歌詞。這一韻寫得很雋永，可以在心裡反復念誦，自然有一種別離的傷感。

接著，他又總結了一下，「至乃秋露如珠，秋月如珪。明月白露，光陰往來」。這是多漂亮的句子。我不知道江淹為什麼說「秋月如珪」，我查資料，看到的珪都是尖的。當然，可能是所謂「為了押韻，什麼都寫得出來」。我想，也許他寫的不是滿月而是弦月，不過弦月長得也不像珪，所以我一直把這句當成畢卡索的畫看。「明月白露，光陰往來」，呈現少年式的唯美。「與子之別，思心徘徊。」突然冒出這兩句，跟前面寫景沒有什麼關係，營造出特別的感覺。據說，日本人說「我愛你」，都是說「今晚的月亮真美啊」。這個哏的正確打開方式，不是說日本人不好意思說「我愛你」，而是說當你看見月亮很美，突然想告訴一個人時，那你就是愛著這個人。同理，**我看見「明月白露，光陰往來」時，突然想起「與子之別，思心徘徊」，那說明你是我真心想念的人。**

是以別方不定，別理千名，有別必怨，有怨必盈。使人意奪神駭，心折骨驚，雖淵雲之墨妙，嚴樂之筆精，金閨之諸彥，蘭臺之群英，賦有凌雲之稱，辯有雕龍之聲，誰能摹暫離之狀，寫永訣之情者乎？

最後是一段議論，「是以別方不定，別理千名」，離別形式有各種各樣，以上羅列的只是其中的一些「方」、「名」。不管是什麼樣的離別，都是「有別必怨，有怨必盈」，「使人意奪神駭，心折骨驚」，給人精神上的打擊。所謂「意奪」，就是「居人愁臥，恍若有亡」；所謂「神駭」，就是「金石震而色變」；所謂「心折骨驚」，就是「骨肉悲而心死」。「心折」，讓人心折服，把人打擊到抑鬱狀態；「骨驚」，情緒強烈入骨，相當於焦慮或躁狂狀態。「雖淵雲之墨妙，嚴樂之筆精，金閨之諸彥，蘭臺之群英，賦有凌雲之稱，辯有雕龍之聲」，這幾句說的都是同一個意思，反覆排比為的是增加氣勢，顯得聲情繁複，語氣急促。「誰能摹暫離之狀，寫永訣之情者乎！」**又有誰能寫盡世間離別的情狀呢**？在高潮中結束，看得出是江淹有規矩的賦家。

3

只是思念你，怎麼突然就老了——〈行行重行行〉

行行重行行
東漢・佚名

行行重行行，與君生別離。
相去萬餘里，各在天一涯。
道路阻且長，會面安可知？
胡馬依北風，越鳥巢南枝。
相去日已遠，衣帶日已緩。
浮雲蔽白日，遊子不顧返。
思君令人老，歲月忽已晚。
棄捐勿復道，努力加餐飯。

《古詩十九首》沒有作者，更沒有具體的創作年代，只知道年代很早，所以叫「古詩」，一般認為《古詩十九首》比建安文學略早。《古詩十九首》裡的詩，甚至連題目都沒有，後人只好以每首詩的第一句當作詩題。這是樂府的特點。在古代，一首歌沒有人關心它的題目是什麼、作者是誰、什麼年代，就像我們今天的罐頭訊息或網路傳言，人們並不關心它的原作者。但是很明顯，這些詩比從前的漢樂府要文雅一點，應該不是出自樂工，而是出自文人之手。這些文人是下層文人，比「建安七子」的社會階層要低一點。

漢朝末年，社會上有很多閒散文人。他們受過教育、有文學才能，但出於種種原因，沒辦法再為統治者服務，也就無法再用俸祿養活自己。這時，如果家世背景不是很豐厚的話，他們最常見的出路就是幫樂工寫歌詞。《古詩十九首》的作者可能就是這樣。文人去寫這種不登大雅之堂的歌詞，對他們來說是屈尊，但是對這些歌來說，卻是提高身價，無形之中告訴人們，文人也是能寫歌詞的。《古詩十九首》的作者先跨出這一步，後來的建安文人才有可能把五言詩當成正經的文學來寫。

《古詩十九首》比漢樂府講究修辭，有時還會用一點對仗，但是借鑑漢賦的寫法不多；寫的感情比漢樂府細膩、優雅，但還是普通人都會有的感受，而不是文人個人的感受，因為它們畢竟還是歌，是要拿去傳唱的。《古詩十九首》介於漢樂府和漢賦之間，從這時候開始，詩開始有獨立於樂府和賦之外的地位。《古詩十九首》是漢代文人作五言詩的正式開端，因此也成為建安五言詩的源頭。

因為是下層文人寫的流行歌曲，所以**《古詩十九首》主題集中**，都是這個階層的人容易遇到的問題，**主要是顛沛流離、男女愛情、人生苦短**，跟我們現在咖啡廳裡放的流行歌差不多。〈行行重行行〉就是寫離別的詩。

只有思念，會讓人衰老

「行行重行行」，看似奇怪的句子，是樂府常見的句法，突顯羈旅行役的艱難，走了又走。「與君生別離」，表示生離死別的主題。「相去萬餘里，各在天一涯」，寫空間上的距離。不僅遠，路還不好走，「道路阻且長，會面安可知」，不知道還有沒有機會再見面。「胡馬依北風，越鳥巢南枝」，北方來的馬，還知道留戀北方吹來的風；南國的鳥，還知道盡量住在靠南的樹枝上。你我生而為人，卻要離開故鄉，到處漂泊。「相去日已遠，衣帶日已緩」，今日一別，你我一天離得比一天遠，也因為互相思念，身體一天比一天消瘦。以上這麼多，都是一句接著一句，意境和情緒上都貼著寫。

接著，詩的意境跳脫出來。「浮雲蔽白日」，突然插進一句景物描寫，還是這麼壯觀、淒美的景象，一下子就把思路跳了出去。這是樂府體的優勢，想到哪裡就寫到哪裡，而這天外飛來一筆，往往也不突兀。接下來，「遊子不顧返」，從自然跳到人事，又是一個跳躍。而且，「浮雲蔽白日」和「遊子不顧返」有什麼關係？你可以想像一下這樣的情境：作者正說「你走了我會怎麼怎麼想你」時，突然抬起頭來，凝視天上的雲彩兩秒鐘，蹦出一句「你不會回來了」，便有這種悲痛的效果。

明朝人沈復寫《浮生六記》，其中有一個情節，說他和他的妻子陳芸感情很好，但是婆婆看不慣陳芸，在他們結婚多年以後，終於把這個兒媳婦休了。陳芸走之前，跟她的一對兒女交代事情。她女兒已經十幾歲了，年紀不小。她絮絮叨叨的安排，跟女兒說：媽媽走了以後，你就去做童養媳，你婆家挺喜歡你的。就這樣說了半天，小兒子突然蹦出一句：「娘不歸矣！」媽媽不會回來了！這一句虐到無數人。這裡蹦出來「遊子不顧返」，也是同樣的效果。

下一句是「思君令人老」。原來我以為這是個文學修辭，時間流逝，人總是會老，與思不思君無關，只是你在時間的流逝中，時時刻刻都在思念那個人而已。這麼理解其實沒錯。但是，後來我又體會到，**思念一個人真的會讓人老**。如果你生活比較好，本來是不會老的，不管生理還是心理。**只有當你開始思念一個人時，你才會開始全面的衰老。不僅是身體受到折磨、變得衰老，你的心智也在思念中變得成熟**。讓人衰老的不是時間，而是思念。這不是修辭，而是事實。「歲月忽已晚」，不知不覺中，歲月就已經流逝到現在這個時候了。

最後，就是這首詩的金句：「棄捐勿復道，努力加餐飯」，你忘了我吧，別再想了，好好的多吃一點飯。說忘了我、別再想了，當然是說反話，其實是希望對方記住自己，但又心疼對方，不忍心對方受相思之苦，寧可對方忘了自己，這是典型的流行歌曲語體。「努力加餐飯」這樣的句子，也是民間樂府才會有，文人肯定覺得這種意象不雅致。

雖模仿古人寫詩，放的也是自己真材實料的感情

西晉時，陸機把這些古詩擬寫了一遍。陸機是一個貴族詩人，他是三國東吳陸遜的孫子。東吳滅亡時，他參加過保衛東吳的戰鬥，被俘虜到洛陽，後來又放回吳郡。他在吳郡潛心讀書無數年之後，又重新回到洛陽，希望能建功立業。可以想像，他要回到自己被俘虜的地方，重新闖出一片天，需要經歷多麼劇烈的心理鬥爭，又會遇上多少艱難。所以陸機寫羈旅行役、寫思鄉、寫作客他鄉的艱難，都寫得特別好。

陸機模擬古詩，屬於「擬篇法」，就是亦步亦趨，每一句都模仿原詩。一般人會覺得，陸機這樣寫詩有什麼意思，別人寫過的他照樣寫一遍，跟翻拍劇一樣吃力不討好，而且認為他完全模仿人家，肯定沒有真情實感。其實，我親測，擬篇法可以把自己的情感放進去。我都能做到，陸機肯定也能。而且，什麼時候寫擬古詩？一般就是，你在現實中遇到什麼事，突然有個感悟，想寫成詩。但是寫成詩，裡面要涉及你不敢得罪的人，你寫完沒辦法發表。這時可以寫成擬古詩，別人要是看出什麼，你就說這是擬古詩，不是我的真實感受，都是古人這麼說，我才這麼寫。這樣就可以把鍋甩給古人。寧可讓人說你沒有真情實感，也總比得罪人好。所以，**越現實的事，越是要寫成擬古詩**。那麼，陸機在現實中會遇到什麼事，尤其還是讓他不敢直說的事？當然是第二次進洛陽的種種不痛快。

陸機的擬古詩，有他的真實情感在裡頭，他對古詩做了很多改造。比如說，《古詩十九首》

本來有幾種主題，除了羈旅行役之外，也有愛情。但陸機把裡面的愛情都去掉了，專門寫羈旅行役。結合他的人生經歷，我們應該能想到，他寫這些的現實基礎是什麼。

另一個大改造，就是他雅化這些帶有樂府色彩的古詩。他擬古，學習古詩的句式，然後把自己的意象放進去。作為一個貴族詩人，他用的意象，比民間樂府要雅致許多。這就把民間樂府帶進文人文學的領域，這個改變，也是一個文體發展以後，地位提升的必然趨勢。因為過去的文人以作賦為主，當詩的地位高了，文人要寫詩，就得跟民間的詩學習，學他們的句法來寫自己的東西。好比我從小都寫舊體詩詞，但現在古風圈（按：指創作古風歌曲〔融合中西方編曲、樂器、歌唱技巧，在歌詞中融入中國古典文化元素的歌曲〕的圈子）填詞的地位提高了，我也心裡癢癢，想寫，但是我不會寫。不會寫怎麼辦？就天天聽流行歌曲，學習他們的句法，把林夕的好句子改一改填進去。陸機的擬古詩，也可以理解為這樣的學習過程。

擬〈行行重行行〉詩

魏晉．陸機

悠悠行邁遠，戚戚憂思深。
此思亦何思，思君徽與音。

音徽日夜離，緬邈若飛沉。
王鮪懷河岫，晨風思北林。
遊子眇天末，還期不可尋。
驚飆褰反信，歸雲難寄音。
佇立想萬里，沉憂萃我心。
攬衣有餘帶，循形不盈衿。
去去遺情累，安處撫清琴。

基本上陸機的這首詩，與原作每句都對得上。

「悠悠行邁遠，戚戚憂思深」對應「行行重行行，與君生別離」。學習原作疊字的句法，但是措辭比較文雅，一看就是貴族詩人的口吻。聯想到陸機入洛陽的經歷，我們可以想像他是在什麼樣的現實和感觸之下，寫出來這兩句。

「此思亦何思，思君徽與音」對應「相去萬餘里，各在天一涯」。這裡句式對不上，是陸機用自己的方式開展。他用字典雅，情感也更沉鬱。

「音徽日夜離，緬邈若飛沉」對應「道路阻且長，會面安可知」。還是沒有用原詩的句法，繼續以自己的方式發展。原詩這兩句寫得比較平直，陸機沒有採用，而是用了一種濃墨重彩的方式。懷念你的音容笑貌，但是離你終歸是越來越遠，遠得像一個飛上天、一個沉入地。

「王鮪懷河岫，晨風思北林」對應「胡馬依北風，越鳥巢南枝」。這個句式是一樣的，而且都用動物懷鄉來寫人的懷鄉。這句肯定是原詩裡陸機特別看得上的一句，但陸機這麼一置換，還用了典故，意象就比原詩高遠。原作裡的動物是日常生活可見，而陸機的動物是源自典籍。這個置換雖然漂亮，但卻失去原作的生命力，好比**原詩動物是野生的，陸機的動物則是漂亮的標本，讓人不由覺得原作是活的，但陸機的作品不是**。貴族詩人的作品，常讓人覺得不是活的。像「胡馬依北風」這種樂府裡的句子，貴族詩人看了會特別喜歡，就好像貴族小姐看見自由奔放的野小子會很心動。但這種句子，貴族詩人總是學不來，就算是學了原作的句式，最後還是會變成貴族的味道。

「遊子眇天末，還期不可尋」，這兩句對應「相去日已遠，衣帶日已緩」。陸機擬古時，其實也有交叉。比如說，「音徽日夜離」，準確的說是對應的「相去日已遠」。這裡「遊子眇天末」這兩句，對應的是「會面安可知」。在章法上，陸機也會按自己的想法重新安排。

「驚飆褰反信，歸雲難寄音」，對應的是「浮雲蔽白日，遊子不顧返」。表達跟原作相同意思，但陸機用字比較難。原作平易自然，而陸機求新求異，說狂風把消息吹走了，想像奇特。但另一方面，又失去了原詩跳出「遊子不顧返」一句驚心動魄的力量。在這個地方，我覺得原作的好處在於跌宕，意思之間是跳躍的。這個優點陸機沒仿擬出來，也確實不好模仿，因此陸機就用字眼的奇異來代替。

「佇立想萬里，沉憂萃我心。攬衣有餘帶，循形不盈衿。」這四句對應原作「思君令人老，歲月忽已晚」兩句。在這裡陸機特意多寫一韻，說明他也是被「思君令人老」這句戳中。這四句主要還是從「思君令人老」發展出來，詳細描寫思君怎麼令人老，說明這件事他最清楚、最有感觸。這就是陸機的真情實感。某種意義上說，這種根據自己人生經歷得出來的感觸，其實比服務於大眾的流行歌曲更真實。但要體會這種情感，卻有難度。

最後，「去去遺情累，安處撫清琴」，這兩句對應「棄捐勿復道，努力加餐飯」。「努力加餐飯」這種俗詞陸機不能忍，所以換成「安處撫清琴」，這句最能看出原詩跟陸機的區別。這個改變失去原來樂府的特點，所以乍看之下，這處改得簡直是敗筆。但是，我們不能要求陸機寫出樂府的鮮活。如果不和原作比較的話，單看這兩句意象是美的。他寫的其實也是「忘了我吧，平靜的生活」，構思也是從原作而來。我們可以想像，「遺情累」、「撫清琴」就是陸機真實的生活，他是在真實的生活裡，貫徹古詩的意思。

4 辭藻很華麗，情感卻壓抑——曹植詩

說到詩，不得不提一位出生時間比《古詩十九首》晚、比陸機早的才子——曹植。在中古時代，曹植地位是至高無上的。

從實際藝術水準來說，我也認為曹植代表六朝詩的最高境界。**我認為，杜甫以前，曹植是毫無疑問的第一；杜甫以後，曹植還是第一，只不過第二就不是謝靈運了**。當然這是我的看法，別人不見得同意。

鍾嶸說，曹植是直接繼承〈國風〉。〈國風〉在鍾嶸心目中，有至高的地位。鍾嶸認為曹植只有兩個繼承者，陸機和謝靈運，謝靈運也是鍾嶸的偶像，而陸機他給得不情不願。像陸機這樣的旗艦人物，也學曹植，但學得不太像。而謝靈運的偶像就是曹植。謝靈運這樣目空一切的人，還說天下的才共一石（按：音同「旦」，容積單位，通常用來量米，一石為十斗），曹植能占八斗，他自己乖乖跟在後面占一斗，其他世界上所有他看不上的凡人分一斗。由此可見，曹植在中古詩歌史上的地位非常重要。

鍾嶸認為〈國風〉的特點是「文溫以麗」，節制感情，而又文辭美麗，這是鍾嶸心目中的最

高境界。

曹植這一系，就是節制而美麗的。**曹植的人生，算得上大起大落，但他在詩裡表達的感情，始終節制。因為節制，他的詩才更加打動人心**。對詩而言，感情不是宣洩得越多越好，哭得出來是一種演技，但當別人以為你要哭時你沒有哭，這也是一種演技，而且是更高超的演技。節制是詩歌的一種貴族性。

另一方面，曹植節制的只是感情，對於華麗的辭藻，他可是毫不吝惜。追求修辭的華麗，是詩歌的另一種貴族性。因此，曹植是貴族詩人的典型。所謂「情兼雅怨，體被文質」，是指曹植有哀怨的真情，卻用貴族詩歌節制的方式表達；講究文辭，又能以真實的情感去驅遣。這其實是貴族文學的最高境界。

曹植除了寫詩，也寫樂府。陸機寫的是擬樂府，曹植寫的是真樂府。曹植可能是懂音樂的，他媽媽卞夫人出身樂戶（按：指從事吹彈歌唱、供統治階級取樂的人），爸爸曹操則寫過不少樂府，都是能唱的。

樂府和擬樂府有什麼區別呢？打個比方，陸機寫的相當於我學古風圈填歌詞，而曹植寫的就相當於林夕寫詞，差別大概如此。

接下來講講曹植，讓大家看看六朝時真正的詩，真正的樂府長什麼樣子。

曹植對曹丕，沒有嫉妒，而是真愛

侍太子坐

白日曜青春，時雨靜飛塵。
寒冰辟炎景，涼風飄我身。
清醴盈金觴，肴饌縱橫陳。
齊人進奇樂，歌者出西秦。
翩翩我公子，機巧忽若神。

〈侍太子坐〉是曹植的一首公宴詩，是曹丕做太子後，有一次請文藝青年們吃飯，曹植寫下的詩。謝靈運說曹植「不及世事，但美遨遊」。作為一位貴公子，曹植的詩裡表現出一種純淨感，也就是六朝人所推崇的「清」。甚至，在公宴詩這種必定寫得珠光寶氣的題材裡，曹植也能表現出「清」。

我們一般設想一首寫公宴的詩，應該是各種珠光寶氣，或氣氛莊嚴肅穆，像電影《小時代》

（按：改編自中國作家郭敬明同名系列小說，描述四位上海女性日常與工作生活，其場景華麗，因而也招致拜金、炫富的負評）裡的場景。但是，一個真正的貴公子寫這種場合，會怎麼寫呢？曹植從「白日曜青春，時雨靜飛塵」落筆。從自然落筆，特別清新和陽光。這個時候，真正的貴公子，他是看著窗戶外面的。

曹植的詩，永遠洋溢著一種飛動的美，特別是開頭，所謂「陳思工於起調」。曹植對自然美十分敏感，以至於公宴詩的題材，也是從自然落筆，而且是從冷色調的自然落筆。

接下來寫「寒冰辟炎景，涼風飄我身」、「清醴盈金觴」，寫富貴，卻從清涼的觸覺來寫。在當時，夏天能用冰，是很奢侈的事，所以「寒冰」是奢侈品，寫的是富貴，但他卻寫「涼風飄我身」，看起來又是自然的事。涼風不用錢，只要有涼風的季節，誰不能享受涼風呢？但是，這是夏天，是一個沒有涼風的季節，涼風就成了一種奢侈。曹植寫一件奢侈的事，說得好像是誰都能享受的事，這就是貴公子。有些人寫詩總愛誇耀現代的事物，就是學不會曹植這個技巧。你想想看，假如你要寫一首詩，寫吹冷氣，能想起「涼風飄我身」這種表達嗎？你如果寫得像沒有冷氣時的事，那才是上乘之作。「寒冰辟炎景」，是奢侈的，句子也很厚重，體現漢朝人的土豪精神；但「涼風飄我身」，就很自然，體現的就是六朝的「清」。下句也是，「金觴」是漢朝土豪使用的酒杯，但曹植在「金觴」裡，只看到「清醴」，這就是六朝的「清」。從漢朝的土豪裡感受到六朝的清，這就是曹植。

接著他寫到菜肴，寫到歌者，寫奢華宴會上的音樂。最後他點題：「翩翩我公子，機巧忽若神。」在一片聲色犬馬裡，曹植只看到一件「清」的東西，那就是他們的太子，他的哥哥曹丕，風度翩翩，「機巧忽若神」。剛才**對席上那些土豪奢侈品的讚美，當然是表達對東道主曹丕的感激，而在這裡則變成太子曹丕的襯托**。在這一片繁華裡，最引人注目的是曹丕「機巧忽若神」，這是很巧妙的讚美，也可以見出曹植對曹丕是真愛。

到南朝時，曹植的地位已經遠遠比曹丕高，成為貴族的第一代表，所以大家都惋惜，這麼典型的貴族卻沒有做皇帝，於是就把曹丕和曹植，描述成劍拔弩張的關係，這裡面可能投射南朝貴族和皇權的緊張關係。其實，當時理所應當的太子就是曹丕。曹丕和曹植的關係，可能並不如大家所想像。

作為一個貴族，曹植對曹丕、對曹家一直很忠誠，他對曹丕可能是很欣賞的。我們不能用現在宮鬥劇的邏輯，理解當時的貴族。其實，**曹植一生最大的痛苦，不在於他哥哥當上太子，而在於後來和他哥哥分開了**。他有幾首名作，表達的都是跟曹丕分開的痛苦。其中，我最喜歡的是他的〈吁嗟篇〉。

吁嗟篇

吁嗟此轉蓬，居世何獨然。

長去本根逝，夙夜無休閒。
東西經七陌，南北越九阡。
卒遇回風起，吹我入雲間。
自謂終天路，忽然下沉淵。
驚飆接我出，故歸彼中田。
當南而更北，謂東而反西。
宕宕當何依，忽亡而復存。
飄颻周八澤，連翩歷五山。
流轉無恆處，誰知吾苦艱。
願為中林草，秋隨野火燔。
糜滅豈不痛，願與株荄連。

〈吁嗟篇〉寫在曹丕做皇帝、曹植當親王後。曹丕不許親王待在京城，所以曹植從那以後，很難再見到他哥哥，而且他還換了好幾個地方。他寫「轉蓬」，被風吹來吹去的蓬草，其實就是寫他自己。

轉蓬漂泊無定，一會兒上天，一會兒入地，一會兒往東，一會兒往西，完全不能掌握自己的命運。這是鋪陳的手法。曹植的樂府特別豐富，就好像他在〈白馬篇〉裡寫遊俠，十八般武藝都要展示出來。這其實是漢賦的寫法，當然，漢樂府也是鋪陳的。曹植一個寫賦的人來寫樂府，鋪陳起來得心應手，而且鋪陳得特別動感。

轉蓬漂泊了一圈之後就想，自己還不如留在樹林裡，哪怕被大火燒死，總是和自己的根連在一起，也不像現在這麼痛苦。「糜滅豈不痛，願與株荄連。」這是貴族的心情，不管受什麼樣的苦，他也要跟自己的族人在一起，死也要死在家裡。就算被燒死，也不如離開家痛苦。這樣我們就能理解，後頭要講的陶淵明與謝靈運，當他們回到自己家裡時是多麼高興。就像我要回北大教書時，別人勸我說回北大，也不一定有什麼好事，我說：即使沒什麼好事也要回來。當時我就想起這兩句：「糜滅豈不痛，願與株荄連」。從這兩句可以看出，曹植對曹丕的感情很深，要是能回來跟哥哥在一起，當不當皇帝根本不是重點。

情感上的節制、不過分，給人無限回味

送應氏

步登北邙阪，遙望洛陽山。

洛陽何寂寞，宮室盡燒焚。
垣牆皆頓擗，荊棘上參天。
不見舊耆老，但睹新少年。
側足無行徑，荒疇不復田。
遊子久不歸，不識陌與阡。
中野何蕭條，千里無人煙。
念我平常居，氣結不能言。

我們再看曹植的〈送應氏〉，這首詩展現他描寫現實和控制詩歌節奏的能力。這首詩寫戰亂中衰敗的洛陽。令我震撼的是，那麼珠光寶氣、「不經世事」的曹植，竟然可以把這麼真實的景象呈現在他人面前。建安的五言詩，已經在追求語詞的力度，追求把現實還原到紙上，所以建安詩經常被稱為「現實主義」。但是，建安的現實主義，重點並不在寫現實中的事，而是在於把真實的狀況表達出來。這點後來經常被誤解。建安的現實主義，杜甫繼承得比較好，白居易就稍微差了一點。

我很喜歡「不見舊耆老，但睹新少年」兩句描寫。如果讓你描述一場死了很多平民百姓的戰爭，你會怎麼描寫？一般人可能會渲染戰場怎樣血腥、怎樣恐怖。但是曹植卻這樣寫：看不見過去的老人，只看見不認識的少年。如果單拿出這兩句來，放眼看去都是年輕人，沒有老人，好像根本不是一件悲涼的事。但是，這種悲涼是需要細想的，看不見老人，那老人去哪裡了？都死於戰亂了。這就是「細思恐極」（按：網路用語，意思是「仔細想想，覺得恐怖到了極點」）。曹植捕捉了戰後的一個真實現象。他寫的真實，是在人的日常經驗之內，而不是故意獵奇。這就是曹植有節制的地方，因為他寫得不過分，反而會讓你反覆回味。

七哀詩

明月照高樓，流光正徘徊。
上有愁思婦，悲嘆有餘哀。
借問嘆者誰？言是宕子妻。
君行逾十年，孤妾常獨棲。
君若清路塵，妾若濁水泥。
浮沉各異勢，會合何時諧？
願為西南風，長逝入君懷。
君懷良不開，賤妾當何依？

接著，看曹植的另一首樂府〈七哀詩〉。樂府詩其中一個永恆的題材，是女性和愛情，曹植也寫了不少這方面的樂府。從題目來看，〈七哀詩〉不見得是樂府。但是，目前確實看到曹植這首〈七哀詩〉有不同的改造版本，明顯是用於演唱。中國的樂府有「采詩入樂」的傳統，就是本來不是合歌而著的詩，被樂工看中，拿來做修改，讓它可以配合音樂、成為一首歌。以曹植的文學地位和政治地位，他的作品是很有可能被「采詩入樂」的。

「明月照高樓，流光正徘徊。」〈七哀詩〉的開頭也十分經典。從物象起筆，興象高華。「明月照高樓」還是個律句。在建安詩人裡，曹植的句子跟後來近體詩格律暗合的比例偏高，說明曹植對聲音的感覺很好。相較其他的建安詩人，我們讀曹植的詩，會覺得聲調格外流麗。

「明月照高樓」這樣的句子，好就好在自然，看見什麼就寫什麼。但曹植的看見什麼寫什麼，頗具美感，因為他本來是個詩人，他看見的就是美的東西。而且這樣的句子，天生就是歌詞。「明月照高樓」是很簡單的句子，而歌詞就得讓人一聽就懂。因為歌詞是讓人聽的，不是用來分析。現在古風圈的歌詞，堆了一大堆半文不白的話，不看歌詞根本聽不懂，不能算是好的歌詞。「明月照高樓，流光正徘徊」，就是好的歌詞。

這首詩是寫一個獨守空房的女性，思念她遠遊在外的夫婿。曹植是一個男人，但這首詩是女人的口吻，不是他自己的口吻，稱作「代言體」，**樂府經常採用代言體，就像寫流行歌曲，很少有作詞人以自己的身分寫**。比方說林夕寫歌詞，經常是用女人的口吻，就算用男人的口吻，也不見得就代表是他自己。有人曾經問林夕：你是一個男人，怎麼知道女人的心理呢？林夕則回應說：我是雌雄同體，要我做女人，我就可以做一個女人。詞人就得有這本事，雌雄同體，隨時能人格分裂。

曹植也是，作為一個男性，對女性愛情心理的描寫也很到位。比如這句「君若清路塵，妾若濁水泥」，就是很經典的比喻，像張愛玲說的「低到塵埃裡」，描寫女人在愛人面前的心理體驗。即使是一個很高貴的女人，就算愛人沒有輕賤她，但她的心理體驗就是這樣，覺得自己是卑微、輕視、不值一提的。女人的這種愛情心理，曹植拿捏得很到位。當然，他可能是把自己做臣子、做藩王的心情移植過來。

「塵」和「泥」本來是同一個東西，但別人就那麼乾淨、自由，可以到處飛，飛得那麼高；而我就拖泥帶水、髒兮兮的，只能在低處待著。最重要的是，我也不能跟著他到處飛。而且，塵和泥是隨處可見的東西，這就是樂府的語言。像這種情歌，就不應該唱「清醴盈金觴」。

「願為西南風，長逝入君懷。君懷良不開，賤妾當何依」的愛情心理描寫，也很真實。做一陣風，吹到愛人的懷裡，這樣的想像很美。直接說到人家懷裡去，很直白大膽。這也是流行歌曲的語言。聽流行歌曲長大的人，讀到這樣的句子很容易會被打動。而且，這個句子有連續性，上一句說「君懷」，下一句還是「君懷」，也就是「頂真」，如此一來，這四句就是同一個區塊，不像近體詩是一句一句獨立。當詩句各自獨立，就會注重修飾每個句子，形象性強；四句一起出來，就會注重敘事性，完完整整說一件事。這種連續性，特別是下句重複上句，也是樂府的語言特點之一。

我想撲進你的懷抱裡，這句說得直率，她已經豁出去了。結果下句卻是「君懷良不開」。我都要撲到你懷裡了，結果你一個大男人還「不開」，你讓我「當何依」啊。這樣的描寫，真的是低到塵埃裡。不過大家要注意，詩人說話不可當真。真的遇到喜歡的男性，可千萬別像這樣低到塵埃裡，現實裡這種情況沒有審美可言，只會顯得這女人過於卑微。

什麼情況下說這種話才美？就是這個男人也是真心愛這個女人，女人在有充分安全感的前提下，這麼跟他撒嬌，才有審美性。也就是說，只有確定他不會把你踩到塵埃裡，你才可以把自己放進塵埃。他捧著你，你才可以「犯賤」。所以，這首詩的口吻是撒嬌，不是抱怨。她說「君懷良不開」，不是那個男人真的拒絕她，而是催促男人趕快打開懷抱，也就是說，趕快回來。

對照這首詩，**一首好的樂府，它的語言簡單，但設想奇特、用詞大膽。最重要的是，從頭到尾很流暢**。像陸機那樣一句一句仿寫，就是擬樂府，不是真樂府。當然，擬樂府有擬樂府的美。我們現在填格律詞，就是強調擬樂府的美。但如果要寫歌詞，還是得學真正的樂府。

5 明明很會考試，卻故意寫零分——陶淵明詩

陶淵明在中古的詩人裡，是個特例。中古的詩，發展趨勢是貴族性，但陶淵明的生平我們知道，跟其他詩人不一樣。

首先，他出身不高。家裡雖不是麻瓜，但是也不是王、謝那種等級，而是士族的邊緣。陶淵明，只是一個太尉的曾孫而已。而且從他曾祖父以後，他們家就沒落了，他爺爺和爸爸，都只做到五品官。

這麼一說，你好像覺得，陶淵明的家世也算不錯了。一方面，陶淵明的家世確實還可以。比陶淵明稍晚一點的謝靈運，被認為是最典型的貴族。但從官銜上論，其實陶淵明的家世跟謝靈運差不多。陶淵明的曾祖父陶侃，跟謝靈運的曾叔祖父謝安，級別差不多，都是東晉王朝的國家棟梁。只是陶淵明的爺爺比不上謝靈運的爺爺。而陶淵明的爸爸，跟謝靈運的爸爸一樣，都是普通的五品官。所以說，**陶淵明還是屬於士族，不屬於庶族**。至少他小時候的教育不會差。

另一方面，在當時的人看來，陶淵明家族跟謝靈運家族比，還是差了一截。謝家是標準的門閥士族，既有政權、軍權，又掌握文化上的話語權，不僅是軍事貴族，更是文化貴族。**陶家跟謝**

家的差距，不在沒有掌握政權，而在於他們家沒有掌握過文化上的話語權，不是文化貴族。

陶家這樣的家族，在當時被叫做「兵家」。為什麼叫「兵家」呢？不僅因為陶淵明的曾祖父陶侃靠軍功起家。帶兵打仗的不一定都叫「兵家」，王、謝也帶兵打仗，但是王、謝並不是兵家。當時說「兵家」，就像現在說「碼農」（按：Coder，通常指只會寫一種程式語言，缺少訓練或沒經驗的程式設計師，收入低、工時長。這個詞有時也會用於自嘲）。碼農是不是知識分子？當然是。但在知識分子內部開玩笑時，又有一個鄙視鏈，碼農在這個鄙視鏈裡是處於底層、不利的位置。比如說，假設你既會寫詩又會寫程式，那當你參加一個詩歌沙龍時，大家就不會介紹你是碼農，而會說是詩人。但如果你不會寫詩、只會寫程式時，大家也沒辦法跟你交流詩，只因為你可以幫忙寫程式才叫你來，這時你就是一個碼農了。

也就是說，你因為有點用處，而能在知識分子圈裡混，但沒有其他任何知識分子屬性，就是碼農。兵家也是相同道理。因為你保家衛國，因此大權在握，而進入門閥士族的圈子裡，但除此以外你沒有任何貴族性，這種就是兵家。陶侃後來也握有大權，但他沒有貴族性，只會打仗，所以被稱為兵家。我們知道陶侃最有名的事蹟，就是搬磚練身體。

陶家是兵家，而後來陶侃的兒子和孫子，也就是陶淵明的爺爺和爸爸，都沒立下特別的功業，相對於陶侃這個了不起的軍人，以及陶淵明這個了不起的詩人，他們就屬於爆竹。所以陶淵明的出身不上不下，屬於士族的邊緣。他小時候也有機會受到士族的教育，跟士族的小孩一起長大，但是長大找工作時，就只是普通的大學畢業生而已。

八十幾天的彭澤縣令，其實另有目的

不過，陶淵明有一個比較厲害的外祖父孟嘉，是當時的名士。據說，重陽節時孟嘉跟人在山上聚餐，風把孟嘉的帽子吹走，他竟還渾然不覺。孟嘉這種呆萌的氣質很受時人讚賞，所謂「看他那個樣子就是個詩人」，東晉人就是喜歡這種。孟嘉是很有貴族性的人，這樣說來，陶淵明的媽媽還是個名門閨秀。也許有些人家裡就是這樣，爸爸忙著掙錢，不懂文學，但有個文青媽媽。陶淵明他們家就屬於這種情況。

其次，陶淵明的工作履歷也很普通。他早年都在不同人手下做幕僚。當然，東晉的士族子弟大多是從做幕僚起家，這沒什麼可恥，但如果你做幕僚，卻一直升不上去，就是個問題。陶淵明做過最大的官，是眾所周知的彭澤縣令，一共只做了八十多天。縣令，就是縣長。陶淵明辭官的理由我們也都知道，要他接待上級，他說：我不能束帶向鄉間小兒。意思是說他不能穿西裝、打領帶，去向一個鄉間小兒行禮。他鄙視官階比他高的人，不願為俸祿而屈就，這就是著名的「不為五斗米折腰」。後來，他就辭官了，從此成了一個隱士。他這個光輝事蹟，簡直帥到破表。

但是我們要知道，按照中國人的傲嬌，這種特別戲劇化的理由，往往不是真實。當然，當時陶淵明一氣之下就辭官的情緒，可能是真的，但是他為什麼一氣之下就想辭官、為什麼一氣之下就能辭官，這背後其實得有更充足的遠因。關於這件事，我還得補充點歷史背景，讓大家知道陶淵明辭官的情景。

陶淵明生活的時代，是**東晉末期**。當時，司馬家已經風雨飄搖，幾路軍閥在爭權奪利，準備成立新的王朝。當時**最有實力的軍閥，可以簡單劃分為兩派，一派在荊州，一派在揚州**。六朝軍閥的荊揚之爭貫穿始終，雙方互相爭奪。東晉末期，劉裕是揚州一派，荊州是桓玄的地盤。最後是揚州這邊得天下，劉裕建立劉宋。不過在陶淵明年輕時，是桓玄這邊的勢力比較大。

在雙方爭權的過程中，士族總得選邊站。許多貴族初期都在閃躲，但最後躲不過，總得被拉到某一邊。所謂「大難臨頭各自飛」，王、謝兩家的孩子，有支持劉裕隊的，也有人支持桓玄隊，一家子就站不同陣營。後來，劉裕一統江南，大家又見面了，照樣若無其事過日子。

不願意選邊站的，就得想辦法躲。陶淵明也是想辦法躲的那種，而且我們都知道，最後他成功了。當時，陶淵明比較傾向於哪一隊呢？陶侃一直經營的是荊州這塊，所以，陶家和桓家其實關係比較好，陶淵明理論上屬於桓玄這隊。中古時候，誰歸哪邊很不一定，誰把誰的人拉過去都有可能。當時劉裕也在爭取他，陶淵明雖然不是什麼旗艦人物，但也是多拉一個是一個。

當劉裕拉攏陶淵明時，陶淵明就在思考怎麼躲過去。**想躲就得隱居，隱居就得有地**。當時，做縣令可以得到五頃地，而且卸任之後也不用退還，就歸個人，即便只當一天縣令，這塊地也歸他。於是，陶淵明去找劉裕，說他要當縣令。劉裕一聽陶淵明居然主動來找他，簡直大喜過望，就安排他做縣令。結果，陶淵明只做了八十多天就辭職了。當然我不是說陶淵明做縣令就是為了這塊地，但反正他終究是有了地，接著他就開始隱居。

隱居看起來跟做官是相反的，不是貴族行為。但是在中古，士族子弟辭官歸隱很常見。中古士族的收入不只來自俸祿，還有莊園，後者是他們收入的主要來源。中古士族子弟之所以能制約皇權，就是因為他們不用靠皇上吃飯，不高興就辭官歸隱，所以他們有一定程度自由。當然，這個自由也不是無限，皇上能殺他們的頭，不像戰國時代能逃到國外，讓國君逮不著。比起戰國時代，中古士人的自由已經是相對的。但是，自主性還是有的，至少不用依靠皇上過生活。

既然不需要皇帝發的薪水，為什麼還要上班呢？因為上班別有目的。對於普通人來說，比如我不上班，不會馬上餓死，但我在北大當老師，相對於做全職主婦，我爸爸媽媽和先生會覺得更光榮一點，我也覺得這份工作有意思，在家會無聊，所以我就來上班。對於士族而言，一個家族要持續有人做官，才能維持士族的地位，就像大學教授要持續發表論文，才能維持教授的地位，但並不是靠著論文來賺錢。**如果只是家裡有莊園，但沒有人做官，不能稱作士族**。

這種士族，皇上愛用嗎？皇上的心情，其實很複雜。就好比一間公司的老闆，比較願意用家裡窮的人呢？還是想用家裡不缺錢、不為錢工作的人？老闆內心應該很糾結。從機率來看，除了窮且益堅（按：處境越窮困，意志越堅定）的人，或特別有貪欲的人之外，正常人如果很窮，需要這份薪水，通常對公司的忠誠度比較高，但在具體利益上容易斤斤計較；相反的，如果不是為了錢工作的人，也許不太計較利益，但也可能不把老闆當回事。當然這兩種人老闆都得用，但各要招用多少、讓他們做什麼工作，這是老闆永遠要考慮的問題。

陶淵明家可能沒有謝靈運家顯赫，但是從大分類上看，還是屬於不為錢工作的。陶淵明辭官歸隱，雖是不慕名利，但其實也體現出貴族性。我認為，**陶淵明是以反貴族的方式達到貴族**

性。陶淵明能成為一個文化偶像，就是因為他代表這樣的貴族性。

有一個著名的傳說，說陶淵明隱居以後，某年重陽節沒有酒喝。這時，當朝的權貴王弘，就是王導的重孫、王羲之的侄孫，送酒來給他。王弘穿著白衣，也就是沒有官品、普通老百姓穿的衣服，親自送酒。這就是「白衣送酒」。王弘穿白衣，首先表示他不是以高官的身分前來，而是以老百姓的身分送酒給陶淵明，說明他們是布衣之交，讓陶淵明不用在意結交權貴的嫌疑，不用擔心他是劉裕的人。另外，我個人覺得，王弘穿著休閒裝來，也是一種情趣、風度。

另一種說法，是王弘派了一個穿白衣的傭人來送酒，但這樣就沒意思了。這身白衣，要王弘自己穿才有趣。在這裡，王弘也是以一種反貴族的姿態，表現出貴族性，因為**只有大貴族穿白衣才是風雅，他們穿休閒裝，越顯得自己是貴族。只有不入流的小吏，才會出門散步也穿皮鞋**。從這個故事也可以看出，反貴族的姿態仍然是一種貴族性，跟平民性還是有區別；反貴族的姿態，在當時的士族社會中是一種普遍風氣，不光只有陶淵明如此。反過來說，陶淵明也有士族社會的風氣，並不是真的平民。不是誰送酒來，陶淵明都喝的，也是得看臉。

❀ 貴族該怎麼寫詩，陶淵明就偏不跟上

第三，陶淵明的詩不像一般貴族的詩。什麼叫典型貴族詩，請看前面的陸機，和後面要講的謝靈運。**詩的貴族性，最起碼要辭藻華麗，講求對仗、聲律、用典，句式要文雅，用字要有力度，**

所謂「一字千金」。這是整個六朝詩的發展趨勢。**可是，陶淵明偏不跟上，每一條他都反著做。**

論對仗，陶淵明的詩也有對仗，但是不像陸機和謝靈運他們那麼誇張，一對一大篇，他就是偶爾才對仗，有時候還故意錯一點，或對得讓人看不出來。其實他是講聲律的，陶淵明的詩在那個時代算是很和諧的了。

一般認為，格律到了永明時代（按：指南齊武帝在位時期，南齊在劉宋之後）才出現。但其實在永明之前，特別是陶淵明和謝靈運的時代，已經有不少律句。陶淵明和謝靈運的律化程度，沒辦法跟永明之後比，但跟同時代的人比都算是高的。為什麼呢？我猜測跟印度文化有關。

許多人研究，印度的梵語詩學講求格律，中國詩的格律則是受梵語詩學影響。印度文化影響中國，可不是從永明時代才開始；在陶淵明和謝靈運的時代，正是佛教在中國擴大影響之時，而他們都算是接觸佛教較多的人。佛教傳播，與佛教相關的印度文化，特別是音律學，也跟著一起傳播。這個時代，正好也是梵語詩學的經典《舞論》傳播的時代。陶淵明和謝靈運有沒有接觸過《舞論》，或者接觸類似討論格律的詩學著作呢？不無可能。在南朝，討論格律的先鋒，往往都是佛教徒。

但是，我們感覺不出陶淵明的詩有格律意識。因為一般講格律的詩，特別是技巧還不太熟練的人寫格律詩，都可以感覺到其句式有一種套路，因為得應付格律規範。一般的格律詩，我們一看其語言就跟平常的語言不同。一樣是七個字，不講格律隨便寫，跟調完格律後的句子，語法肯定差很多。**能寫出看似日常的語言，而且還合格律，必須是很厲害的高手才能做到。陶淵明的詩**

在當時，就是這種情況。這也屬於以反貴族的方式實現貴族性。

所以，不要說陶淵明多麼自然、隨意，他也是特別用心經營，才能達到看似很自然、很隨意的效果。因為他在聲律上的精心講究，我們才會覺得，陶淵明的詩讀起來很舒服，聲音效果很和諧，跟同時代其他人的詩相比，讀起來順暢許多。就好像有錢人穿的休閒衫，其實都是很貴的。

陶淵明也用典，但是他用的典，我們即便不知道，也不至於無法理解他的意思，這就是用典的高手。這種用典的方法，也屬於以反貴族的方式實現貴族性。陶淵明的詩裡，我們看不到文雅的句式、華麗的辭藻，讀起來像是隨性說話，但又絕對不是隨便說出的話。我們看陶淵明的詩，處處都跟貴族化的詩反著來，但是又處處體現貴族性。

陶淵明的詩，等於是不施脂粉，是素顏。素顏最考驗顏值。要是不追求好看，素顏的確很省事；但如果又想素顏、又想好看，那必須底子好。而底子要怎麼樣才會好？其實就是靠保養。陶淵明在大家都不化妝就不出門的時代素顏，拚的是底子。也就是說，詩在形式上毫無貴族性時，仍然表現出貴族的風度，才是好詩。陶淵明有價值的地方，不在於他不上妝，而在於他底子好，有貴族的風度。沒有任何形式上的講究，他憑氣度、憑人生智慧的光芒，從從容容的文字，就足以打動人。學陶淵明，不是學他不化妝，而要學他培養好底子。

網路上曾流傳過一句話：「我抽菸、我喝酒、我紋身、我打架罵髒話，但我仍然是一個好女孩。」用在陶淵明身上，就是說：「我出身於兵家，我不做官，我寫詩不講形式，但我仍然是一個好貴族。」當然，算不算是好女孩，算不算是好貴族，見仁見智。但我可以肯定，靠抽菸、喝酒、紋身不能成為好女孩，光靠不做官、寫詩不講格律也不會是好貴族。你想要這麼做的話，必須有其他過人的長處。

我們可以試著理解，當時為什麼會有人喜歡陶淵明。其實，貴族的心裡有焦慮：到底貴族性是什麼？是不是出身於什麼樣的家庭、做了多大的官、寫詩講形式講格律，就是貴族，做不到就不是？如果是這樣的話，貴族也太沒意思了。因為這些外在的東西，跟這個人本身都不是必然結合，可以隨時被剝奪。當一個人被剝奪了這些身外物之後，就不再是貴族了嗎？所以，大家都想追求更本質的東西。如果我不是貴族出身、沒有體面的工作、不那麼用力寫詩，我還可以是一個美好的人類嗎？陶淵明告訴你，可以！所以，陶淵明的出現，讓大家找到解答，太高興了，才會把他當成偶像。

我最喜歡陶淵明的地方，就是他的詩好像隨便說說，意象很普通，節奏也不是特別緊湊，想起什麼就寫點什麼，不討好誰，也不想讓誰看了驚嘆。甚至，我覺得他有點故意，全世界都寫好的東西，他偏偏反向寫。好比寫考卷，全部題目都作答的情況下，考一百分和考零分難度是一樣的。謝靈運就是一百分，而陶淵明就是考零分的。

讀陶淵明的詩，讓人覺得他是個把世界看得透澈的人，心平氣和的跟我們話家常。他的內心通透，所以他說出來的每一句話才會通透。他不急著把每一句話都送到我們的耳朵裡，因為他知道，這樣也不見得有用。我們能聽懂哪些算哪些，一切隨緣。

真正的貴族，不怕吃苦

歸園田居　其一

少無適俗韻，性本愛丘山。
誤落塵網中，一去三十年。
羈鳥戀舊林，池魚思故淵。
開荒南野際，守拙歸園田。
方宅十餘畝，草屋八九間。
榆柳蔭後檐，桃李羅堂前。
曖曖遠人村，依依墟里煙。
狗吠深巷中，雞鳴桑樹巔。
戶庭無塵雜，虛室有餘閒。
久在樊籠裡，復得返自然。

「少無適俗韻，性本愛丘山。」我從小就不愛跟大家一樣，我喜歡看自然山水。這句就不符合主流的貴族特徵。照理說，貴族家孩子得上進，不管念書還是打遊戲，什麼都要會，這是主流的貴族。但是這裡有一個悖論，就是真正的貴族又應該不功利，貴族生下來已經不愁吃穿，如果再功利，就是貪婪、人品不好的表現。追求功利是一種寒素性，寒素追求功利是可以諒解的。當時社會默認的分工是「寒素求功名，士族養清望」。**矛盾的是，貴族天生就該追求榮耀，但是追求榮耀，又會失去貴族性**。在這個矛盾下，陶淵明選擇以反貴族的姿態實現貴族性。陶淵明說，我做不到，我從小就是不求上進的孩子，什麼都不做只愛出去玩，不追求榮耀、不追求貴族性。結果，他因為不追求貴族性，反而獲得貴族性，因為不追求本身就是一種貴族性。

東晉南朝不是只有陶淵明一個人「愛丘山」。當初，謝安本來也是想在東山當一輩子的米蟲；後來的謝靈運，也是「愛丘山」的。所以陶和謝的距離，沒有我們所想的遠，田園和山水的界線也不是絕對。陶淵明和謝靈運，其實就是貴族性的一體兩面。

「誤落塵網中，一去三十年。」我愛山水但是愛不成，受到「塵網」的束縛，必須承擔社會責任。這裡的「三十年」，也有一說是「十三年」，因為陶淵明做官沒做那麼長，「十三年」可以對得上。但這就看我們怎麼理解「塵網」，若從進職場開始算，那是十三年；若是從一生下來開始算，從小好好學習，大人對你寄予厚望，自己那顆「愛丘山」的心只能壓抑著，你一直都在塵網裡，那就是三十年。我們常常想像，童年應該是無憂無慮、超脫世外，其實，童年從來都不能超脫，**只有自己具有一定的能力之後，才能獲得相對的自由。人從出生起，就在塵網中。**

在世俗塵網中，像陶淵明這麼有強烈自我意識的人，肯定不甘心。「羈鳥戀舊林，池魚思故淵。」他總是想著小時候「愛丘山」的志向。這兩句其實也是模仿〈行行重行行〉中的「胡馬依北風，越鳥巢南枝」。不過，就算不知道，也不妨礙我們理解這兩句。從文學技巧上看，他模仿古詩的造句，跟陸機一樣。不過，他這種強烈自我意識，其實就是貴族的特徵。他想要怎麼樣，有自己的判斷，不是社會主流觀念說什麼好，就覺得什麼好。

陶淵明騙了劉裕一大片地，一生氣就辭官回家。「開荒南野際，守拙歸園田。」「開荒」這個詞，就是陶淵明發明的。他開的荒，就是當縣令得到的這塊地。但是，不能明說自己騙到一塊地，所以說「開荒南野際」，這是詩意的說法。官場的事，他做不了，「守拙」回家。這是對貴族官場的抗拒，但「守拙歸園田」又是中古士族子弟的典型選擇之一。

「開荒南野際，守拙歸園田」，看起來好像是隨口說說，但是這裡面自有他的態度。他沒有很強烈的反對情緒，他承認自己因為拙，才去種田，但是「承認自己拙」的裡面，包含一種很深的輕蔑。越是輕蔑，越要寫成不求上進、歲月靜好（按：原句為胡蘭成所說「歲月靜好，現世安穩」，表示只求生活恬淡、平安度日，不求名利）。

開荒以後的田園是什麼樣子？「方宅十餘畝，草屋八九間。」陶淵明繼續看見什麼寫什麼。他的田園很小，不是謝靈運家那樣有山有湖。這就是現實主義的寫法，寫微小之處。我就只有這麼破莊園，風能進，雨能進，但劉裕不能進。**陶淵明經常黑自己很窮，但他從來不哭窮。自黑基於驕傲，是有風骨的表現；但哭窮就沒有美感。**

陶淵明接著寫：「榆柳蔭後簷，桃李羅堂前」。房子後頭有榆樹、柳樹，房子前頭有桃樹、李樹。這兩句其實沒有特殊意義，只是看見什麼寫什麼。但這兩句有對仗，都是寬對，稍微錯了一點點。其實，陶淵明本來可以寫「榆柳蔭簷後，桃李羅堂前」，這樣就是正常的對仗，但他偏不要。只錯一點點，畫面就生動起來，這就是「古風」。前一對句「十餘畝」對「八九間」，也是似對非對。謝靈運寫〈山居賦〉，拚命誇耀自己的莊園有怎樣珍奇的動植物；但陶淵明寫自己的莊園，卻說我沒什麼好東西，只有柳樹、榆樹、桃樹、李樹。

往遠處看：「曖曖遠人村，依依墟里煙」。遠處有村落，民居中間升起幾縷裊裊炊煙。遠處也沒有好東西，但這個情景，帶有一點人間煙火的氣息，居然能寫得這麼唯美。這兩句是典型的律句，對得很工整。所謂「看景不如聽景」，即使只是很平常的景致，詩人念出來就覺得美。

「狗吠深巷中，雞鳴桑樹巔」，這裡更是隨意，狗、雞這類當時不入詩的東西都出現了，還一本正經對仗。陶淵明寫日常生活的東西，都有典故，「狗吠深巷中」源自漢樂府，「雞鳴桑樹巔」取自《詩經》典故。寫詩不用怕寫日常生活中的東西，但一定要有典故。越是平凡、不入詩的東西，越要有典。

這幾句對仗，都運用賦的寫法，寫田園各種面貌。用描寫的手法、對仗的句式，說我的莊園裡有什麼，本質上跟謝靈運〈山居賦〉寫法相同。只不過，謝靈運描寫的莊園裡，都是珍貴、稀奇的東西，而陶淵明寫了日常的物件。

《世說新語》裡有一個故事，古時候，七月七日那天要晒衣服。阮籍的親戚家拿好多綾羅綢緞出來晒，其實就是順便炫富。阮籍說他家很窮，沒有綾羅綢緞，就拿他的五分短褲出來晒吧。「不能免俗，聊復爾耳。」其實他也不至於窮得只剩一條短褲，這就是貴族風度，調侃自己，所以《世說新語》將這一條收入〈任誕篇〉。謝靈運就像晒綾羅綢緞的人，而陶淵明就是晒短褲的阮籍。陶淵明說，雖然我家只有這些普通的東西，但也拿出來晒一晒，「不能免俗，聊復爾耳」。陶淵明寫自己平凡的莊園，相對於當時別人寫有錢的莊園，等於是構成反諷。但是，他寫莊園的本質跟別人一樣。謝靈運寫是示威，陶淵明這樣寫也未必不是示威。

晒完褲子，陶淵明來了個收尾。「戶庭無塵雜，虛室有餘閒。」雖然我這園子很普通，但也沒有那些亂七八糟的東西。「塵雜」就是「亂七八糟的東西」。空空的房間，沒有什麼家具，當然也沒有亂七八糟的人來，所以是「虛室」，有好多剩下的空間。房子不大，但沒有討厭的人來訪，就夠住了；詩人沒什麼貴族地位，也就沒有雜事來煩他，很清閒。清閒也是一種貴族性。貴族不用為生計而奔波，在家還有傭人伺候；但如果貴族出去任官，就清閒不了，可能還比為生計奔波的普通人累。如果不去工作，反而可以閒下來，更像理想的貴族。所以要想高貴，與其用不貴族的方式，去爭取多高的地位，還不如像這樣不花一點力氣，更能得到清閒。這又是用反貴族的姿態實現貴族性。

最後，「久在樊籠裡，復得返自然」，照應前面「誤落塵網中」。我被世俗羈絆太久，終於可以回到自然的狀態。這個「自然」，不僅僅是指我們今天說的大自然，而是指他「少無適俗韻，性本愛丘山」的自然本性，是自我的自然。我本來就是這個樣子，終於回到我本來應有的樣子。

回到「自然」，這是陶淵明最滿意的地方。

歸園田居　其三

種豆南山下，草盛豆苗稀。
晨興理荒穢，帶月荷鋤歸。
道狹草木長，夕露沾我衣。
衣沾不足惜，但使願無違。

種地不是什麼雅事，陶淵明寫到詩裡，也是當時的「實驗作」。大家不要相信陶淵明的地都是他一個人種，陶淵明家裡有僮僕，他們家的勞動主力還是僮僕。要靠陶淵明自己種地，那他早就餓死了。當然，他寫詩時會說自己快餓死了，但是讀六朝人的文章，要記得一條基本原則：千萬不要相信他們會示弱。他說他快餓死了，其實沒有。只不過是陶淵明不做官，他有興趣、有時間，會親自到田裡看一看，他寫他自己種地的情節，都帶點玩的性質。

「種豆南山下，草盛豆苗稀。」這裡又是陶淵明自黑了。他說，我要開始種豆子了，但我並不會，所以種得**「草盛豆苗稀」，帶有一點自嘲的幽默。陶淵明是誇耀自己不會種田，而不是誇自己會種田好厲害**。這兩句其實都是律句，但是聲律上不對仗。

「晨興理荒穢」，早上起來，去治理「荒穢」，聽起來很辛苦，但是「荒穢」這個詞用得很雅致。「帶月荷鋤歸」，雖然也很辛苦，但想像一下，這其實是一個很優美的畫面。我懷疑陶淵明去種地，不是為了豆子，而是為了這一張「自拍」。這兩句也是律句，跟「無為在歧路，兒女共沾巾」是同一個調子，聲情很美。

「道狹草木長，夕露沾我衣。」雖是看見什麼寫什麼，但「夕露沾我衣」一句又帶有美感。寫詩可以隨意，但是千萬別忘了在不經意間，帶出這樣的美感。

「衣沾不足惜，但使願無違。」「衣沾」貼著上一句。從優美的意象引出議論，很自然。衣服沾了露水沒什麼，只要沒有違背自己的心願就好。這簡直是宣言了。身為貴族親自種地，讓衣服沾了露水，這是不貴族的。但堅持自己的心願、不委屈自己，又是典型的貴族性。比起不讓衣服沾上露水，保持自己強烈的自我意識，顯然是更重要的事。小心翼翼不弄髒自己的西裝，但委屈自己內心的人，稱不上是貴族。**真正的貴族，為了堅持自己的心意，是不怕吃苦的**。因為有這種高昂的自我意識，所以露水打溼衣服，反而成了一種審美的體驗。

6 隱居，是對世界的抗議——謝靈運詩

還舊園作見顏范二中書

東晉・謝靈運

辭滿豈多秩，謝病不待年。偶與張邴合，久欲還東山。
聖靈昔回眷，微尚不及宣。何意衝飆激，烈火縱炎煙。
焚玉發崑峰，余燎遂見遷。投沙理既迫，如邛願亦愆。
長與歡愛別，永絕平生緣。浮舟千仞壑，總轡萬尋巔。
流沫不足險，石林豈為艱！閩中安可處，日夜念歸旋。
事躓兩如直，心愜三避賢。託身青雲上，棲巖挹飛泉。
盛明蕩氛昏，貞休康屯邅。殊方咸成貸，微物豫采甄。

> 感深操不固，質弱易扳纏。曾是反昔園，語往實款然。
> 曩基即先築，故池不更穿。果木有舊行，壤石無遠延。
> 雖非休憩地，聊取永日閑。衛生自有經，息陰謝所牽。
> 夫子照情素，探懷授往篇。

陶淵明是歸隱的典型，但中古士族不是只有他一個人歸隱，好多人都動過歸隱的念頭，包括以奢華著稱的謝靈運。

謝靈運以其貴族性和寫山水詩著名，他在中古時代的文學地位，可以說是除了曹植以外至高無上。現在一般說謝靈運是山水詩人，陶淵明是田園詩人，嚴格討論山水和田園的界限，接著認為謝靈運和陶淵明截然不同，最後再誇一下陶淵明、貶一下謝靈運。但我的看法並不是這樣。謝靈運也歸隱過，也寫過田園詩。

謝靈運是謝玄的孫子，出生於西元三八五年。他出生前不久，強大的前秦軍隊在淝水之戰中，莫名其妙敗給他爺爺領導的弱小東晉軍隊，前秦皇帝苻堅回去以後就死了，前秦接著分裂。

謝靈運三歲時，他父親謝瑍死了。謝靈運小時候很聰明，謝玄很喜歡他，說：「像我這樣的人，生了不太聰明的謝瑍；但像謝瑍這樣的人，居然能生出謝靈運。」但是，謝靈運六歲時，謝玄就過世了，因此謝玄的「康樂公」爵位就由謝靈運承繼。謝家人以「子孫難得」為理由（但我覺得，是怕他把家人都剋死），把他送到錢塘，一個信奉天師道的杜姓人家裡寄養，因為是做客，所以小名就叫「客兒」。謝靈運十五歲時，杜家人把他送回建康的烏衣巷。後來，天師道就在會稽郡起事——就是王凝之拜神，謝道韞拿劍衝出去那回，在會稽郡的王、謝兩家損失慘重。謝靈運回建康後，東晉的國運一天不如一天，後來劉裕奪取政權，成立劉宋王朝。

謝靈運一輩子作死很多次，這裡就挑一件與他歸隱有關的事蹟。謝靈運在建康做康樂侯時，他的一個妾跟軍人私通。謝靈運知道後，就把軍人殺了，將其屍體扔進護城河。屍體泡脹以後，順著護城河漂了一圈，於是，全南京的人都知道了，影響極大，朝廷中有很多人都想要彈劾他。這時，寒素的力量正在上升，貴族就是招人嫉恨的存在，正好出現謝靈運這個目標。

這時候王弘想護著他，畢竟王、謝兩家百年好合。但是，這種情況下是怎麼也護不住，王弘只好說：我沒辦法保你，就只好爭奪揍你的權力了。與其讓那些寒素來揍你，還不如我王家的人來揍你，下手還能有點分寸。就這樣，王弘親自來彈劾謝靈運。最後的結果是，謝靈運外放為永嘉太守，離開南京。一般認為，謝靈運外放永嘉太守這件事，反映寒素與士族的矛盾。

謝靈運做永嘉太守期間，非常鬱悶，寫了很多詩。一個人開始集中寫詩時，不管他表面看起來多麼平靜、開朗，但他內心一定非常痛苦。永嘉的山水很好，謝靈運因此寫了很多山水詩，每首都是精品，於是奠定中國山水詩的基礎。

雖然奠定中國山水詩的基礎，取得偉大的文學成就，但這也不能改變謝靈運在永嘉過得不高興的事實，所以他想辭職。謝家世世代代都在會稽郡經營別墅，而謝玄的別墅就在始寧。謝玄的始寧別墅是一個很大的莊園，謝靈運就想回到爺爺的莊園，在那裡，他的生活不會比當官差。

當時，謝靈運要寫辭呈，他謝家的堂弟都勸他別寫，說這種敏感時期你給皇上難看，更讓人討厭了。但是，謝靈運一旦想作死，是誰也攔不住的。後來，謝靈運一作再作，果然沒有好下場，最後在廣州被砍頭示眾了。不過，這都是後話。

總之，這次他就辭職了，回始寧歸隱一段時間。本節所選這首詩，就作於他歸隱始寧期間。

這世界太可怕，我要回去爺爺的老家

謝靈運的詩不好懂。他的風格是「英雄欺人」，表明自己就是學問大、才華高，他寫詩就是要讓人看不懂。這是中古詩學的一種追求，謝靈運則把這個趨勢發展到極致。謝靈運是中古詩歌貴族性的典型代表之一。

本節選的這首詩，在他的詩作中算是不好懂，主要是為了說明，謝靈運也寫過田園詩；另外，也可以跟陶淵明的田園詩比較，對陶、謝的區別有更清楚的認識。中古時，大多數人是追求寫成像謝靈運這樣，陶淵明則是這個時代的變數。

謝靈運這首詩，是他歸隱期間寫給他兩個朋友。第一部分的意思大概是：我合約期限快要到了，不再續約啦！我身體不好，雖然還沒到退休年齡，但我準備要退了。我的心意跟漢朝的張良、邴漢一樣，想要辭官歸隱，回到我們謝家在東山的莊園。這一段是寫他自己要辭職了。

接下來一段，說他淪落到今天的前因後果。先帝在位時，很維護我，但是我沒能升官。沒想到後來遇上一場大火，又是火又是煙的，把崑山的美玉燒了，還波及到周圍。這是象徵的說法，寫他作死的那一場禍事，因為他總不能在詩裡明寫，我小老婆跟人暗通，所以我把她的外遇對象殺了、丟進護城河，屍體繞了護城河一圈。他只能美化，順便說自己是美玉。這是寫他流放永嘉的起因。

接著就寫他在永嘉，流連山水。既然將我流放到永嘉，那我回會稽的願望也落空了，跟我喜歡的人也經歷生離死別。這兩句說得很感慨，但我們不清楚當時謝靈運到底經歷了什麼。在敘述的過程中，突然冒出這兩句，讓人感到心疼。蕭子顯說謝靈運「酷不入情」，其實**謝靈運不是沒有感情，而是不愛渲染感情**。

然後，他就寫自己的流放之路。我坐著船，經過千仞深的大水；我騎著馬，登上萬尋高的大山。但我所苦惱的，不是水路危險，也不是山路難走。謝靈運是山水詩人，最喜歡遊山玩水，他不是一到野外就哭天喊地的人。那他為什麼不痛快呢？他沒說，但大家可以想像。劉宋的皇帝，自稱跟漢朝的劉邦他們是一脈相承，所以，又見到士人在他們家人手下，說不出來的委屈。

永嘉這個地方實在沒辦法久待，我日日夜夜都想回家。我做不到不論皇上怎麼對我，都正道直行，我沒有那麼高的境界，我羨慕可以一再辭職回家的人。這既是示弱，也是輕蔑。但我們比較一下陶淵明和謝靈運示弱的姿勢。**陶淵明說自己就是笨，所以他回去種田；謝靈運說，我沒有**

那麼高的境界，「媽媽我要回家，地球太可怕」。

謝靈運在永嘉時，天天登青雲之上的高山，尋訪山泉和瀑布。這一段就有點山水詩的意思。下一段，寫新皇帝登基後，當今皇上聖明，掃除腐敗、黑暗的東西，原來的壞事都變好事，好事還是好事，朝野上下一片欣欣向榮。各種各樣的牛鬼蛇神，都感激皇上的照顧；各種卑微的人，比如自己，都被提拔。這時，劉義隆想召他回朝，但是謝靈運傲嬌著不願意，堅持辭職。說他深感自己不好用、沒本事，只是皇上的累贅。這當然是傲嬌，說反話。他真正的意思是：皇上不重用，老子不幹了，回家。

下面一段，就寫他回到始寧別墅後的情景，這一段算是田園詩，可以跟陶淵明比較。謝靈運眼中的莊園是什麼樣呢？「曩基即先築，故池不更穿。」臺階是當年就築好的，池塘也有，不用再挖新的。「果木有舊行，壤石無遠延。」過去種的果樹還在，也有假山石頭，只需要稍微挪動，不用到遠處搬運。謝靈運寫自己家的莊園，強調什麼都有，什麼都不用動、不用裝修，一卡皮箱直接搬進去住。

這四句很讓人感動。就像你在外面歷盡艱辛，回到自己家時，看見什麼都跟原來一樣，你熟悉的東西都沒有變的安心感。**用舊的就好，其實滿滿是對過去的留戀**。在這裡也可以看出謝家人的家族意識，一切都是他爺爺、爸爸留下來。其實，他爸爸在他三歲時就死了，爺爺在他六歲時也走了，他能找到的只有爺爺留下來的臺階和池塘。他在這裡找到的，是一種歸屬感、感情的寄託。這種歸屬感，可以跟他這一生在外的各種委屈抗衡。所以我說，孝是抗衡忠的力量。就像他爺爺當年在淝水前線落跑，跑去找謝安求安慰，謝靈運也是在外面不順利，跑回老宅尋求安慰。他說得好像很隨便，什麼都不用弄，用舊的就好。但其實有舊的可用，他可是很驕傲的。

謝靈運寫田園，愛說自己有什麼；陶淵明寫田園，愛說自己什麼都沒有。這麼一說，好像以為謝靈運炫富，雖然他也確實一直給人炫富的印象。炫富缺乏貴族性，暴發戶沒見識過珍奇的東西，才會炫富。但謝靈運炫耀自己有什麼，不是因為這個東西本身值錢，而是因為這個東西是爺爺留下來的，這些舊東西在感情上對他來說很重要。**有人說，當一個人越缺什麼，就越會炫耀什麼，其實謝靈運缺的不是錢，而是親情**。

炫耀完了以後，謝靈運說我爺爺留下的這個園子，雖然也不是什麼真的很好的地方，但好歹我從此能悠閒了。這兩句跟陶淵明的「虛室有餘閒」可以對著看。我從此要在這裡休養生息，誰也別來打擾。你們都是「清素」的人、乾淨的人，是我看得上的人，我就從懷裡掏出幾首舊作來，送給你們吧。

這首詩主要是給大家看中間那四句寫田園，看看謝靈運這樣典型的士族子弟，寫田園詩的樣子。其實，這也寫出中古時代歸隱士族子弟的潛在心理，就是用我們家的東西，來抗衡外部世界，用孝來抗衡忠。中古時代看重歸隱，本質上是對個人意志和情感的看重，歸隱也就成了貴族的姿態。

第五部

看見別人沒發現的問題，這就是見識

上一章談文藝，也就是純文學。但是，一個人長成以後，除了要做事、要創作純文學之外，還有不文藝的東西要寫（主要是一點長者的人生經驗）。這些就構成《四庫全書》裡的子部書。

子部書在六朝時，本來是放在集部書後面。當時的四部是經、史、集、子。寫純文學是君子教育的成果，而寫子部書是君子老了以後的事。你從小讀經部書，培養你的三觀，最後表現為你的純文學（集部）；你長大後讀史部書，學做事，最後形成一點人生經驗，就表現為你的子部書，這就是你的思想。後人想要強調思想的地位，就把子部書提到純文學的前面去，所以後來的四部成了經、史、子、集。

思想，中國傳統的說法叫「見識」，就是看同一個東西，每個人的眼光、判斷不同，能比別人高出一籌，看見別人沒發現的問題，這就叫有見識。看一個人，或只看他的詩，就能判斷這個人好不好，也是見識。有見識是貴族性的重點。以前評價士人，從「德才學識」四個方面論斷。其中，「德」是經部培養，「才」體現在集部，「學」是史部給的，「識」便展現在子部。讀了一堆書，但沒有自己的見識，沒辦法以足夠的高度看待這些知識，產生的理解就會有偏差。

關於中國傳統的子部書，有所謂「百家爭鳴」——子部書有各種各樣的流派。其實，中國文化的精神，大概都差不多，「百家爭鳴」不過是中國文化在不同具體情境下的體現。中國文化如果是一個人的靈魂，諸子百家就是這個人各種各樣的子人格，他遇到不同的人，就有不同的表現；又好比中國文化是月亮，諸子百家就是月亮在水面的倒影，地上有成百上千的江河溪流，每一個水面都有月亮，看起來就像有許多月亮，但其實月亮只有一個，也就是「月映萬川」。這個月亮，可以理解為前文一直在說的士人精神、貴族精神。

關於「月映萬川」的諸子百家，我會從晚明王陽明的心學開始講。講心學，我不提那些枯燥的理論，只講一部深受王陽明心學影響的文學作品——《牡丹亭》，而且只講《牡丹亭》最有名的一齣——〈驚夢〉。

1 真愛，可以無中生有——《牡丹亭》談心學

《牡丹亭》的作者湯顯祖，生活在晚明。按照我的理論，明朝屬於「唐型王朝」。每到唐型王朝晚期，全社會都有一種「娛樂至死」的精神（而晚明這種精神表現得特別明顯）。這時，總會有一種娛樂的文體冒出來，跟嚴肅文學搶地盤。比如漢末的五言樂府、唐末的詞、明末的小說和戲曲等，都是跟敘事、表演有關的藝術。我們常說「唐詩、宋詞、元曲」，其實能跟唐詩宋詞並列的曲，應該是明曲。

晚明時，曲的地位上升，要跟以前的文體搶地盤。這時候，曲界兩個大家——沈璟和湯顯祖打了一架。這場架的核心是：我們的曲子還要不要只滿足於「好唱」，要不要有更高的追求，甚至犧牲「好唱」。沈璟主張，填曲子就是要好唱。湯顯祖主張，要有更高的追求，不惜「拗折天下人的嗓子」。其實，湯顯祖填的曲子，直到現在還有人在唱，甚至比唱沈璟曲子的人還多。

湯顯祖的意思並非從此不講究聲音效果，而是不能只講究聲音效果；**不能滿足於「好唱」**，**目的還是提高曲子的文體地位**。湯顯祖常用寫詩作賦的心，來填曲子。既然湯顯祖認為應該提升曲子的地位，他在寫《牡丹亭》的時候，難免就會把自己的思想加進去。而湯顯祖，是一個深受

王陽明心學影響的人。

聽從內心的指引，相信心的力量

宋代以後，儒學可分為程朱理學和陸王心學。「程朱」是程頤、程顥和朱熹，二程是北宋，朱熹是南宋。「陸王」則是陸象山和王陽明。陸象山即陸九淵，也是南宋，跟朱熹同時代；王陽明即王守仁，則是晚明。理學的大家都是宋朝人，心學的大家雖然在一個在宋朝、一個在明朝，但心學真正躍升，還是在晚明。《牡丹亭》就產生在心學盛興的時代。

簡單的說，**理學和心學的區別在於：理學主張給人約束，心學主張人聽從內心的指引**。比如說，什麼是好的？理學認為在人之外有「天道」，這個東西是好的；心學則認為，人自己內心就是好的，所謂「良心」，人不能成聖人，只是因為這個東西被遮蔽了。所以，如果一個學生不好好做功課，家長說：「小孩子就是要好好寫功課，晚上七點到九點不准看電視。」這是理學；但要是家長說：「你自己想想你這麼做對不對。」這就是心學。

心學和理學的本質相同。心學看起來更自由，但實際上不是沒有約束，反而是對小孩子的天資要求更高——要是一個小孩子能自己想清楚，沒寫功課不對，那肯定不是一般的小孩。一般的小孩如果按心學的路數來教育，很容易長歪。晚明心學盛行後，出了好多「奇形怪狀」的人，其實這個鍋不應該由心學來背，而是資質一般的人，用心學來要求自己的結果。相較而言，理學更容易把普通人拉到正道上。天資高的小孩按理學來要求，肯定也不會學壞，但可能會不太幸福，最後還是回到心學。

此外，好多人談理學和心學的分別時，沒有注意到朱熹和陸、王在家族傳統上的差別，或者說，是家族集體無意識的差別。請注意他們的姓氏。朱就是「朱張顧陸」的朱，在六朝時是吳郡士族，相當於《哈利波特》裡的衛斯理家族（按：雖為純種巫師家族，但家境較窮、且親近麻瓜，因此有部分純種巫師並不認可其家族）；陸就是陸機之陸，吳郡陸氏，實際地位很高，可以算是一等士族；王陽明的王，就是王謝的王——王陽明自稱是王羲之後代。當然，只是他自己說的，無憑無據，不必太認真。但是，他既然認王羲之當祖宗，有意無意就會認同他們家的作死精神。事實上，王陽明這個人也確實很像王羲之家的人。

陸、王認同的是高等士族，朱熹認同的是中等士族。**高等士族默認資質過人是天生的，他們更重視自由，但他們經常看不到，世界上多數人畢竟只是資質平凡的人；中等士族則認為人需要約束才能變得更高貴，不約束就會淪落為麻瓜**。他們關注的其實是不同層次的問題。我認為這分別是心學和理學的潛臺詞。

王陽明的心學，現在被定義為「主觀唯心主義」，就是他非常相信「心」的作用，這有點像佛家說的「願力」（按：指誓願的力量，表示修行目標、願望）。王陽明對禪宗的思想是認同的。比如說，你想考研究所，或想追一個女生，你要做的第一件事是什麼？按照佛教或心學的思想，你要先「發願」——你得先想考研究所，才有可能考到；你要先想追到這個女生，才有可能真的追到。你要是想都不想，就考不到；要是從來都不喜歡這個女生，當然就追不到她。

有人會說：「那不對呀，難道我光想想就行了嗎？我就坐在原地想考研究所，難道就考得上？我就坐在原地想那個女生，難道我就能追到她了嗎？」其實，你要是光坐在原地想，就是你發願還不夠。你沒有泡在圖書館讀書，怎麼能說你發願考研究所？你沒有去跟那個女生搭訕、說話，怎麼能說你發願要追她？你真的發願的事，不管多難，你都會去做，只有去做，才有可能成功。而不是說，我想想就算了，這麼難的事怎麼可能成功？就不做了。這種思想裡，隱隱透著一點王羲之的精神。所以，王陽明強調心的力量，其實是他相信，如果你不發願的話，世界上的事不會自然組織好，等著你成功。

再舉個例子，比如進化論。現在大多數人相信，生物的性狀是隨機形成，接著再優勝劣汰。也就是說，讓猴子亂彈鋼琴，最後總能彈出一首世界名曲。但是，如果讓王陽明解釋進化論，他會認為猴子是想變成人的樣子，相對比較像人的猴子不斷互相結合，一代一代發展，最後生出了人。不過，到底哪種說法對，也許見仁見智。

為愛而死、為愛復生，才是至情

《牡丹亭》這個故事，簡單來說，就是杜麗娘這個大家閨秀，十幾歲，感情經歷一片空白，某天逛了花園，突然發現春天快過去了，自己還是單身，接著她感到焦慮，做了一個春夢，夢見她從來沒見過的書生柳夢梅。為了這個虛擬人物，她得相思病死了，死之前沒忘了「自拍」，留下一張自畫像，題了首詩。結果，後來真有個柳夢梅，看見這張畫像，並且愛上杜麗娘，一個三次元（按：指現實世界）裡他從來沒見過的虛擬人物，愛得欲罷不能。於是，杜麗娘的鬼魂就出來跟他幽會。柳夢梅非要跟杜麗娘在一起不可，於是他是考進士，接著挖墳，最後，杜麗娘就活了過來，嫁給柳夢梅，兩個虛擬人物幸福的在一起。

這個故事很容易看出其中的心學因素：只要是真愛，虛擬人物都能變成真的——這對廣大宅男宅女（按：網路用語，通常指沉迷於網路、動漫畫等虛擬世界，生活圈小、較少與人面對面往來的人）來說，無疑是巨大的正能量。這個故事的開頭是一片空白，除了真愛，或者說杜麗娘想脫單（按：脫離單身）的願望，可以說什麼都沒有。

但正是因為有這一點真愛、一點心願，不僅後來發生許多事，生生死死，最後還發展出三次元中真實的婚姻。在這個過程中，最重要的是，男女主人公的每一個願望，都有實際的行動，這些行動推進故事情節，最後把不可能的愛情變成現實。特別是杜麗娘，即使做了鬼都不安分，還要飄出來跟柳夢梅見面。《牡丹亭》告訴我們，就得這樣的人才能脫單。從這個角度看，說《牡丹亭》是心學思想的圖解都不為過。

湯顯祖在《牡丹亭》題記，寫了一段很有名的話：「情不知所起，一往而深。生者可以死，死者可以生。生而不可與死，死而不可復生者，皆非情之至也。」情是虛無縹緲的東西，甚至，你都不知道自己下一秒會產生怎樣的情感，但就是這樣游移不定，卻可以比任何現實都要深沉。

「情」，其實就是一種願力。你可以為它而死，死了也可以為它再活過來。你不能為它死，或者不能為它活，都不是至情，也就是說，你的願力還不夠。

為情而死，比較好理解，你可以拋頭顱、灑熱血，或是積勞成疾，這都是看得見的。但是，死了要怎麼活過來？像杜麗娘做鬼還要出來，畢竟是一種象徵的寫法。我的理解是，如果我還沒死，我可以為你死，也可以為你該死不死，為了你活下去；甚至，就算我要死了，也一定會拚命在死前，留下我愛你的蛛絲馬跡，總有一天，會有人拾起我留下的線索，繼續愛上你，那時候我就在他身上復活了。

就像中國的文化，多少次都接近滅亡，但因為有人拚命愛她，就算死也要在死前拚命寫書、教學生，所以千載之下，像我們這些後學之輩，雖然沒有見過那些先賢，但是讀了他們的書、愛上中國文化，願意再為她死、為她活，願意再去做先賢們做過的事，這一刻，先賢就在我們身上復活。我認為，這就是死了還會復活的意思。

〈驚夢〉這一齣，是《牡丹亭》故事「無中生有」的第一個關鍵點。這一齣可以分為前後兩個場景：前面是杜麗娘跟春香遊園，後面是杜麗娘在夢中跟柳夢梅相會；前一段寫杜麗娘自我的覺醒，後一段寫杜麗娘的「人格分裂」。柳夢梅這個虛擬人物，就是由杜麗娘自己分裂出來，她一直是自己跟自己談戀愛。我們今天愛傳統文化，從某種角度說，也是分裂出一個完美的自己，然後和她談戀愛。

杜麗娘的自戀與多情

〔繞池遊〕（旦上）夢回鶯囀，亂煞年光遍。人立小庭深院。（貼）炷盡沉煙，拋殘繡線，恁今春關情似去年？〔烏夜啼〕（旦）曉來望斷梅關，宿妝殘。（貼）你側著宜春髻子恰憑欄。（旦）剪不斷，理還亂，悶無端。（貼）已分付催花鶯燕借春看。（旦）春香，可曾叫人掃除花徑？（貼）分付了。（旦）取鏡臺衣服來。（貼取鏡臺衣服上）雲髻罷梳還對鏡，羅衣欲換更添香。鏡臺衣服在此。

先來看前一段，杜麗娘的自我覺醒。

「夢回鶯囀」，從早晨黃鶯婉轉的叫聲中醒來。「亂煞年光遍」，用「亂煞」寫春光，好像春天是突然來的，在家宅久了，一出門，四處看都是花，這就叫「亂煞年光遍」。「人立小庭深院」，完全是詞的意境。這幾句是杜麗娘唱，之後是丫鬟唱。「炷盡沉煙」，昨晚的沉水香燒完了，「拋殘繡線」，把刺繡拋下。小姐「人立小庭深院」，丫鬟在這裡照看沉水香、刺繡。「恁今春關情似去年」，怎麼到了今年春天，人的情感還像去年一樣？這一句轉好幾個彎，把多少個春天疊在一起寫，這就是詩的空間。

〈繞池遊〉是唱，接著就是念白了。念白部分，湯顯祖自己加戲，用了格律詞的形式，詞牌「烏夜啼」。對於寫慣格律詩詞的人來說，寫一段唯美的白話，有時候還不如寫一首格律詩詞容易。這等於把舊文體引到新文體裡。當然，〈烏夜啼〉不完全符合戲曲念白的要求，比如〈烏夜啼〉要轉韻，但戲曲是一齣一韻到底，這就得改；另外，為了適應口語的要求，他也加了襯字，例如「你側著」、「已分付」等，就是戲曲和念白的語言，而不是詞的寫法。

杜麗娘說：「曉來望斷梅關，宿妝殘。」再從丫鬟春香的角度說：「你側著宜春髻子恰憑欄」，兩個人交替著說，層次比較豐富，鏡頭也可以切換。杜麗娘又說：「剪不斷，理還亂，悶無端」，這是化用李煜的「剪不斷，理還亂，是離愁」。〈烏夜啼〉在這裡本來應該轉韻，但湯顯祖處理成不轉韻。寫這個小姐，大好春天在深閨之中，待得鬱悶了（所以，大家春天時千萬不要長期在室內待著，真的不好）。然後春香說：別悶了，我帶妳出去玩，「已分付催花鶯燕借春看」。下面用白話解釋兩句，杜麗娘問：「春香，可曾叫人掃除花徑？」春香說：「分付了。」所以「分付催花鶯燕借春看」就是「叫人掃除花徑」的詩化說法。

杜麗娘要春香「取鏡臺衣服來」，接著是表演換衣服的動作。如果是關漢卿，這裡就只有「作換衣科」（按：戲曲中「科」是動作之意）；但湯顯祖是個文人，比關漢卿這個專業編劇文雅一點，所以他不能閒著，嘴裡還要念兩句。「雲髻罷梳還對鏡，羅衣欲換更添香」，這是薛逢的兩句詩。薛逢是個晚唐齊梁體詩人，比李商隱晚一點，這兩句是他寫得最漂亮的詩。

以上，寫小姐站在院子裡發呆；丫鬟做春遊的準備，收拾好園子，幫小姐換好了衣服。

> 〔步步嬌〕（旦）裊晴絲吹來閒庭院，搖漾春如線。停半晌、整花鈿。沒揣菱花，偷人半面，迤逗的彩雲偏。（行介）步香閨怎便把全身現！（貼）今日穿插的好。

接下來就寫杜麗娘打扮好了，在院子裡走動。這是大家想看的地方，所以要描寫、鋪陳，跟賦是一樣的。這段〈步步嬌〉是杜麗娘唱。

「裊晴絲吹來閒庭院」，這個「晴絲」，就是春天的晴日空氣裡會飄著的，類似蜘蛛絲的東西，「晴絲」是一個詩化的修辭。「搖漾春如線」，不說晴絲搖漾，說春搖漾、春如線，這是詩的句法。即使不懂戲也可以想像，這個描寫配合音樂，唱出來是「搖漾春如線」的。「停半晌、整花鈿」，停下來，整理頭上的首飾。「沒揣菱花，偷人半面」，一不留神，被鏡子「偷」照了半張臉。不是我故意要照鏡子，是鏡子偷照我。有些人應該有過這種體驗，不是故意要照鏡子，但偶然走到鏡子前，突然驚豔：我怎麼這麼好看。

「迤逗的彩雲偏」，正在整理花鈿時，被鏡子裡的自己嚇一跳，「勾引」得我手一滑，弄歪了髮髻。誰勾引她？是她自己的身影勾引她。這就看出杜麗娘自戀之處，甚至是人格分裂。**鏡中的自己都能勾引自己，可見她的外表多美；能被自己的身影勾引，可見她內心的多情**。能愛上自己，這是心高氣傲又多情的一件事，這是她夢見柳夢梅的伏筆。「迤逗的彩雲偏」，代表並不是一個外來的野小子，而正是杜麗娘自己。「步香閨怎便把全身現」，但我是一個深閨中的士族女兒，又得端莊矜持，怎麼能把這麼美的形象完全展現出來？

這首〈步步嬌〉引用率特別高。《紅樓夢》裡賈寶玉去找藕官（按：賈府買來的十二個唱戲女孩），就要她唱這段「裊晴絲」，但藕官不唱。賈寶玉之所以看了這首詞就想要她唱，是因為這段有風情；藕官不唱，也是因為這樣。另外，有一部老電影《東宮西宮》（按：中國一九九六年上映的同志電影），開頭也唱「裊晴絲」。

〈步步嬌〉寫的是杜麗娘對自我美的發現。這段自我欣賞，是在她欣賞園林風景之前。**先有自我的發現，再有風景的發現；自我意識覺醒，才能欣賞自然的美**。這也隱隱有心學的味道。

往喜歡的方向發展，就是「天然」

〔醉扶歸〕（旦）你道翠生生出落的裙衫兒茜，豔晶晶花簪八寶填，可知我常一生兒愛好是天然。恰三春好處無人見。不提防沉魚落雁鳥驚喧，則怕的羞花閉月花愁顫。（貼）早茶時了，請行。（行介）你看：「畫廊金粉半零星，池館蒼苔一片青。踏草怕泥新繡襪，惜花疼煞小金鈴。」（旦）不到園林，怎知春色如許！

〔皂羅袍〕原來姹紫嫣紅開遍，似這般都付與斷井頹垣。良辰美景奈何天，賞心樂事誰家院！恁般景致，我老爺和奶奶再不提起。（合）朝飛暮卷，雲霞翠軒；雨絲風片，煙波畫船。錦屏人忒看的這韶光賤！（貼）是花都放了，那牡丹還早。

〔好姐姐〕（旦）遍青山啼紅了杜鵑，荼蘼外煙絲醉軟。春香呵，牡丹雖好，他春歸怎占的先！（貼）成對兒鶯燕呵。（合）閒凝眄，生生燕語明如翦，嚦嚦鶯歌溜的圓。（旦）去罷。（貼）這園子委是觀之不足也。（旦）提他怎的！（行介）

春香說，「今日穿插的好」。從丫鬟角度稱讚杜麗娘打扮得好。這部戲裡，唯一對杜麗娘的外貌表達過讚美的，只有春香。這句話，引出杜麗娘關於打扮的名言：「你道翠生生出落的裙衫兒茜，豔晶晶花簪八寶填，可知我常一生兒愛好是天然。」塗脂抹粉看起來不自然，但對杜麗娘而言，愛打扮就是「天然」。我天生愛美，我修飾自己，那就是自然，你如果要我用垃圾袋罩住自己，或是要求我只能穿制服，反而是不自然。就好像有人說謝靈運的詩喜歡用典，不自然，可是他天生就是喜歡用典，他用典就是他的自然，你非逼著謝靈運寫賣炭翁（按：白居易詩，寫窮苦的賣炭老人，他的炭卻整車被徵收。屬於社會寫實詩），就是不自然。

修飾和自然，其實是辯證統一（按：又稱「對立統一」）。唯物辯證法認為，一切事物都由相互對立又統一的矛盾組合而成，如有光就有影、有生就有死等），不修飾未必是自然。修飾和自然之所以能統一，就在於「愛好」。我不是天然嚮往修飾，而是天然嚮往美、嚮往好。我希望自己的外表能看起來美一些，所以用各種方式去修飾；我希望我的靈魂能變得美好，才不惜用各種規矩約束我自己，用各種文化充實我自己。如果你愛的不是美本身，而是今天流行什麼就一定要擁有，這不是自然；如果你愛的不是靈魂的高貴本身，而是聽說有個規則，就要跟著做，以表示你是有信仰的人，就不是自然。**人的天性中有對美好的嚮往，你往喜歡的方向發展，就是天然。**其實也就是孟子說的「求放心」，王陽明說的「致良知」。

「恰三春好處無人見。不提防沉魚落雁鳥驚喧，則怕的羞花閉月花愁顫。」這段就是杜麗娘表現她的自戀。這麼美好的我，卻在這深宅大院裡沒人看見。我一不小心，就美得沉魚落雁、閉月羞花。她不是故意的，而是一不小心就這麼美，所謂「愛好是天然」。這裡，她又是先說人的美沒人看見，後面才說自然的美沒人看見，並不是她看見自然的美，才聯想到自身的美。而是自然的美，是人美的投射。這又是心學的思維方式。

接下來是過渡，杜麗娘打扮好到園子裡，從人的美過渡到自然的美。這兒湯顯祖又加戲，念白寫了一首七絕。

接著，「姹紫嫣紅開遍」這段是經典，引用率很高，《紅樓夢》裡林黛玉聽見的就是這段。「不到園林，怎知春色如許！」就像謝靈運〈登池上樓〉的名句：「池塘生春草，園柳變鳴禽」。這兩句為什麼好？歷代有很多解釋。其實它描述的情形是這樣的：謝靈運被流放到永嘉，病了很久，病好後出來登樓，一看，春天已經是這樣——池塘邊已經長滿春草，柳樹中間也已經有鳴禽在歌唱（也有一說：唱歌的鳴禽已經不一樣了）。你如果在家宅久了，可能也會有這個體驗：好久沒出門，不知道季節已經變化成這樣了。謝靈運說「池塘生春草」，杜麗娘說「不到園林，怎知春色如許」，描寫的都是這個感覺。

〔隔尾〕觀之不足由他繾，便賞遍了十二亭臺是枉然。到不如興盡回家閑過遣。（作到介）（貼）「開我西閣門，展我東閣床。瓶插映山紫，爐添沉水香。」小姐，你歇息片時，俺瞧老夫人去也。（下）（旦嘆介）「默地遊春轉，小試宜春面。」春呵，得和你兩留連，春去如何遣！咳，恁般天氣，好睏人也。春香那裡？（作左右瞧介）（又低首沉吟介）天呵，春色惱人，信有之乎！常觀詩詞樂府，古之女子，因春感情，遇秋成恨，誠不謬矣。吾今年已二八，未逢折桂之夫；忽慕春情，怎得蟾宮之客？昔日韓夫人得遇於郎，張生偶逢崔氏，曾有《題紅記》、《崔徽傳》二書。此佳人才子，前以密約偷期，後皆得成秦晉。（長嘆介）吾生於宦族，長在名門。年已及笄，不得早成佳配，誠為虛度青春，光陰如過隙耳。（淚介）可惜妾身顏色如花，豈料命如一葉乎！

我在閨房中宅得太久，沒想到春天已經變成這樣了。就像沒想到，我自己的青春已經到這個時候，我已經是個沉魚落雁的佳人了。**杜麗娘發現春天的風景，其實是一個象徵，象徵她發現自己的青春。**而且，她是先發現自己的青春，才發現自然界的春天。**園林的春天是一場夢境，是她的自我投射；夢見柳夢梅，則是這個夢境的延續。**

我們都跟杜麗娘一樣，愛上的是自己

〔山坡羊〕沒亂裡春情難遣，驀地裡懷人幽怨。則為俺生小嬋娟，揀名門一例、一例裡神仙眷。甚良緣，把青春拋的遠！俺的睡情誰見？則索因循靦腆。想幽夢誰邊，和春光暗流傳？遷延，這衷懷那處言！淹煎，潑殘生，除問天！身子睏乏了，且自隱几而眠。（睡介）（夢生介）（生持柳枝上）「鶯逢日暖歌聲滑，人遇風情笑口開。一徑落花隨水入，今朝阮肇到天臺。」小生順路兒跟著杜小姐回來，怎生不見？（回看介）呀，小姐，小姐！（旦作驚起介）（相見介）（生）小生那一處不尋訪小姐來，卻在這裡！（旦作斜視不語介）（生）恰好花園內，折取垂柳半枝。姐姐，你既淹通書史，可作詩以賞此柳枝乎？（旦作驚喜，欲言又止介）（背想）這生素昧平生，何因到此？（生笑介）小姐，咱愛殺你哩！

〔山桃紅〕則為你如花美眷，似水流年，是答兒閒尋遍。在幽閨自憐。小姐，和你那答兒講話去。（旦作含笑不行）（生作牽衣介）（旦低問）那邊去？（生）轉過這芍藥欄前，緊靠著湖山石邊。（旦低問）秀才，去怎的？（生低答）和你把領扣鬆，衣帶寬，袖梢兒揾著牙兒苫也，則待你忍耐溫存一晌眠。（旦作羞）（生前抱）（旦推介）（合）是那處曾相見，相看儼然，早難道這好處相逢無一言？（生強抱旦下）

（末扮花神束髮冠，紅衣插花上）「催花御史惜花天，檢點春工又一年。蘸客傷心紅雨下，勾人懸夢彩雲邊。」吾乃掌管南安府後花園花神是也。因杜知府小姐麗娘，與柳夢梅秀才，後日有姻緣之分。杜小姐游春感傷，致使柳秀才入夢。咱花神專掌惜玉憐香，竟來保護他，要他雲雨十分歡幸也。

〔鮑老催〕（末）單則是混陽蒸變，看他似蟲兒般蠢動把風情搧。一般兒嬌凝翠綻魂兒顫。這是景上緣，想內成，因中見。呀，淫邪展汙了花臺殿。咱待拈片落花兒驚醒他。（向鬼門丟花介）他夢酣春透了怎留連？拈花閃碎的紅如片。秀才才到的半夢兒，夢畢之時，好送杜小姐仍歸香閣。吾神去也。（下）

〔山桃紅〕（生、旦攜手上）（生）這一霎天留人便，草藉花眠。小姐可好？（旦低頭介）（生）則把雲鬟點，紅松翠偏。小姐休忘了呵，見了你緊相偎，慢廝連，恨不得肉兒般團成片也，逗的箇日下胭脂雨上鮮。（旦）秀才，你可去呵？（合）是那處曾相見，相看儼然，早難道這好處相逢無一言？（生）姐姐，你身子乏了，將息，將息。（送旦依前作睡介）（輕拍旦介）姐姐，俺去了。（作回顧介）姐姐，你可十分將息，我再來瞧你那。「行來春色三分雨，睡去巫山一片雲。」（下）

後半段則是露骨的描寫。我本來以為現在的年輕人，看這段不會覺得怎麼樣。但是我在網路上看這段崑曲時，驚訝的發現，演到這段時，聊天室還是被洗版了。大家驚嘆，怎麼能這樣開黃腔。當然，我想很多人是驚嘆，古人怎麼會開黃腔。其實，我們常說傳統文化，這也是它的一部分。我們一直有這樣的傳統，只是被壓制、隱藏了。古人也不是每個人都二十四小時一本正經，大多數古人的生活，跟我們差不多，古時候也有有趣的人。湯顯祖，就是一個有趣的人。

有人說這段是人性的覺醒，當然，性的覺醒是人性覺醒中，非常重要的一部分。那時候，全世界的樂府都在開黃腔。比方說，英國的莎士比亞。莎士比亞比湯顯祖大十四歲，這兩人是同一個時代的人。莎士比亞寫戲劇，其實也就是樂府。而且，莎士比亞的戲劇裡也開黃腔。所以，我們不要認為莎士比亞多麼遙不可及，莎士比亞就是英國的湯顯祖，不是英國的曹植。

但是我想說的是，湯顯祖不僅開黃腔，而且還開得很有個性。因為，柳夢梅到現在為止，一直還是個幻想中的人物。照理說，**性是個實在的東西，讓人感覺到你的肉體、對方的肉體都是真**

實的。但是在詩的國度裡，杜麗娘的第一次性體驗，是春夢，而且性幻想的對象是一個完全不存在的人。她跟一個虛幻的人，做了一件最真實的事。

這個虛幻人物從哪裡來？我認為，柳夢梅是杜麗娘分裂出的一個人格。所謂「日有所思，夜有所夢」，解夢時一定要看他入睡前接觸了什麼。杜麗娘在做春夢之前，接觸到什麼？我不斷強調她的動作，就是照鏡子。她照鏡子，「迤逗的彩雲偏」，自己愛上自己，自己勾引自己。她不像《牆頭馬上》（按：元朝白樸雜劇作品）或《西廂記》（按：元朝王實甫雜劇作品）的女主角，外出看見一個英俊書生；杜麗娘是遊園，但那是她們自家的園子，從頭到尾沒有書生出現，她只看見她自己一個人。所以，**柳夢梅的原型，應該就是鏡子裡的她自己**。

杜麗娘不僅可以為愛而死，再為愛活過來；而且，她不需要一個路過的書生，可以自己分裂出一個人去愛，為了愛自己而死，再為了愛自己而活過來。其實，就算有這個路過的書生，也不過只是一個機緣。**愛情裡，我們愛上的，也往往是我們投射在對方身上的自己**。只不過我們需要一個路人，引出我們的另一個自我。唯物主義者認為要有一個愛人才能談戀愛，唯心主義者認為愛人只是一個載體。《牡丹亭》的主題就是一切唯心，這就是《牡丹亭》的心學色彩。

我們常說《牡丹亭》受心學影響，但經常搞不清楚到底是影響了什麼，而單純以為性解放就是受心學的影響。心學的確有性解放的一面，但是真正要體現心學，其實連性解放的物件也不需要，《牡丹亭》就是如此。《牡丹亭》真正體現心學影響的，就是它這種「無中生有」的精神。

2
九流十家，是壓力下的人格分裂——〈諸子略序〉談各家思想

昔仲尼沒而微言絕，七十子喪而大義乖。故《春秋》分為五，《詩》分為四，《易》有數家之傳。戰國從衡，真偽分爭，諸子之言紛然殽亂。至秦患之，乃燔滅文章，以愚黔首。漢興，改秦之敗，大收篇籍，廣開獻書之路。迄孝武世，書缺簡脫，禮壞樂崩，聖上喟然而稱曰：「朕甚閔焉！」於是建藏書之策，置寫書之官，下及諸子傳說，皆充祕府。至成帝時，以書頗散亡，使謁者陳農求遺書於天下。詔光祿大夫劉向校經傳諸子詩賦，步兵校尉任宏校兵書，太史令尹咸校數術，侍醫李柱國校方技。每一書已，向輒條其篇目，撮其指意，錄而奏之。會向卒，哀帝復使向子侍中奉車都尉歆卒父業。歆於是總群書而奏其《七略》，故有《輯略》，有《六藝略》，有《諸子略》，有《詩賦略》，有《兵書略》，有《術數略》，有《方技略》。今刪其要，以備篇輯。

子部書，也就是思想史，這裡要介紹戰國諸子的思想。子部在戰國時代是最繁盛的。戰國時代的思想流派最明顯——在這之前還沒分化，而在此時期之後又合流了。

關於戰國的思想，漢朝劉歆的《諸子略》總結比較完整，我們就依據《諸子略》來講。《諸子略》是《七略》的一部分，《七略》是劉歆編的圖書目錄，跟後代的《四庫全書總目》類似。《四庫全書》分四部，劉歆則是分七部，所以叫「七略」。圖書目錄得寫內容提要，這樣讀者不用翻開書，也大概知道這本書是講什麼。「略」，就是「內容提要」的意思。書有內容提要，分類也有，《諸子略》就是「諸子」這個分類的內容提要，梳理這一大類書有哪些小類。《諸子略》就是那時候各家思想的總結、概述。《七略》寫於兩漢之際，因此這裡總結的是西漢以前的思想史，主要就是戰國的思想史。

中國的思想史是「萬川映月」。本來是同一個思想，在遇到壓力後，為求生存，才分化成很多個，走向不同的極端。分化，是為了承擔不同的功能。這就像人格分裂，一個人遇到壓力或過不去的難關，這時候你就有可能人格分裂。我們每個人總有不願意做的事，所以都會人格分裂——這跟精神分裂完全不同。中國文化也是，有一個主人格，基本上以孔子為代表，或者說用《論語》代表，而戰國諸子都是這個主人格分裂出來的人格。

一個人分裂出的不同人格，都有他自己的性格，重要的是，都有各自的功能。就像你可能考試時是一個人格，玩手機遊戲時又是另一個人格。諸子思想也是，各家有它們各自的功能。所以要了解一個學派的思想，先不要想它跟儒家思想有什麼不同，而是要先想它有什麼性格、什麼功能。《諸子略》，就是提點各家性格和功能。

儒家是中國文化的主人格

劉歆主張，諸子是從儒家分裂出來。他主張「諸子出於儒家」飽受詬病，因為可以舉出種種例證，證明諸子百家各有各的源頭。但是，一個東西的起源很複雜，如果只是尋找早期的蛛絲馬跡，任何流派都可以找到它想要的源頭。重點不是一個東西最早有哪些來源，而是這些來源出於什麼動力而綁在一起，形成現在這個東西。也就是說，我們應該關心的是動力。動力，就是心，是人的願望，當下的人們需要某個說法，所以才整理以前的東西，而形成學派。所以說，它的功能比它的成分重要。此外，中古的學者說「出於」時，說的往往不是成分，而是功能。

中國文化裡有一個「位」的概念，很重要，但總是被忽視。像《易經》，整部書都在講當位與不當位的問題——不管你曾經是什麼，只要你坐到這個位子上，能坐穩，那你就具有這個位子的屬性。比如舜，曾經是個農家子弟，但當他坐到天子這個位子上，坐穩了，那他就是天子。至於之前他的祖先是誰，其實不重要。「位」指的是什麼？就是功能。你能做天子的事，那麼你就是天子。

中古是一個貴族時代，非常重視「位」。他們討論一個東西「出於」什麼時，其實是討論這個東西占據誰的位置，也就是它有什麼功能。《諸子略》的「出於」，也應該理解為功能的探討，不必太糾結於這些學派的源頭。

一個學派的功能，其實主要就是我們所說的，代表什麼階層。**在戰國這個新舊交替的亂世，社會分化成很多階層，每個階層都有自己的代言人，這就是諸子百家**。要特別注意的是，代言人不一定就是這個階層的人。比方說，我們看電視上的廣告，明星代言產品，他就是代言人。也許A明星幫某個一塊錢的產品代言，B明星幫一百萬的產品代言，但他們都是明星，屬於同一個階層。幫一塊錢產品代言的A，肯定會把自己包裝成很窮的形象，但是他不窮；幫一百萬產品代言的B，也不一定真能買得起這個產品。諸子百家也是，這些「子」們都是同一個階層，都是「士」，但是他們為不同的階層代言。

接下來，我們就來看《諸子略》裡，對中國文化各種人格的描述，它們具有什麼性格、什麼功能、代表什麼階層。

儒家者流，蓋出於司徒之官，助人君順陰陽、明教化者也。游文於六經之中，留意於仁義之際，祖述堯、舜，憲章文、武，宗師仲尼，以重其言，於道最為高。孔子曰：「如有所譽，其有所試。」唐、虞之隆，殷、周之盛，仲尼之業，已試之效者也。然惑者既失精微，而辟者又隨時抑揚，違離道本，苟以譁眾取寵。後進循之，是以《五經》乖析，儒學浸衰，此辟儒之患。

「儒家者流，蓋出於司徒之官，助人君順陰陽、明教化者也。」儒家地位最高，是主人格，相當於宰相的功能。「游文於六經之中，留意於仁義之際」，主要的教材是六經，主要的學說是仁義。「祖述堯、舜，憲章文、武，宗師仲尼，以重其言」，樹立的榜樣是堯、舜、周文王、周武王，以及孔子。「於道最為高」，儒家畢竟是主流意識形態，因此說它「最為高」。「孔子曰：『如有所譽，其有所試。』唐、虞之隆，殷、周之盛，仲尼之業，已試之效者也。」意思是說，古代的盛世，都是實行儒家教化的結果。

但是，儒家有沒有缺點？其實，任何學派都有缺點，但又都沒有缺點。為什麼這麼說？因為人的資質有高下之別。**資質高的人，不論實踐任何學說，都能成為完美的人。任何學說的理想狀態都是完美的，而完美的人可以讓他的信仰發揮出理想狀態**，所謂「人能弘道，非道弘人」。但是，**資質差的人，他實踐任何學說，總是能把缺點準確暴露出來**，也就是我們常說的「畫虎不成反類犬」。

資質差的人學儒家，會有什麼後果？「然惑者既失精微，而辟者又隨時抑揚」，儒家的學問難，笨的人學不會，半懂不懂的人又會拿它興風作浪。「違離道本，苟以譁眾取寵。」偏離正道，變成博取注意力的工具。「後進循之，是以《五經》乖析，儒學浸衰，此辟儒之患。」五經的意思都分析錯誤，亂解釋一通，儒學反而衰微了，這是小人學儒學的後患。所以孔子說：「汝為君子儒，毋為小人儒」。

儒家是一門貴族的學問——是為貴族服務的，也需要貴族來學。

這倒不是說有多少錢就一定能成儒家，或者沒有錢就不能當儒家，而是必須有貴族的精神。儒家就是貴族的行為規範，人如果常常處於很緊迫的精神狀態，擔心錢不夠了、要餓死了，那你就不能當儒家。這種人如果當儒家，他無法理解高貴的精神，只能學會儒家的繁文縟節，於是他就弄一些「古禮」，想辦法騙點錢。然而，不明白儒家是什麼的人，最有可能碰見這種人，他們會因此覺得儒家很麻煩、不合理，於是儒家的名聲就被敗壞了。其實，就是那四個字──「譁眾取寵」。

道家，是學霸的流派

道家者流，蓋出於史官。歷記成敗、存亡、禍福、古今之道，然後知秉要執本，清虛以自守，卑弱以自持，此君人南面之術也。合於堯之克攘，《易》之嗛嗛，一謙而四益，此其所長也。及放者為之，則欲絕去禮學，兼棄仁義。曰：獨任清虛，可以為治。

「道家者流，蓋出於史官。」道家占的是大學者的位置。有人會問，儒家和道家，到底誰的學問比較大？其實，這兩家的學問有點不同。**儒家是貴族的學問，講「禮」，講究貴族應該守什麼樣的規矩；而道家是聰明人的學問，講「史」，看到的是生老病死的一個個過程**。貴族和聰明人經常重合，但是側重點不同。同一個人，可能在這個場合表現為貴族，但到了別的場合表現為聰明人。儒家和道家不一定矛盾。當然，不聰明的貴族和非貴族的聰明人也都有。

「歷記成敗、存亡、禍福、古今之道」，學歷史的人看盡古往今來，多少興衰榮辱、多少生老病死，所以學歷史的人是最聰明的人，他們能看透問題，超脫過程找到問題癥結。道家的人看世界，就像我們看電視劇，能猜到角色的下一句臺詞是什麼。

這樣有什麼好處？「然後知秉要執本」，知道把握事情的本質、事情的要點。接著，「清虛以自守，卑弱以自持」，這不是你明明很了不起，非要壓抑自己，而是你見多識廣，因此明白世界上各種事都不需要驕傲。「此君人南面之術也」，當皇上就得這麼當。不是說當皇上就得腹黑（按：源於日語，通常指表面和善，背地卻黑暗邪惡或有心機），而是說你當上皇帝，得總攬天下，就不能去底下每個部門，誇耀自己很厲害。你是皇上，大家都已經服你，你還要炫耀，那其實是你沒自信。

「合於堯之克攘，《易》之嗛嗛，一謙而四益，此其所長也。」這是劉歆故意說的，特別強調道家應該謙虛。為什麼強調？因為有這種人：「及放者為之，則欲絕去禮學，兼棄仁義，曰：獨任清虛，可以為治。」「絕去禮學，兼棄仁義」，你或許想到嵇康。高貴的人，只要學霸（按：網路流行語，指刻苦學習、學識豐富，並取得一定成績的人）到一定程度，總會有「絕去禮學，兼棄仁義」的想法。但是，真正造成社會危害的，還不是嵇康這種真學霸，而是那些跟著學霸學的學渣（按：指不努力學習，考前才臨時抱佛腳的學生。與學霸正好相反）。

就好像一道題目，老師教你一個標準解法，學霸掃了一眼說，不一定要這麼解，除了標準解法以外還有一百零八種解法，這個標準解法有點麻煩。結果，學渣聽了就歡呼雀躍，說：學霸說老師這個標準解法太麻煩，不用學！然後就蹺課了。劉歆批評的就是這種學渣。

你必須真的了解歷史的演進原理，才能清虛、卑弱，才能真正明白什麼規矩都不重要。你要是不懂，聽別人說這個不重要，你就真以為不重要，什麼規矩都沒有，還自以為是道家，那就是傻。「曰：獨任清虛，可以為治。」學霸說不用補習也能考好，那是因為他智商高、自制力強，自己複習就能學好；學渣卻真的以為不補習就能學好，書都不看，考試肯定完蛋。

道家是為學霸服務的。它對人的智商要求高，要懂特別多，尤其是要對史學有研究。你是學霸，對學術源流很熟悉，就會知道其實什麼都不是絕對的，如此一來，你的學問就通了。通，要建立在嚴謹的基礎上。要是沒聰明才智、也沒下工夫，只是看學霸做學問很輕鬆，你就跟著隨便做，最後你比不上學霸也不奇怪。現在有一些教你如何成功的書，告訴你不用很專業，只要知道一些訣竅就能成功，這都是道家的末流，誰信誰傻。

還有一個「示弱」的問題。我們都知道，道家是「卑弱自持」。學霸為什麼愛說自己弱？因為他夠強，**強的人才有資格喊弱**。要是明明很弱還到處嚷嚷，那就是真弱。所以，**學霸喊弱，你只能逞強**。「示弱」跟「喊弱」本質上相同，你有實力能碾壓別人，希望這個優勢保留得長一點，你才示弱。要是真弱，就別再示弱了。

「人事」得在「鬼神」前，不能迷信

> 陰陽家者流，蓋出於羲和之官。敬順昊天，曆象日月星辰，敬授民時，此其所長也。及拘者為之，則牽於禁忌，泥於小數，舍人事而任鬼神。

「陰陽家者流，蓋出於羲和之官。」陰陽家占據的是占星學家的位。占星學屬於「巫」，古時候講究「左巫右史」，巫和史的地位差不多，都是天子身邊的知識分子。「敬順昊天，曆象日月星辰」，陰陽家負責看星象；「敬授民時」，根據星象制定曆法；「此其所長也」，這是他們的專業。

劉歆把陰陽家的地位放得非常高，認為它是僅次於儒、道的第三階——道家是儒家的副手，陰陽家是道家的副手。不過，現在講中國思想史時，陰陽家的地位就沒那麼高。一般而言，最高階的是精神偶像；實際做事是第二階的人；第三階的人則是幫忙第二階。一一對應下來，儒家是精神偶像，實際做事的是道家，陰陽家則協助道家。**陰陽家專業比較窄，只有看星象、定曆法，**

但其專業性很強，沒學過做不來。道家雖然懂得多，但他們不懂這個，所以沒陰陽家不行。劉歆的意思是，你管好你自己的專業就好，其他交給專業的來。

那不好的陰陽家是什麼樣？「及拘者為之」，不好的陰陽家是「拘」，太迷信、禁忌太多，比方說迷信考試前不能洗頭，就算頭髮臭了也堅決不洗。「則牽於禁忌，泥於小數」，不制定天文曆法，卻在小地方迷信；「舍人事而任鬼神」，明明能用人情解決的問題，卻迷信某些禁忌。劉歆說：天文曆法別人都不懂，你們陰陽家該處理好；世俗生活的小事，你們就別管了。當然，世俗生活裡的大事，比如立哪個太子、跟哪個國家打仗，你們就更別跳進來。世俗的事，有儒家和道家處理，不能按你們的禁忌辦。

其實，陰陽家就跟我們現在看星座一樣。**「人事」得放在「鬼神」前面**。你喜歡一個帥哥，跟他搭訕說「我們兩個星座很合」，這樣可以。或是有個你不喜歡的人追你，你不好意思拒絕，你可以說「我們星座不合」，算是一個理由。但如果你明明喜歡他，一看你們兩個星座不合，硬是忍痛分手，這就失去看星座的意義。

法家，儒家分裂出嚴格執法、賞罰的人格

> 法家者流，蓋出於理官。信賞必罰，以輔禮制。《易》曰：「先王以明罰飭法。」

> 此其所長也。及刻者為之，則無教化，去仁愛，專任刑法而欲以致治，至於殘害至親，傷恩薄厚。

第四名才是法家。其實，法家跟道家關係密切，也是學霸的學問。「法家者流，蓋出於理官。」法家占據的是法學的位子。「信賞必罰，以輔禮制。」拿法學學位的，都是直接的統治者。在西方政治體系下，法學是最高階，但在中國是儒學。不過，實際的行政管理沒有法家也不行。在實際的管理中，就得訂立規矩，並且賞罰要分明。

其實儒家也講求規矩，在這件事上，儒家和法家是相通的。講規矩，意味著得講上下尊卑，不同的人有不同義務，因此不能講平等。

儒家和法家都是堅決不講平等。差別在於，儒家的規矩可以通融，可以靠貴族的智慧隨時調整，而法家的規矩則是要堅決執行。當儒家要下決心執行一個規矩時，就會分裂出法家「人格」來執行。「《易》曰：『先王以明罰飭法。』此其所長也。」也就是說，儒家思想體系裡本來就有嚴格法令、執行懲罰。

儒家看的是人性中高貴的一面，法家看的是人性中的陰暗面。儒家不是不知道人性中有陰暗面，但他把這種知識給了法家人格。道家和法家都懂人性有陰暗面，但是，道家覺得訂下規矩也沒用。儒家的規矩加上道家的陰暗，就成為法家。

不好的法家是什麼樣？「及刻者為之」，太刻薄的法家就是不好的法家，「則無教化，去仁愛」，完全不講儒家的人情、仁愛，其實就是不講儒家貴族精神，「專任刑法而欲以致治」，只講法律法規，以為只要有規矩條文就行。「至於殘害至親，傷恩薄厚」，不夠人性化。再進一步說，法家沒有「子為父隱」，去掉這一腳剎車，萬一法規本身有問題，就容易變成威權統治。

法家人格的形象，與其說是日劇《王牌大律師》（*Legal High*）裡的古美門（按：《王牌大律師》主角，口齒伶俐、抓到弱點就會攻擊到對方體無完膚），不如說是《宅男行不行》裡的謝爾頓。古美門算縱橫家，沒有一定的規矩。但是謝爾頓很有原則，他的規矩要求人堅決執行，完全不能通融，而且他還毒舌，有什麼陰暗面都非說出來不可。法家就是謝爾頓的形象。

謝爾頓是不是學霸呢？他是學霸，所以好的法家，可以達到學霸的境界，也可以達到道家的境界。道家和法家沒有絕對的界限，但都得是資質好的人。那麼謝爾頓陰不陰險呢？他一點都不陰險，甚至可以說，他完全不會保護自己。他那種少說一句會死的性格，只會給自己惹麻煩。就像韓非子，明明看透了社會的陰暗面，為什麼還被人陷害死了？他會把所有黑暗面說出來，就說明他並不陰險，真正陰險的人不會說。

不好的法家呢？就是傻子。他們看韓非子想到什麼說什麼，也跟著做，但關鍵問題是，他們說的不對。而且，他們還以為自己這叫耿直呢。

明定制度、禮儀規矩，名家的工作

> 名家者流，蓋出於禮官。古者名位不同，禮亦異數。孔子曰：「必也正名乎！名不正則言不順，言不順則事不成。」此其所長也。及訐者為之，則苟鉤鈲析亂而已。

接下來是名家。「名家者流，蓋出於禮官。」「禮官」看起來是儒家的地盤，像孔子就是禮官。「禮」，就是規矩，是儒家的安身立命之本。名家，可以理解為原生態的儒家。因為漢朝時，儒家已經去當宰相了，但司儀的工作還得有人做，接手「禮」工作的就是名家。名家是講名物制度、禮儀規矩的。

儒家和法家都講規矩，而名家就介乎儒家和法家之間——他比儒家嚴，但沒有法家那麼狠。「古者名位不同，禮亦異數。」你的名分不同，給你的禮遇就不同。通融是儒家的事，名家鐵面無私；但即使名家不通融你，也不至於像法家馬上要了你的命，他處理的還是風雅的事，壞人就讓法家當。**名家的任務，就是孔子說的「必也正名乎」**。「名不正則言不順，言不順則事不成。」你是什麼樣的人、享受什麼級別的待遇、有什麼許可權，必須規定清楚，你才能繼續開展工作。「此其所長也」，這就是名家的工作。

不好的名家，「及訐者為之」，什麼叫「訐」？就是「直」。太直，也就是太傻、太固執，就不是好的名家，這種人不能掌管禮儀制度。「則苟鉤鈲析亂而已」，太認真的人管禮儀，會執著於細節，反而不能理解禮儀的本意，而破壞名實。說白一點，就是在字句上挑毛病。劉歆認為，**一個好的名家，應該要懂儒家，明白禮儀制度的本意，明白儒家的仁愛精神，也就是說，該變通的地方得知道變通**。

名家的看家本領，就是看人的本事：通過一定的操作規則，鑑別什麼樣的人是真正的人才。你得知道，哪個學歷值錢、哪個學歷不值錢。但如果理解錯誤，太拘泥於客觀條件，那就免不了有所錯漏。

儒家真正的對立面，是墨家

墨家者流，蓋出於清廟之守。茅屋采椽，是以貴儉；養三老五更，是以兼愛；選士大射，是以上賢；宗祀嚴父，是以右鬼；順四時而行，是以非命；以孝視天下，是以上同：此其所長也。及蔽者為之，見儉之利，因以非禮；推兼愛之意，而不知別親疏。

劉歆一共講了十家，前五家都跟儒家有點關係，從第六家墨家以下，就離儒家人格比較遠，是儒家人格的補充。

「墨家者流，蓋出於清廟之守。」墨家掌管廟裡事務。其實，**墨家才是真正跟儒家對立**，法家跟儒家沒那麼對立。

劉歆站在儒家的立場，所以他「黑」墨家。看他怎麼解釋墨家的幾個主張：「茅屋采椽，是以貴儉」，因為他們管蓋房子，所以他們貴儉，講求節約；「養三老五更，是以兼愛」，負責社會福利，養老弱病殘，鰥寡孤獨都當成自己的家人，所以他們主張「兼愛」；「選士大射，是以上賢」，管考試，所以「上賢」，「上」就是崇尚，「誰有本事誰上」是他們的信仰——考試不講儒家的仁愛，誰分數高就能考上；「宗祀嚴父，是以右鬼」，墨家管祭祀，所以他們尊敬鬼；「順四時而行，是以非命」，他們按四季有不同的祭祀，各有安排，所以他們不相信有「命」；「以孝視天下，是以上同」，不管是誰他們都照顧，所以講求平等。「此其所長也」，這都是他們擅長的。其實這一段主要都是「黑」，把墨家的主張跟各種雜役牽在一起。當時，這些雜役被認為是不高貴的。

墨家也是從儒家發展出來，相當於儒家的異端，他們誇大儒家「仁愛」的一面。作為一個貴族，「仁愛」有一個很重要的內涵，就是對窮人好。這本來是儒家作為右派（按：指政治立場保守，傾向維護現有社會階層與秩序），往回彌補的一點東西，也是貴族的良心。這也就是儒家思想偏左的原因。而墨家誇大這一點，自己就成了左派，專門替窮人說話。當然，不是替最可憐的窮人說話，而是替還有一技之長，但是沒能成為貴族的「小知識分子」說話。

劉歆這段話，用現在的語言來說，就是：墨家是為小知識分子階層代言。他們窮，所以他們貴儉；他們沒辦法成家，跟三五個好朋友一起生活，所以他們兼愛；他們除了考試分數高，沒有其他優勢，所以他們上賢；他們得熬夜工作，所以怕鬼；他們希望靠知識改變命運，所以不相信命；他們痛恨女神都嫁給高帥富，所以提倡平等；這是他們的長處。黑了墨家，也黑這些小知識分子。不過有一點正確：墨家的確是為小知識分子階層代言。

這還是好的墨家，那不好的墨家呢？「及蔽者為之」，「蔽者」，摳門的人，「見儉之利，因以非禮」，因為省錢就不管禮，連請女神吃飯都摳門，這樣的人註定孤獨一生吧。「推兼愛之意，而不知別親疏」，跟朋友玩得太嗨，誰來都熱情招呼，那可能會得罪真正的好朋友。這也是小知識分子階層經常犯的錯誤。

見人說人話，見鬼說鬼話，只看利益的縱橫家

縱橫家者流，蓋出於行人之官。孔子曰：「誦《詩》三百，使於四方，不能專對，雖多亦奚以為？」又曰：「使乎，使乎！」言其當權事制宜，受命而不受辭。此其所長也。及邪人為之，則上詐諼而棄其信。

下一家，就是古美門了——縱橫家。「縱橫家者流，蓋出於行人之官。」縱橫家承擔的是外交部發言人的功能。外交跟私人交往不同，不能摻入太多個人感情，也不能考慮個人節操，只能考慮國家利益。**縱橫家沒感情、沒節操、眼裡只有利益**，也就是古美門的形象。當然，這個利益也不是他個人的利益，而是他客戶的利益，如果客戶是國家，那就是國家的利益。

「孔子曰：『誦《詩》三百，使於四方，不能專對，雖多亦奚以為？』」引用孔子的話，說對外交家——也就是縱橫家——的要求。你光會背《詩經》，出使時不能隨機應變、合適應對，背那麼多詩有什麼用呢？意思是說，**只熟悉儒家經典不夠，重要的是臨場能應對。能見人說人話，見鬼說鬼話**，上次這樣說，下次可能就那樣說。光會背法律條文，成不了古美門。古美門是誰給我錢多，我就幫誰打官司；幫誰打官司，誰就能贏。剛才我幫拆遷戶說話，說得頭頭是道，一轉身換建商聘請我，我照樣能說出一番道理。這就是縱橫家。

「又曰：『使乎，使乎！』言其當權事制宜，受命而不受辭。此其所長也。」所謂「將在外，君命有所不受」，作為使者，必須隨機應變，甚至於為了你的利益，可能要說對你不利的話。我的任務就是完成你的委託，具體的方法就由我來決定，我只忠於你的委託，不是忠於你。這也是一種了不起的才能。

不好的縱橫家是什麼樣？「及邪人為之」，縱橫家本來就有點邪、不一定走正道，但要是真的「邪人」來做縱橫家，以為這世上可以為所欲為，就不好了。如果讓邪人做縱橫家，「則上詐諼而棄其信」，崇尚欺騙，以為欺騙能解決一切問題，徹底拋棄誠信。並不是欺騙不道德，而是欺騙不能解決一切問題，只能解決很少一部分。縱橫家今天說的話可能跟昨天不一樣，但他也有他的「信」，有時候，「信」也能成為達到目的的手段，往往比欺詐還要好用。

雜家什麼都學，不好也不壞

雜家者流，蓋出於議官。兼儒、墨，合名、法，知國體之有此，見王治之無不貫，此其所長也。及蕩者為之，則漫羨而無所歸心。

下一家，雜家。**雜家，基本上就是各家都沾一點**。他們可能沒有哪一家是什麼樣的概念，今天看儒家這句話好就學，明天看墨家那句話好又學，即使這兩句話矛盾，他也不知道，就跟某些微博上的大V（按：指在微博上活躍，又有大批粉絲的「公眾人物」，經過身分認證，帳號後面會顯示「V」字符號，因此稱之）一樣。劉歆說：「雜家者流，蓋出於議官」。「議官」就是專門負責進諫的官員。那時候能對公共事務發聲的，都是皇家的知識分子，是拿俸祿的。他們官品很低，但實際地位很高，不給高官品是怕他們顧忌太多。後來，這個位置則給國家寄予厚望的年輕人，這些人就是大V。他們的學說雜七雜八，什麼都發，「兼儒、墨，合名、法」。「知國體之有此，見王治之無不貫」，一個國家總有這樣的人，他們的存在也是合理的，「此其所長也」，這就是他們的好處。到底有什麼好處？說不上好處，但也沒有什麼壞處。

不過，不好的雜家就有壞處。「及盪者為之」，「盪者」當雜家，「則漫羨而無所歸心」，一天到晚轉發這個、又分享那個，沒做正事。有的人微博一天轉發一百多則訊息，一篇原創也沒有，而且訊息間還互相矛盾，讓人懷疑他其實都沒看。這種人會耽誤正事，就是不好的雜家。

皇帝農夫，各司其職

> 農家者流，蓋出於農稷之官。播百穀，勸耕桑，以足衣食，故八政一曰食，二曰貨。孔子曰：「所重民食。」此其所長也。及鄙者為之，以為無所事聖王，欲使君臣並耕，悖上下之序。

農家跟陰陽家一樣，是技術取向。他們處理農業技術，能讓老百姓吃飽飯。當然，這不算統治術，跟儒家沒什麼關係。「農家者流，蓋出於農稷之官。播百穀，勸耕桑，以足衣食」，例如袁隆平研製雜交水稻，提升水稻產量，是了不起的事。「故八政一曰食，二曰貨。」吃飯是大事，買東西也是大事。「孔子曰：『所重民食。』此其所長也。」解決老百姓的吃飯問題，這是農家的長處。

但是，如果把農業技術上升為統治術，是行不通的。「及鄙者為之，以為無所事聖王，欲使君臣並耕，悖上下之序。」**農家是技術取向，沒辦法把它上升為施政綱領**。一個農夫，即使逼他假想參政，他也沒什麼想法，最後他說：讓皇上也種田吧。但是，皇帝跟農人一起種田，這是不可能的。有技術專長的人，就去從事相關工作；有政治長才的，就協助皇帝治理國家，這才是正確的分工。

街談巷議，也有大智慧

小說家者流，蓋出於稗官。街談巷語，道聽塗說者之所造也。孔子曰：「雖小道，必有可觀者焉，致遠恐泥，是以君子弗為也。」然亦弗滅也。閭里小知者之所及，亦使綴而不忘。如或一言可采，此亦芻蕘狂夫之議也。

最後一個，小說家。「小說家者流，蓋出於稗官。」稗官，就是搜集民間故事的官，雖然也有編制，但是地位低多了，是不入流的小官。所謂「小說」，就是民間傳說。**「傳說」可不止包括「故事」，只要流「傳」的「說」法都算**。比如，考試之前洗頭會不及格、肯德基的雞有八隻翅膀等謠言，即使沒有任何故事，但也算傳說。這就是最早的「小說」。

「街談巷語，道聽塗說者之所造也。」街談巷議、道聽塗說、小道消息，就是「小說」。道聽塗說來的東西，不怎麼高級，但是孔子說：「雖小道，必有可觀者焉。」即使不高級，裡頭也會有有趣的東西。比方說流行歌曲、遊戲等，裡頭也有深刻的人生哲理。這種街頭巷尾的小道消息，不能指望從裡頭學到知識，但是我們能從這些傳言，看出民族心理，還是很有意思的。

當然孔子也警告你：「致遠恐泥，是以君子弗為也。」這些東西你看看、笑笑就好，不能認真研究。接著，劉歆補了一刀：「然亦弗滅也。」貴族不研究這些道聽塗說，但它永遠不會消失，永遠都有閒人，在街頭巷尾張家長李家短。「閭里小知者之所及，亦使綴而不忘。」比方說社區保全、計程車司機等，他們可能不見得有多高的思想和學識水準，但有時候，他們說出一兩句話來，你會覺得好有道理、無法反駁，讓你忘不了，這就是民間的智慧。「如或一言可采，此亦芻蕘狂夫之議也。」如果有任何一句話有價值，我們也該吸取這種民間智慧。

以上就是劉歆對諸子十家的介紹。

3

愚公移山、夸父追日……這些故事跟你以為的不一樣——《列子》談寓言

「列子」，就是列禦寇，莊子把他描述成一個餐風飲露的神仙。所以《列子》就是列禦寇寫的，就是戰國時代的書了——你信嗎？這本書是餐風飲露的神仙寫的？

這本書並不是列禦寇所寫，實際上，有沒有列禦寇這個人還不知道呢！這本書，應該是假託列禦寇名義寫的。**一般認為，《列子》是魏晉時人所寫**。

這本書不是《莊子》裡的列禦寇寫的，但它跟《莊子》有關。比方說，如果現在突然冒出一本書，說是梅長蘇寫的，這件事會跟誰有關？必然是《琅琊榜》的粉絲。同樣道理，誰會假託列禦寇的名字？那一定是《莊子》的粉絲。我們知道，魏晉時代《莊子》的地位很高，那時的名士都喜歡讀《莊子》。當時，「以孝治天下」已經充分覺醒，這些名士特別自我、目空一切，想怎麼瘋就怎麼瘋。

他們就想：《莊子》寫得太好，我們也寫個同人文（按：指利用既有作品的人物角色、故事情節或背景設定等元素，進行二次創作）吧！而且既然要寫，我們乾脆就說得了不起一點，說這

本書比《莊子》還早，是列禦寇寫的。

當然，《列子》裡可能也有比較早的內容。好比某個人要寫一本署名「梅長蘇」的書，他該怎麼寫？有可能抄幾本古書，自己再改編——同理，《列子》裡也可能保留一些古書的內容。但是，再怎麼抄古書，表達出來的肯定是寫作者所在時代的思想，**《列子》代表的是魏晉時代這些「《莊子》粉」的思想，一種極端自由、個人主義的思想，表現魏晉狂士的形象**。

《列子》就是《莊子》的升級版，是極端化的《莊子》，更肆無忌憚強調自由、個人，且藐視世俗的規則。《列子》裡有的吐槽很犀利，讓人覺得好有道理、無法反駁。但是，《列子》的思想體系，並沒有超出《莊子》之處，《列子》講的道理，基本上還是跟《莊子》相同。

《列子》這部書，我們最常聽到的應該是「拔一毛以利天下而不為也」，還有「奚樂哉？為美厚爾，為聲色爾」（人生的目的在於追求肉體的快樂）。這兩句都出自《列子·楊朱篇》。楊朱也是戰國時代的人（如果他真實存在的話）。他跟墨子是兩個極端——墨子是把「小知識分子精神」發揚光大的人，楊朱則講究享樂主義，所以，楊朱就一直被批判。其實這個鍋也不該由楊朱背，因為楊朱的這些言論都是從《列子》出來，搞不好楊朱也是「梅長蘇」，只是架空人物，《列子·楊朱篇》反映的，也是魏晉這些狂士的思想。

但是不得不承認，《列子》裡面有一些話，真的是讓人無法反駁，書中道理講得很生動，所以又不可能徹底不理它，「愚公移山」就是如此。所以，課本上會說，《列子》保留很多古代的神話傳說，把這些好有道理、不能不看的——比如「愚公移山」、「夸父追日」——都當成「古代的神話傳說」保留下來。

於是，導致現在人們對《列子》裡的故事理解經常錯誤。「愚公移山」、「夸父追日」都被當成是在歌頌中華民族艱苦奮鬥的傳統，但其實，列子講這個故事時不是這個意思。接下來，我就介紹幾個《列子》裡的故事，說一下這些故事的正確打開方式。

再擔心天塌不塌，也跟你沒關係

杞人憂天

杞國有人憂天地崩墜，身亡所寄，廢寢食者。又有憂彼之所憂者，因往曉之，曰：「天，積氣耳，亡處亡氣。若屈伸呼吸，終日在天中行止，奈何憂崩墜乎？」

其人曰：「天果積氣，日月星宿，不當墜邪？」

曉之者曰：「日月星宿，亦積氣中之有光耀者，只使墜，亦不能有所中傷。」

其人曰：「奈地壞何？」

曉之者曰：「地，積塊耳，充塞四虛，亡處亡塊。若躇步跐蹈，終日在地上行止，奈何憂其壞？」

其人舍然大喜，曉之者亦舍然大喜。

長廬子聞而笑之曰：「虹霓也，雲霧也，風雨也，四時也，此積氣之成乎天者也。山岳也，河海也，金石也，火木也，此積形之成乎地者也。知積氣也，知積塊也，奚謂不壞？夫天地，空中之一細物，有中之最巨者。難終難窮，此固然矣；難測難識，此固然矣。憂其壞者，誠為大遠；言其不壞者，亦為未是。天地不得不壞，則會歸於壞。遇其壞時，奚為不憂哉？」

子列子聞而笑曰：「言天地壞者亦謬，言天地不壞者亦謬。壞與不壞，吾所不能知也。雖然，彼一也，此一也，故生不知死，死不知生；來不知去，去不知來。壞與不壞，吾何容心哉？」

第一則是「杞人憂天」的故事。這個故事相信很多人都聽過，它的寓意是諷刺人擔心不需要擔心的事情。這是不是列子的本意呢？我們看他這個故事怎麼講的。

杞國有一個人，擔心有一天會天崩地裂，自己的身體可怎麼辦呢？他擔心得吃不下飯、睡不著覺。這是第一個人。接著，又有一個人，「憂彼之所憂者」，擔心這個擔心天崩地裂的人。這是第二個人。我覺得第二個人對第一個人肯定是真愛，看第一個人擔心得吃不下飯、睡不著覺，就擔心他。擔心天會塌是瞎操心，那擔心別人吃不下、睡不著不也是瞎操心嗎？得出一個結論：

杞國的人總愛瞎擔心。

第二個人就安慰擔心天會塌的那個人說：「天啊，它是不會塌的。因為天就是氣，哪裡沒有氣呢？我們周圍的空氣，就是天，我們在天裡面呼吸、活動，所以天怎麼會塌呢？」

第一個人說：「天就是空氣，那日月星辰怎麼不會掉下來？」

第二個人說：「日月星辰也是空氣，掉不下來。」

第一個人說：「地會不會塌呢？」

第二個人說：「地就是土，哪裡沒有土？塌不了。」

第一個人不擔心了，很高興。第二個人看第一個人高興，也就不擔心他，跟著高興了。這兩個愛瞎操心的杞國人，現在都不操心。

但是，故事到這裡還沒完，又出現第三個人，這第三個人叫「長盧子」。長盧子就笑，為什麼天是空氣就不會壞？地是土，一定會壞，世界上哪有不壞的東西？只不過這天和地暫時還不會壞，你現在不用擔心到那麼遠就是了，哪有說天和地不會壞的道理？按長盧子說，第一個人的擔心不是沒道理，只是擔心得太遠而已。

接著，又出現第四個人，「列子」，也就是列禦寇。列子說，你們三個說的都不對，說天地會壞也不對，說天地不會壞也不對。因為不論天地壞不壞，反正我都活不到那時候。我看不見的東西，就等於不存在，反正在天地壞之前我就得死，所以，不存在「天地壞了，我這個身體該怎麼辦」的問題，因為到了那時，肯定沒有你的身體了，所以你還不如擔心「我早晚會死」。至於天地壞與不壞，跟我有什麼關係呢？這個說法，也帶有王陽明心學的味道。

列子的觀點是什麼？當然，他反對杞人憂天，但是他也反對杞人不憂天。他說的是，**憂和不憂都沒有道理，因為都看不見**。首先，這個故事的主旨是，**你無法感知的事物沒有意義**——其實是一個哲學命題。這是列子講這個故事的本意。

其次，列子不支持杞人憂天，並不代表他同樣也認為天不會壞。第三，拋開列子這種過於超脫世俗的觀點不談，前三個人的對話，哪一方比較有道理呢？還是長廬子比較有道理——什麼都會壞，天會塌，地也會陷。反而是第二個人認為天是空氣就不會塌，地是土就不會陷，顯得太幼稚。所以，這個故事並不是在嘲諷第一個人。如果說第一個人蠢，首先，他蠢在第二個人這麼一解釋他就相信；其次，他的蠢在於忘了自己會在天塌地陷之前死掉，而不是蠢在他擔心天會塌。

「杞人憂天」這個故事的正確打開方式應該是這樣的：第一，**天就是會塌**；第二，**天塌不塌跟你沒關係**。這是列子的觀點。

別人的成功經驗，輕易相信就輸了

講第二個故事之前，先交代一下背景。當時人的認知裡，齊國人都是高帥富，因為齊國這個地方比較有錢，學術風氣也較濃，齊國原先又是西周皇后的家族，所以，齊國人就是又有錢又有文化。而宋國人都是死腦筋，因為宋國人是殷商的後裔，子姓（按：上古姓之一，為殷商國姓）給人的感覺是做事認真，或者說比較死板。

為盜之道

齊之國氏大富，宋之向氏大貧，自宋之齊，請其術。國氏告之曰：「吾善為盜。始吾為盜也，一年而給，二年而足，三年大穰。自此以往，施及州閭。」向氏大喜。喻其為盜之言，而不喻其為盜之道。遂踰垣鑿室，手目所及，亡不探也。未及時，以贓獲罪，沒其先居之財。向氏以國氏之謬己也，往而怨之。國氏曰：「若為盜若何？」向氏言其狀。國氏曰：「嘻！若失為盜之道至此乎？今將告若矣。吾聞天有時，地有利。吾盜天地之時利，雲雨之滂潤，山澤之產育，以生吾禾，殖吾稼，築吾垣，建吾舍，陸盜禽獸，水盜魚鱉，亡非盜也。夫禾稼、土木、禽獸、魚鱉，皆天之所生，豈吾之所有？然吾盜天而亡殃。夫金玉珍寶穀帛財貨，人之所聚，豈天之所與？若盜之而獲罪，孰怨哉？」向氏大惑，以為國氏之重罔己也，過東郭先生問焉。

東郭先生曰：「若一身庸非盜乎？盜陰陽之和，以成若生，載若形；況外物而非盜哉？誠然，天地萬物不相離也，仞而有之，皆惑也。國氏之盜，公道也，故亡殃；若之盜，私心也，故得罪。有公私者，亦盜也；亡公私者，亦盜也。公公私私，天地之德。知天地之德者，孰為盜邪？孰不為盜邪？」

故事說有一個齊國人很有錢，而另一個宋國人很窮。於是，這個宋人就千里迢迢跑到齊國，問這個有錢人怎麼能這麼有錢。齊國人說：「我這麼有錢，都是靠偷的。」宋國人聽了大喜，說有錢這麼容易啊，我也去偷！也沒問有錢的齊國人怎麼偷，就自己跑去偷。結果，他被人逮捕，不僅沒富，反而連原來的財產也被沒收。後來，他跑去找那齊人，說：「你騙我。」齊人問他：「你怎麼偷的啊？」宋人說：「我撬開別人家家門去偷。」齊國人說：「誰說要這樣偷？我偷的是江上之清風，山間之明月。我偷老天爺的陽光雨露，偷大地和土壤，然後好好種我的地、蓋我的房子，到河裡抓魚，偷河裡的魚、鱉。這些大自然的東西，難道是我的嗎？所以我都是偷的。至於別人家的金銀財寶，那是他收集而來，又不是老天爺的，你當然不能偷。」

於是，宋人更加覺得這個齊國人是在騙自己。這時，出現了一個東郭先生，他說：「你以為你的這個身體不是偷來的嗎？你的基因、讓你吃得這麼肥的碳水化合物、讓你這一堆肉運作起來的那一口氣，也都是你跟大自然偷的啊。連你的身體都是大自然的，何況你偷回來的東西呢？

所以說，天地萬物之間，不應該有彼此之別。齊國人偷沒事，是因為他心裡沒有你我的界限，偷回來他也不覺得是自己的；你偷了就被逮，是因為你心裡還有你我的界限，你偷回來就當是自己的。」從大自然的角度來看，他不知道公與私之間有什麼界限。

也就是說，齊國人的行為正確，但他的解釋不對，他說他沒事是因為他偷老天爺的，你有事是因為你偷私人的東西，這樣解釋不對。你心裡不該存著公家和私人的觀念，要是你偷回來也不覺得這是我私人的，那就沒事。等於說，你偷別人的金銀財寶，他追上來，你說，我偷回來也不是我私人的，你要你拿走，這就沒事。有些偷自行車的人會說：這怎麼叫偷呢？這叫做借——這些偷車的人，都達到沒有公私之別的偉大境界。總之，東郭先生境界很高，比有錢的齊人還高。

這個故事裡出現三個人，兩層意思。第一層意思在齊國人和宋國人之間，告訴我們：如果學霸告訴你，他考這麼好，都是平時蹺課、考前一晚才拚命讀書的結果，你千萬不要信。他平時蹺課，可能都在圖書館讀書。**那些你聽起來很順耳的成功經驗，你都要想到，他們背後還有好多的附加條件，你可能根本達不到**。別人說他這麼有錢都是偷來，你就真以為如此，結果，他是跟老天爺偷的。跟老天爺偷，得要技術、要勤奮，你又學不了。

第二層意思，則在於東郭先生所說的話，當然也是《列子》真正要表達的意思：怎樣才能偷老天爺的東西呢？你要忘記人和天之間的界限。不僅忘掉老天爺的東西不是你的，也要忘掉你的東西不是老天爺的。你得樹立一個觀念，別說你的東西，就連你自己也是老天爺的，你從他那邊偷來的東西，他什麼時候想要回去，就讓他拿走，這樣你才能得到。**你什麼都不據為己有，就什**

麼都有。比如說，我自己一間房子都不買，想住哪裡就去，想租房子就租房子、想住飯店就住，反而有好多的住處。這種生活態度，就是莊子的生活態度，也是魏晉名士的生活態度。

愚公沒有移山，是神幫他搬了

愚公移山

太行、王屋二山，方七百里，高萬仞，本在冀州之南，河陽之北。

北山愚公者，年且九十，面山而居。懲山北之塞，出入之迂也，聚室而謀，曰：「吾與汝畢力平險，指通豫南，達於漢陰，可乎？」雜然相許。其妻獻疑曰：「以君之力，曾不能損魁父之丘，如太行、王屋何？且焉置土石？」雜曰：「投諸渤海之尾，隱土之北。」遂率子孫荷擔者三夫，叩石墾壤，箕畚運於渤海之尾。鄰人京城氏之孀妻有遺男，始齔，跳往助之。寒暑易節，始一反焉。

河曲智叟笑而止之，曰：「甚矣汝之不惠！以殘年餘力，曾不能毀山之一毛，其如土石何？」北山愚公長息曰：「汝心之固，固不可徹，曾不若孀妻弱子。雖我之死，有子存焉；子又生孫，孫又生子；子又有子，子又有孫；子子孫孫，無窮匱也，而山不加增，何苦而不平？」河曲智叟亡以應。

操蛇之神聞之，懼其不已也，告之於帝。帝感其誠，命夸娥氏二子負二山，一厝朔東，一厝雍南。自此冀之南、漢之陰，無隴斷焉。

第三個故事——「愚公移山」。這個故事大家都很熟悉，某個山裡的老人，嫌太行、王屋兩座山礙事，但是又懶得搬家，於是想把山搬走。接著，他就帶兒子、孫子一起搬。一年只能搬一趟，一次只能挪一點。這時候，智叟出現了。按照《列子》的套路，第二個出場的聰明人，最後都會被嘲笑。智叟說：「就憑你剩下的日子，哪搬得完？」愚公說：「我死了，有我兒子替我搬，兒子死了還有孫子，孫子又有兒子，子子孫孫無窮匱也。」（當然，前提是愚公的子子孫孫繁殖能力要夠強，不能絕後）智叟就沒話說了。

近來有許多人提倡，學習得發揚愚公移山的精神。有人就吐槽說：這座山愚公搬不完，還有兒子幫他搬；我書念不完，又不能叫兒子幫我念。

最後的結果怎麼樣？愚公他們家把山搬完了嗎？沒有！是山神來了。山神說：「你一天挖我一點，煩不煩！我搬走就是了。」接著，一下子就把山搬走。山是愚公搬走的嗎？不是，是山神搬走的。愚公費那麼力氣，一點一點挖，山神一瞬間就搬走了。

這個故事也告訴我們兩個道理。第一個道理，**你費很大力氣才能做到的事，神輕而易舉就能做到**。就好像有的人天生手臂抬不起來，他跑過來問你，怎麼才能把手臂抬起來，你肯定會迷惑不解：「這樣就抬起來了啊。」這件事對你來說輕而易舉，所以你講不出什麼道理。同樣的，你去問一個學霸，怎麼才能把數學學好，他也是這個感覺。

第二個道理，**你只有自己很勤奮工作，才能打動神來幫你**。他被你感動也好、嫌你煩也好，總之，你得先努力，他才會來幫你。雖然你的不懈努力，比起他的舉手之勞，只是一點微小的工作，但是不能說：早知道你做起來這麼容易，我之前就不努力了。你不努力，神不會來幫你。

這兩個道理合起來，其實列子是想講一個「頓悟」的問題。人認識事物的方法可以分為兩種：一種是「漸悟」，就是慢慢學習、漸漸了解；一種是「頓悟」，也就是你瞬間突然領悟，原來是這麼回事。要論學習效率，「漸悟」是比不上「頓悟」的。我們真的要了解一件事，基本都是靠頓悟，只靠漸悟很難。

但是，頓悟是要以大量的積累為基礎。**你整天努力學習，並不是你學一點就接近真理一點，而是為頓悟做準備。沒有最後那一下頓悟，你可能學一輩子都是在真理外面打轉**。但如果你不學習，一輩子也別指望能頓悟。

夸父追日並不勵志，他其實是錯誤的典型

「夸父追日」的故事大家也很熟悉。原文中，這個故事緊跟在「愚公移山」後面。

> **夸父追日**
>
> 夸父不量力，欲追日影，逐之於隅谷之際。渴欲得飲，赴飲河、渭。河、渭不足，將走北飲大澤。未至，道渴而死。棄其杖，尸膏肉所浸，生鄧林。鄧林彌廣數千里焉。

夸父追著太陽跑，想在太陽下山之前追上太陽。這個故事，常被當成中華民族艱苦奮鬥的典型，但是夸父其實沒追上太陽，最後還累死了。列子的意思，是拿夸父跟愚公做對比。愚公為什麼成功，夸父為什麼失敗呢？要分析愚公和夸父的相異處。

首先，也是最重要的一點。夸父做這件事，不可能有神出來幫他。這就是我前面說到的，**努力一輩子但是沒有頓悟，永遠只是在外圍打轉**。

第二，愚公做的是什麼事？愚公是在清除障礙。我不搬家，我只是把我家門口多餘的東西拿掉。這就是王陽明的「致良知」。**每個人都是美好的，我們自己內心就有最完美的東西，不須假以外求**。我們之所以不完美，是因為我們心裡的好，上面覆蓋了不好的東西，比方說社會教給我們的錯誤觀念。我們只要把這個拿掉，就可以頓悟。所以愚公做的這件事，是可行的。

而夸父呢？夸父在追求外在的東西。他看太陽很好，就去追。但是，太陽根本沒跑。眾所周知，太陽是恆星，根本沒有繞著地球轉。太陽東升西落是地球人的視角，太陽才不知道。也就是說，你看到太陽東升西落，只是一個幻象。所以，你去追太陽，哪可能追得上？你看著太陽永遠在你頭頂斜上方，但是跑到累死也追不上，因為，實際上你根本搆不著。其實，**夸父就是一個趕時髦的人，看別人什麼好、路上流行什麼，他就去追**。別人沒動，他去追對方的影子，那當然是追不上。所以他也不可能頓悟。

第三，愚公是有恆心的——我挖一點是一點，這輩子挖不完，還有子子孫孫無窮匱。但是夸父，他是真的艱苦奮鬥嗎？他想在一天之內就追上太陽，看似有恆心，其實他很焦急。有些人做事也是如此，看他很努力，其實是急功近利，這樣的人也頓悟不了。

愚公和夸父的故事連起來應該這麼講：愚公是去除障礙，他有恆心，就能頓悟，也就不會累死；夸父是趕時髦，他沒恆心、頓悟不了，當然會累死。踏實做事的人通常不會累死，而是急功近利的人容易累死，這也是一條定律。這才是列子想說的話。

「愚公移山」和「夸父追日」是相反的兩個故事。愚公看起來笨，但是他正確；夸父看起來志氣大，但是他不正確。愚公是正確的典型，夸父是錯誤的典型。我們現在把愚公移山和夸父追日並稱，說這兩個故事歌頌艱苦奮鬥，並不正確。列子不可能歌頌艱苦奮鬥。

通過這四個故事，我想讓大家感受一下，《列子》是跟《莊子》很相似的一部書，提倡的觀念都類似這樣，既不是艱苦奮鬥，也不是簡單的享樂主義。而且，《列子》不是民間故事集，其中每一個故事都是有寓意的。

後記
在你心中，埋下一顆文學的種子

我們的國文課到這裡暫時結束，篇幅有限，我無法把我所知道的全都告訴你。如果你讀完這本書，能對我提到的一、兩本書感興趣，而找來看看，我的目的就達到了。話從我嘴裡說出來，聽到每個人耳朵裡，也許不見得都是我想表達的意思。不過，你聽到什麼就是什麼，隨緣吧。

透過這門課，我想說的，無非是希望各位都能成為君子，成為美好的人類，一個無論在生存需求和審美需求，都更美好的人類。我想，這也是我們的先賢想對我們說的話。

我也許沒有能力幫助你成為更美好的人，我所做的，只是在你心中埋下一顆種子。也許有一天，你突然想看看這本書；也許有一天，你突然覺得某句話原來是說某個道理；也許有一天，你突然想到某件事應該如何處理。這麼一來，我的努力就沒有白費，算是為先賢做了一點小小的好事。

drill 11

站在走廊也要聽的爆滿國文課

說故事頓悟國學裡的人生智慧，你情不自禁擁有的文學素養。

作　　者／張一南
責任編輯／連珮祺
校對編輯／林盈廷
副 主 編／馬祥芬
美術編輯／林彥君
副總編輯／顏惠君
總 編 輯／吳依瑋
發 行 人／徐仲秋
會　　計／許鳳雪
版權經理／郝麗珍
行銷企劃／徐千晴
業務助理／李秀蕙
業務專員／馬絜盈、留婉茹
業務經理／林裕安
總 經 理／陳絜吾

國家圖書館出版品預行編目（CIP）資料

站在走廊也要聽的爆滿國文課：說故事頓悟國學裡的人生智慧，你情不自禁擁有的文學素養。／張一南著. -- 初版. -- 臺北市：任性出版有限公司，2022.01
320 面；17×23 公分. --（drill；11）
ISBN　978-626-95349-3-7（平裝）

1. 國文科　2. 讀本

836　　110018341

出 版 者／任性出版有限公司
營運統籌／大是文化有限公司
臺北市 100 衡陽路 7 號 8 樓
編輯部電話：（02）23757911
購書相關諮詢請洽：（02）23757911 分機 122
24小時讀者服務傳真：（02）23756999
讀者服務E-mail：haom@ms28.hinet.net
郵政劃撥帳號／19983366　戶名／大是文化有限公司

法律顧問／永然聯合法律事務所
香港發行／豐達出版發行有限公司 Rich Publishing & Distribution Ltd
地址：香港柴灣永泰道 70 號柴灣工業城第 2 期 1805 室
Unit 1805, Ph.2, Chai Wan Ind City, 70 Wing Tai Rd, Chai Wan, Hong Kong
電話：21726513　傳真：21724355
E-mail：cary@subseasy.com.hk

封面設計／林雯瑛　內頁排版／江慧雯
印　　刷／鴻霖印刷傳媒股份有限公司

出版日期／2022 年 1 月　初版
定　　價／新臺幣 380 元（缺頁或裝訂錯誤的書，請寄回更換）
I S B N／978-626-95349-3-7
電子書ISBN／9786269534913（PDF）
9786269534920（EPUB）